教育部人文社科规划基金项目"非虚构写作与'中国梦'有效传播研究"（18YJAZH075）成果

九州文库

『中国梦』视域下的非虚构写作研究

盛　芳　著

九州出版社
JIUZHOUPRESS

图书在版编目（CIP）数据

"中国梦"视域下的非虚构写作研究／盛芳著. --
北京：九州出版社，2023.1
ISBN 978－7－5225－1534－2

Ⅰ.①中⋯ Ⅱ.①盛⋯ Ⅲ.①中国文学—当代文学—
文学写作学—研究 Ⅳ.①I206.7

中国版本图书馆 CIP 数据核字（2022）第 227103 号

"中国梦"视域下的非虚构写作研究

作　者	盛　芳　著
责任编辑	邓金艳
出版发行	九州出版社
地　　址	北京市西城区阜外大街甲 35 号（100037）
发行电话	（010）68992190/3/5/6
网　　址	www.jiuzhoupress.com
印　　刷	唐山才智印刷有限公司
开　　本	710 毫米×1000 毫米　16 开
印　　张	16.5
字　　数	214 千字
版　　次	2023 年 4 月第 1 版
印　　次	2023 年 4 月第 1 次印刷
书　　号	ISBN 978－7－5225－1534－2
定　　价	95.00 元

目 录
CONTENTS

引　言　作为文化形态的非虚构写作

非虚构是一个值得关注的话题，在不同领域、不同场景各有所指，或作为叙事方法出现，或成为文类的指称，或是作为写作方式，又或者指向创作者与现实的关系，不一而足。大体而言，作为一种宽泛的文化形态，非虚构在文学写作、新闻写作、历史写作、科学写作方面均有独到表现，同时，除文字这一形式外，在图片、影像、音频等领域也不断扩张。

一、非虚构研究现状

关于非虚构的研究，知网收录的第一篇国内论文是董鼎山在 1980 年第 4 期《读书》上发表的《所谓"非虚构小说"》，作者对美国非虚构小说和新新闻主义的来龙去脉进行了阐述。该文目前在知网被引 82 次，最早引用年份是 2011 年，绝大部分集中在近五年，也就是说，非虚构这一概念 2010 年后才引起学界的广泛关注。也正是在 2010 年，《人民文学》开设非虚构专栏，非虚构文学写作进入大众视野，此举对文学创作无疑具有里程碑式意义，2015 年记者出身的作家阿列克谢耶维奇获得诺贝尔文学奖更是成为标志性事件。非虚构写作还吸引了资本关注，席卷了畅销书出版市场，也成为新闻界转型发展的救生衣，并迅速攻占了移动传播渠道，在受众与社会层面屡屡引起巨大反响。

专门的文体称呼意味着对非虚构写作前所未有的重视，十年来，非虚构已成为一种值得关注、思考的文化现象和文化思潮，而不仅仅是一种文类或文体。这一现状持续引起学者们的关注，目前来看，学界的研究主要集中在以下几个方面：

一是从文学视角展开，或从文学本体论的角度出发，对"非虚构"文学的文体属性和写作边界进行探讨，或从写作角度探讨特征及局限，张柠（2011）、卢永和（2011）、龚举善（2012）、洪治纲（2016）、孙桂荣（2016）、李仪（2017）、刘卓（2018）围绕非虚构概念、内涵、归属、文体边界、特征及局限，及其与报告文学关系等问题展开探讨。或者针对具体的实践，或是报告文学文体，或是具体的非虚构文学作品的研究。这一类研究，研究对象明确，成果也较多，但整体性不足。

二是新闻学角度的研究，普丽华（2006）、孔令云（2012）、范以锦（2017）、顾明正（2017）、曾润喜（2017）、陆晔（2018）、刘楚君（2019）等学者从纵向梳理中国新闻文体变体，并进行横向比较，探讨新闻领域非虚构写作的文体渊源、文体特征、发展趋势及其对新闻文体的突破与意义以及真实性问题。除此之外，还有大量文本研究、新媒体非虚构写作现象的个案研究等。

三是从传播学、媒介社会学视角展开研究。特别是2018年前后，学者们对非虚构的探索和研究，在多元视角中呈现逐渐深入的趋势，比如非虚构写作在不同学科领域中的共性与个性问题，写作者的主体介入现象以及时代语境变迁对非虚构写作产生的影响等等。霍俊明（2012）、赵允芳（2012）、李松睿（2016）、刘勇（2017）、李淑华（2017）、黄典林（2018）、张慧瑜（2020）等学者关注非虚构兴起的社会背景、媒介生态、题材特质、文体兴起与政治经济语境的对应关系及其所蕴含的中国文化经验。

四是跨学科研究，以人类学、社会学、历史学等不同学科视野、理论方法和话语体系观照非虚构写作。如哈建军《"非虚构"的人类学观察》（2017）、周逵《默会的方法：非虚构写作中的民族志方法溯源与实践》（2018）等。

总体来看，学界重在关注非虚构写作对文学观念转向的意义，或从创作角度研究技巧问题，或展开中外比较分析，或探讨其对新闻报道的影响。但关于非虚构写作的研究系统性不足、理论建构较为滞后，论著成果较少。至于非虚构写作如何参与主流话语的建构，进一步发挥其现实影响及文化参与功能等问题尚未引起足够的重视。同时，学者们更多关注非虚构写作对现实的强烈干预精神，对其正面引导价值的探讨相对欠缺。

二、"中国梦"的阐释与传播现状

2012 年习近平在参观"复兴之路"展览时首次提出"中国梦"，2013 年他进一步阐释了其内涵与实现路径，并指出："实现全面建成小康社会、建成富强民主文明和谐的社会主义现代化国家的奋斗目标，实现中华民族伟大复兴的中国梦，就是要实现国家富强、民族振兴、人民幸福。"中国梦的思想体系和话语体系在此后几次讲话中不断得到完善，作为核心政治话语，"中国梦"成为当年十大流行语之首。近十年来，学者们从政治学、社会学、文化学、新闻学传播学等不同学科视野对其内涵本质、时代价值、文化功能、实现途径、话语建构、传播机制、传播效果及世界影响等方面进行了探讨，也有少数学者从学科角度对其进行了外延式的拓展研究及比较研究。毫无疑问，中国梦需要借助大众传播媒介才能实现凝聚社会共识的使命，笔者认为，非虚构写作与"中国梦"有效传播具有深刻的内在关联。

主流媒体维护主流意识形态，对政治话语"中国梦"的阐释与传播成为近年媒体的常规宣传重任。2013 年，时任中宣部副部长蔡名照在《讲好中国故事　传播好中国声音——深入学习贯彻习近平同志在全国宣传思想工作会议上的重要讲话精神》一文中对讲好中国故事做出了以下几个方面的解读：一是讲清楚中国梦体现了历史、现实、未来的紧密联系，是中华民族孜孜以求的质朴梦想和美好愿景，具有鲜明的中国特色、民族风格、文化底蕴；二是围绕中国梦是人民的梦这一根本属性，讲清楚中国梦体现了国家梦、民族梦、个人梦的有机统一；三是要向世界呈现在实现中国梦的过程中中国人民面临的困难与挑战以及所付出的艰苦努力的故事；最后是要讲清楚中国梦是开放、包容、合作、共赢的梦，与各国梦息息相通，实现中国梦不仅造福中国人民，而且造福世界人民。① 中国梦自提出之日起便成为新闻传播领域的重大议题。如何提升中国梦话语的解释力、感召力、竞争力、影响力和辐射力？在中国梦的传播过程中，媒体充分找准了自身"中介者"的角色定位，不但承担起对中国梦理论价值进行宣传报道的责任，还立足于群众之间，诠释中国梦对于普通民众的现实意义。②

但在此过程中，也出现了虚假、空洞、模式化乃至庸俗化等问题，引起受众的反感，削弱了传播效果。有论者指出，媒体在"中国梦"的宣传报道中，明显存在理解的偏颇、认知的偏差、方法的失误，甚至有庸俗化的苗头。比如把居民日常生活中常见的一些鸡零狗碎的问题，如堵车、生活垃圾没有及时清运、小区停车难等诸如此类的问题，以百姓的"微梦想"为名，混入"中国梦"宣传之中。③

三、非虚构写作与"中国梦"传播的内在关联

文学作品与新闻报道都是"中国梦"最直接的表现者，具有现实情怀的非虚构写作与"中国梦"的阐释与传播有着深刻的关联：作为官方话语体系的"中国梦"借助非虚构写作能提升传播的有效性，非

---

① 参见蔡名照：《讲好中国故事 传播好中国声音——深入学习贯彻习近平同志在全国宣传思想工作会议上的重要讲话精神》，《人民日报》2013-10-10 第 7 版。
② 李媛：《中国梦的新闻传播理念及特色探讨》，《新闻战线》2017 年第 14 期，第 16-17 页。
③ 陆革文：《汇聚起追梦圆梦的正能量——当前"中国梦"宣传的若干误区及方法探微》，《今传媒》2014 年第 1 期，第 45-49 页。

虚构写作在"中国梦"传播语境中也能得到延伸与拓展，强化其文化参与功能。

就近年来新闻领域非虚构写作来看，更多的是在描述平凡、普通人的故事，对受众而言，除了获取信息和了解世界的需求外，更多的是情感上的诉求，好的故事不违人心，"共情"是它的魅力所在，好作品往往引发人们感同身受。非虚构写作理念作为一种更现代的叙事精神，其实践对于新闻写作而言是有益的补充，在一定程度上反映出社会的进步，对于"讲好中国故事"能起到重要作用。

"中国梦"话语既涵盖了国家富强、民族复兴的宏大叙事，又有追求民生幸福的平民叙事。笔者将非虚构写作的兴起与"中国梦"的传播置于同一场域，着重探讨具有强烈现实干预冲动的非虚构写作如何进入政治话语体系，使政治话语的宏大叙事与民间个体叙事相结合，实现批判情怀与正面引导的有效统一，以期关注底层命运的非虚构写作能拓展写作范围，更好地弘扬中国力量和中国精神，让官方、学术与现实三个层面建立正向关联，最终促进受众对主流价值观的认同，提升文化自觉、文化自尊、文化自信。

第一章　非虚构写作概况

什么是非虚构？关于这个概念，目前并无公认的定义，可以说，有多少人给非虚构下定义，就有多少个定义。

有的界定太过宽泛，于坚认为，"非虚构"类似于美国的新新闻主义写作，是介于散文、小说和报告文学之间、具有先锋性和前卫性的一种写作文本。有的界定太过狭隘，比如申霞艳认为，"非虚构"既不同于纪实新闻，也不同于报告文学。作者们是时代的在场者、行走者、观察者和思考者，他们勇敢地承担起文学的使命——"揭出弊病，引起疗救的注意"。其叙述焦点是"消失的故乡与人群"，在时代的"暴风骤雨"中，面对"山乡巨变"，"忠实直录'乡土中国'的激变"成为"非虚构"的写作动力。①

有人主张从不同层面来进行界定，认为在其宽泛的意义上，包括了传记、报告文学、游记、散文、回忆录等写作样式；在狭义的范围内，国内专指美国 20 世纪 60 年代兴起的非虚构小说、新新闻报道、历史小说等新的写作式样或体裁。②

有人主张打破纪实文学的文体边界，提出一种宽泛的、包容的"大纪实文学"的概念，一种跨文体边界的非虚构写作。它可以容纳一

---

① 申霞艳：《非虚构的兴起与报告文学的没落》，《上海文学》2012 年第 12 期，第 104-109 页。

② 王先霈、王又平：《文学理论批评术语汇释》，北京：高等教育出版社 2006 年，第 237 页。

切具备新闻性的非虚构类纪实作品，包括狭义地注重反映当前现实新生活、刻画新人物、记述新历史的纪实文学，也包括传记、有文学性的历史著作、谱传、方志、档案、文艺特稿、通讯、调查报告、口述史、回忆录、日记、游记等等。① 金理认为，"非虚构"变成一个定语，而"写作"显示出巨大包容力，可以对接文学、新闻特稿、田野调查、社会学报告、历史普及读物等等，当不同的行业、专业背景、学科领域等作为变量，非虚构呈现出不同的面貌、特征与写作抱负。②

也有论者指出这一概念存在三个层面的认识。第一，一切以事实为基础的写作均可被看作广义上的非虚构文学。以此划分的非虚构文学范围很广，包括新闻、纪实小说、日记、书信、传记等文体。第二，狭义上的非虚构文学。此类研究主要集中于对新新闻主义的探讨，研究者多从中西方非虚构文学对比、传播效果等角度进行钻研。第三，除上述两者外，就是以"中观"视域对非虚构文学进行探讨，即将非虚构文学作为一种以真实故事为基础、兼具文学性表达的文类。③

从上述界定来看，非虚构写作主要是文学界、新闻界关注的跨界命题，但在两个领域中的展开路径并不一样。文学领域内非虚构写作往往与纪实文学、传记、报告文学并置，新闻领域的非虚构写作则与新新闻主义、特稿等相提并论。而两者的关联点在于都寻求将事实的呈现与精彩的表达进行有效的糅合，讲述有意义的故事，传播价值、构建共识。

在文学领域内，非虚构写作在我国逐渐成为一种现象和潮流，对报告文学、散文、人文随笔等形成挤压态势。作家们走出书斋，借鉴新闻记者"走基层"及人类学者"田野调查"的方式对现实生活进行如实记录。谢尚发认为，从最初的写作过程与具体的文本呈现来看，口述

---

① 李朝全：《追溯大历史与反思新现实——二〇一三年的纪实文学》，《当代作家评论》2014年第3期，第74-85页。

② 金理：《当"非虚构"变成饕餮，"文学"还能提供什么》，《南方文坛》2021年第4期，第92-96页。

③ 刘浏：《全媒体时代的非虚构写作》，《中国社会科学报》2020-06-29第4版。

史、新乐府、见证文学与现实主义,是认识"非虚构写作"的四个侧面。……"非虚构写作"从公众的事实转向个人的事实、从事件的真实到情感的真实、从社会和历史的现实到生命本身的现实……它仍然是一种文学写作的方式,只不过变得更加"切实"。① 在新闻领域,爆发出大众非虚构写作热潮,大大小小的非虚构工作室和媒体机构如春笋般冒了出来。

笔者将非虚构视为一个文类而非文体,涵盖新闻、文学、历史等不同领域的纪实型写作。与特稿、报告文学、新新闻报道等概念相比,非虚构写作的叙事方式从单纯的文字形式,走向文字、音频和影像(摄影和视频)的互动融合,包括报道、随笔、影像集、音频、纪录片等在内,呈现出多媒体化特征。

第一节　西方语境中的非虚构

非虚构这一概念源起于美国。非虚构叙事有很多称谓:叙事新闻、新新闻、文学新闻、创意非虚构写作、专题写作、非虚构小说、纪录叙事。"它混合了人的事情、学术理论和观察到的事实,指向对日常事件的某种专门理解,整理归类来自一个复杂世界的信息。"② 相比纯文学,非虚构在西方历来影响较大,且发展势头迅猛。德国 2003 年设立了"尤利西斯报告文学奖",这一国际性奖旨在奖励非虚构写作,日本、美国、俄罗斯等国都设有表彰非虚构写作的重要奖项,非虚构图书在西方的销量也一路飙升。

无论是何种称谓,对叙事技巧的强调都是一致的。在这方面,基德

---

① 谢尚发:《"非虚构写作"及其四个面相——以梁鸿、黄灯与阿列克谢耶维奇的创作为话题》,《中国当代文学研究》2020 年第 4 期,第 20-32 页。

② 〔美〕马克·克雷默、温迪·考尔:《哈佛非虚构写作课:怎样讲好一个故事》,王宇光等译,北京:中国文史出版社 2015 年,前言。

尔与托德的观点具有一定的代表性，他们充分相信故事和人物的力量，认为小说的各种技巧从来都不是虚构作品的专利，对于非虚构作家而言，没有哪种讲故事的技巧是禁区，无论是故事、论证还是沉思，图书、随笔还是家书，每一样都要做到新颖而准确，能够表达出一种独特的人的存在。①

一、非虚构小说

美国学者霍洛韦尔的《非虚构小说的写作》是国内最早引进出版的非虚构研究专著，该书第四章中他分析了卡波特非虚构小说的结构、戏剧性、合理想象以及美国文学界和卡波特本人对非虚构小说的评价。1965 年取材于真实案例、深度采访杀人犯的《冷血》问世，作家杜鲁门·卡波特在一篇采访中称自己创造了一种新文学形式——"非虚构小说"，即运用文学性的写作技巧讲述真实发生的故事。卡波特还将非虚构小说的特点总结为以下三点：永恒的主题、新奇的背景和众多的人物。②

事实上，到 20 世纪 60 年代中期，美国杂志中非虚构小说作品已经占到三分之二，忏悔录、回忆录、自传等成为畅销书目。非虚构写作的兴盛时期，是一个现实比虚构更离奇的时代。而"对六十年代做出最好描述的，是那些能诚实地正视其不可避免的矛盾状态，并针对其复杂性做出相应的复杂反应的人。"迪克坦斯认为梅勒的《夜幕下的大军》正是这样的代表作，"他构筑了一个自我和自我之间、自我和世界之间的'小剧院'，一个只有极少数记者和自传作者才能提供的包括情节、人物、紧张场面和结局的小说式社会缩影。"③

---

① ［美］基德尔、托德：《非虚构的艺术》，黄红宇译，上海译文出版社 2020 年，序。

② ［美］约翰·霍洛韦尔：《非虚构小说的写作》，仲大军、周友皋译，沈阳：春风文艺出版社 1988 年，第 101 页。

③ ［美］莫里斯·迪克斯坦：《伊甸园之门：六十年代的美国文化》，方晓光译，北京：新星出版社 2019 年，第 192、194 页。

乔治·斯坦纳分析小说在20世纪的变革时指出："每日的新闻，从四面八方砸向我们，将即时传递的震惊影像强加给我们，让我们沉浸于戏剧性的原始感情；这样的效果，任何经典故事都不敢奢望。只有耸人听闻的黄色小说或科幻小说才能够在促销刺激的市场上竞争。想象力已经落后于花哨的极端现实。"①

在斯坦纳看来，反映第二次世界大战浩劫的重要作品是报告文学和私人回忆录，在极恶的现实面前，在径直报道现实的热情和权威面前，小说陷入沉默。斯坦纳还称："我们看起来正处于诗学的过渡阶段，小说技法和陈规用于表现心理、社会和科学材料。"②

无论是中国还是西方，非虚构兴起的社会历史背景都十分相似，往往都是社会、文化转型时期，且都具有浓烈的在场参与、批判干预精神与浓烈的忧患意识和改革意识。

中国作家与学者在21世纪感受到的虚构面对非虚构的挫败与焦虑，早在20世纪60年代就已经被美国非虚构写作者和文学批评家观察到了。斯坦纳所说的"诗学的过渡阶段"也对中国非虚构发展也有所启发，小说的大量能量和遗产被充分吸收。

美国国家图书奖和普利策新闻奖都设有非虚构小说奖，两者均是重磅奖项。2013年，作家、记者乔治·帕克的作品《解密：新美国秘史》（*The Unwinding: An Inner History of the New America*，上海译文出版社中译本译为《下沉年代》）获国家图书奖。在获奖感言中，帕克说："感谢那么多美国人给予我这么沉重的礼物，他们信任我，让我走入他们的生活，告诉我他们的故事，所以我尽力去描绘这一代人和他们的生活。"作为《纽约客》杂志的撰稿人，乔治·帕克行走于多个美国大中小城镇，以绝对专业的纪实手法讲述形形色色的人物故事，比如烟农之

---

① ［美］乔治·斯坦纳：《语言与沉默：论语言、文学与非人道》，李小均译，上海人民出版社2013年，第308页。

② 同上，第441页。

子，工厂女工等。特别值得注意的是，他将同时代重要公众人物如脱口秀主持人奥普拉·温弗瑞、作家雷蒙德·卡佛等人的概略性小传穿插在故事中，同时在书中拼贴了报纸头条、广告口号、歌词、演讲、电视节目等内容，以切合时代背后的暗潮涌动。这本书写美国三十五年历史的宏伟之作追踪了底层社会在经济衰败中经历的阵痛，并把美国经济衰退的矛头指向了大银行和华尔街。

二、从"新新闻主义"到"新新新闻主义"

与非虚构写作经常并提的另一个概念是"新新闻主义"，一种二十世纪六七十年代兴起于美国的新闻写作方式。六十年代是一个特别的时代，颠覆传统成为美国社会的时代精神，"新新闻主义"就是新闻领域挑战传统的反叛者。1959 年沃尔夫在报道中首次尝试了小说写作技巧，1963 年他为 *Esquire* 撰写了《橘片样的糖果色流线型娃娃》一文，讲述洛杉矶汽车改装发烧友的故事，因此开启了一种被称为"新新闻"的新文体。1973 年沃尔夫因编选《新新闻主义》一书，被称为"新新闻主义之父"，可以说，"新新闻主义"是新闻写作文学化影响较大的研究与实践。

莫里斯·迪克斯坦认为六十年代美国新闻界的变化更加引人注目地表现在边缘地区，而非显赫机构的中心。在他看来，所谓的"新新闻"并不仅指是指更大范围内的背离新闻教条、响应六十年代的文化基调，甚至帮助确立这种基调的离经叛道倾向。这些不同类型的写作都具有一系列被传统新闻忽略的内容：气氛渲染、个人情感、对事件的解释、宣传鼓动、各种观点、小说式的人物塑造和描写、少量的淫秽内容对时髦事物和文化变革的关心及政治见识。[1]

埃默里父子所著的《美国新闻史：大众传播媒介解释史》一书中

---

[1] ［美］莫里斯·迪克斯坦：《伊甸园之门：六十年代的美国文化》，方晓光译，北京：新星出版社 2019 年，第 175 页。

曾将20世纪60年代汤姆·沃尔夫、盖伊·特立斯、杜鲁门·卡波特和诺曼·梅勒等作家试验的文本称为"新式非虚构报告文学"或文学新闻。虽然有各种不同的表现形式，但一般说来，是指利用感知和采访技巧获取对某一事件的内部观点，而不是依靠一般采集信息和提出老一套问题的手法。它还要求利用写小说的技巧，把重点放在写作风格和描写方面。① 但当时非虚构性报告文学主要活跃于杂志和书籍领域，没有扩大到报纸上，报纸主编们将此类写作视为"鼓吹式""行动主义式"报道。

虽然彼此之间各有不同理念和技巧，但总体上来看，新新闻主义的践行者大多文采出众，他们将小说技巧引入新闻文体，脱离表面客观和虚伪的冷静，描写场景和人物生存状态的细枝末节，或记录完整的对话，或采取第一人称叙事角度，进入被报道者的内心。

以盖伊·特立斯为例，他立志于"将非虚构写作提升到前人未至之境"，不仅将文学技巧引入纪实书写，更对美国社会作了切片般的精准分析，全世界特稿记者视其为新闻书写的典范。在他笔下，没有失败者、小人物、零余人，所有人都是主角般的待遇，一切都鲜活无比。他受《时尚先生》之邀采写的特稿《弗兰克·辛纳屈感冒了》是新新闻风格的代表性作品，被誉为"新新闻主义"的代表文章，并收录进"企鹅现代经典"。《王国与权力》位列"关于新闻业，五本必读的书"；《被仰望与被遗忘的》《邻人之妻》等作品也无愧时代经典。

新新闻主义最显著的特点是使用小说化的手法讲述事件，并融入具有社会特征的完整对话或细节描写，重视场景、心理描写，并因新鲜活泼的文学描写、灵活的叙事技巧、丰富的想象力与强烈的感染力曾在美国及西方新闻界风靡一时。其核心理念被认为是对传统的新闻写作理论的挑战，不被主流新闻界接受，受到传统新闻学的批判，其有悖新闻客

① ［美］迈克尔·埃默里、埃得温·埃默里：《美国新闻史：大众传播媒介解释史》（第八版），展江、殷文译，北京：新华出版社2001年，第495页。

观真实的做法也备受争议。例如新新闻主义主张报道中可以带有采访者鲜明的主观色彩和个人色彩，甚至主张记者作为目击者介入到事件当中，上述种种最终导致了新新闻主义在 20 世纪 70 年代逐渐边缘化。

尽管"新新闻主义"只存在了十多年的时间，但它在写作手法和采访技巧上的创新对整个新闻传播实践产生了深远的影响，也符合新时代的审美取向。同时，面对批评与质疑，捍卫者也以实际行动如"饱和采访""密集采访"做出了回应。事实上，新新闻主义报道方式也并没有从此消失。"'新新闻主义'要素在今天的很多报纸上确实已像百分比示意图一样常见。虽然记者们不再使用'新新闻主义'这个字眼，而改用'文学性新闻''亲近性新闻''创造性非虚构写作'这样一些名词，他们的作品却与沃尔夫那些'新新闻主义'的代表作有着惊人的相似特点。"①

继沃尔夫发起新新闻运动的 40 多年后，罗伯特·博因顿提出了"新新新闻主义"，他认为新一代记者更注重通过体验获取故事的方法，如浸入式策略、延长报道时间等，因此，"他们最重大的创新在于投入报道的体验上，而非他们过去讲故事的语言和形式上。"罗伯特·博因顿据此判断，"新新新闻主义"因"严谨的报道、敏捷的思维、复杂和社会性和警觉的政治性"极有可能在美国非虚构文学历史上广受欢迎并产生深远影响。②

简言之，相比新新闻，新新新闻既延续了前者的写作风格及对社会议题的关切，又有所创新。比如《纽约客》特约撰稿人、被称为"传记报告文学"创作风格一代宗师的威廉·菲尼根，20 世纪 90 年代因《冰冷的世界》而闻名，该书被定义为"融合了调查研究、采访、社会政治分析，是通常以现在进行时态表达的第一人称故事的集大成者"。

---

① ［美］查理斯·哈维：《新新闻主义的复活》，楼坚编译，《新闻大学》1995 年第 4 期，第 48-50 页。

② ［美］罗伯特·博因顿：《新新新闻主义：美国顶尖非虚构作家写作技巧访谈录》，刘蒙之译，北京：北京师范大学出版社 2018 年，前言。

"从平常的角度出发，描写他们的才能、抱负与自我的斗争，并以最好的方式呈现美国人所共有的人道的自然属性"。①

而在美国作家、新闻记者泰德·科诺瓦的笔下，则出现了很多活灵活现却道德模糊的人物，这些人物饱受称赞和藐视、钦佩和同情，科诺瓦将"一个社会学家在细节上的观察力与一个小说家的戏剧感和同情心结合了起来"，他的主题几乎都是美国梦的承诺与背叛。②

三、文学新闻

作为广义的非虚构文学的附属，文学新闻有点难以描述。国际文学新闻研究会（The International Association for Literary Journalism Studlies，简称IALJS）将报告文学、叙事新闻、创意非虚构、新新闻主义、文学非虚构和叙事非虚构都纳入文学新闻这一门类，并认为文学新闻是一种非常规的写作形式，"作为文学的新闻"，它遵循常规新闻表达真相的所有惯例，同时采用更常见的与修辞有关的叙事技巧。③

叙事性文学新闻或叙事性文学非虚构并不是几个学者心血来潮的发明。美国传播和媒体研究教授哈索克认为文学新闻"这样的一种新闻形式对表达我们都能感知的事物有着语言叙事上的吸引力，它洞察人类生活状况的内幕，这一点主流新闻形式却做不到，因为它经常陷入世俗话语之中，并任其编排"。④ 这种文本不仅仅是文本包含的修辞技巧的集合，还经常是社会或是文化寓言，在最广泛的寓言解读下隐藏着超越

---

① ［美］迈克尔·埃默里、埃得温·埃默里：《美国新闻史：大众传播媒介解释史》（第八版），展江、殷文译，北京：新华出版社2001年，第64、65页。

② 同上，第2、4页。

③ 参见陆晔：《文学新闻：特征、文化价值与技术驱动的未来》，《新闻记者》2018年第5期，第71—82页。

④ ［美］哈索克：《美国文学新闻史：一种现代叙事形式的兴起》，李梅译，上海：复旦大学出版社2019年，中文版序。

文本的潜在意义。多数情况下，寓言融入了对社会或文化"他者"的理解。①

　　总之，文学新闻是一个努力将个人主观性个性化地介入到客观化的共性之中的过程。这是一种只能被主观认知程度所引领的写作实践，写作者的局限具有不确定性，所有表达当然也带有语言的不确定性。②

　　美国记者乔恩·富兰克林尝试把契诃夫的叙事理论用到新闻里，其代表作《凯利太太的妖怪》是一篇像短篇小说的医学报道，因高超的文学叙述与修辞技巧荣获普利策奖首届特稿奖。在《为故事而写作》一文中，他为故事下了一个定义："当人物遇到错综复杂的情况，而他又不得不面对和解决时，行动就发生了，故事正是由一连串这样的行动所构成的。"③

　　文学新闻常被叫作文学性非虚构，倒过来也一样。在哈索克看来，两者的区别是重要的，如果叙事性文学新闻出现在这样一个较大范围的边缘化阴影中，并且还被否认，它同样是一种更深刻反映人类生存状况并且在努力感动我们的精彩叙事形式。

　　在美国，文学新闻是长期被学院研究忽视的一个领域。沃尔夫是第一个努力将自己有关文学新闻和文学非虚构观点理论化的学者。沃尔夫提出了新新闻主义的分类系统，一是现场场景结构；二是以第三者视角为途径，让读者有进入人物内心的感受；三是记录完整对话，以代替主流的客观新闻主义者所谓有用的选择；四是提供了身份细节，即故事人物作为人应有的姿态，或家居服饰风格而导致的"象征性细节"。④

---

① ［美］哈索克：《美国文学新闻史：一种现代叙事形式的兴起》，李梅译，上海：复旦大学出版社 2019 年，第 22 页。
② 同上，第 223 页。
③ ［美］杰克·哈特：《故事技巧：叙事性非虚构文学写作指南》，北京：中国人民大学出版社 2012 年，第 6 页。
④ ［美］哈索克：《美国文学新闻史：一种现代叙事形式的兴起》，李梅译，上海：复旦大学出版社 2019 年，第 245 页。

无论是新新闻、叙事新闻还是非虚构，这些相关论述并非所谓新闻业实质性变革的附属产品，而是通过话语的方式来重新思考、表述并争论如何做新闻的一种手段，同时也构成了各方行动者定义并塑造新闻业变革的阐释空间。①

第二节 非虚构在中国

如果要追溯中国非虚构的精神谱系，很多人会提到古代纪实性散文与纪传体文学。散文在古代是非常强势的写作门类，在张怡微看来，散文具有丰富而深厚的精神内涵，其特色鲜明的表达方式和审美特征是中国文化精神价值的重要载体。相比小说的"雕虫小技"，散文处理的是"兴亡之道"。五四之后，是小说开始为散文分忧的时代。小说有了治国理政、教育启蒙的功能。散文不仅失去了"载道"的话语权，也日益失去了启蒙性的自觉，格局日益式微。②

纪实文学、报告文学、传记文学等写作类型是传统意义上的"非虚构"，而当下"非虚构"作品则尝试进行文体创新，它不同于所谓的纪实文学和报告文学，而是旨在探索一种"我"与世界的新的言说方式，通过"我"来观察世界、思考人性。吁求来自面对社会现实和人类心灵的真实力量，在拓宽写作题材的同时，也在影响着散文的美学风貌，它有可能成就一种厚重感、悲剧感的散文美学形式，而与此前轻盈随意灵动的散文美学区分开来。③ 因"非虚构"的兴起，李娟新疆系列散文，萧相风以"词典"的方式来检索南方工业生活的真实现状均可

---

① 参见邓力：《在新闻业的沙上"圈地"：非虚构写作的位置创立与领地扩张》，《新闻记者》2020 年第 9 期，第 25-36 页。

② 张怡微：《散文课》，上海：华东师范大学出版社 2020 年，第 8 页。

③ 彭恬静：《"非虚构"的兴起与当代散文的新变》，《中国当代文学研究》2020 年第 6 期，第 72-80 页。

视为当代散文的新变。

在中国，非虚构往往与报告文学、纪实文学、特稿等相提并论。应当明确的一点是，对于非虚构这一概念的探讨不能脱离其提出的具体语境。从文学内部来看，这一概念主要针对的是 20 世纪 90 年代以来文学的私人叙事，面对这种向内转的趋向，非虚构强调作家的"行动"，注重田野考察和实地采访；而与过分追求形式、技巧的文本相比，非虚构主张的是跨界写作；针对迎合消费主义和娱乐化的市场书写，非虚构强调严肃的公共立场。

一、相关概念

1. 从报告文学到非虚构

国际报告文学兴起于 19 世纪末的工业化社会，并在 20 世纪蓬勃发展。尹均生认为，作为近代工业社会和新闻事业兴起之后产生的新兴文学样式，报告文学是历史、新闻和文学的综合体，是一种突破了小说、新闻和论文边界的"跨界文体"。20 世纪之初，西方的现实主义文学已从黄金时代进入银色时代，虚构形式的现实主义文学已经越过了它的顶峰，新兴的现代主义文学又远离社会现实，报告文学就此产生并兴盛起来。[①]

在中国，舶来品报告文学问世于 20 世纪初，承担起为现实呐喊、为真理执火的时代重任。1932 年，作家钱杏邨（笔名阿英）选编的《上海事变与报告文学》出版，这也是第一部以报告文学命名的作品集。20 世纪 30 年代中后期报告文学迎来丰收期：夏衍的《包身工》、瞿秋白的《赤都心史》、邹韬奋的《萍踪寄语》、范长江的《中国的西北角》等名篇问世。当时，面对高度体制化、板结化的书写方式，以及支撑着这种书写方式的权力机器，一批作家和知识分子从欧美引入

---

① 尹均生：《国际报告文学的源起与发展》，武汉：华中师范大学出版社 2009 年，绪论。

"报告文学"这个新概念，为的就是重新书写现实、把握真实生活。这样看来，报告文学在中国的问世背景与当下非虚构写作的兴起相似，所回应的都是同样的问题。

何谓报告文学？在丁晓原看来，它是一种独特的时代文体。与时代同行，是报告文学的基本品格；客观地反映现实，实录生活，是它重要的文体精神。① 李朝全则认为报告文学是一种使命文学、担当文学，并始终坚持在场、参与、承担与反思的角色。② 简单地说，非虚构性是其生命，理性精神是其灵魂。

1978 年 1 月，《人民文学》杂志发表了徐迟的短篇报告文学《哥德巴赫猜想》，吹响解放思想、尊重知识、改革开放的文学号角，当代报告文学开始进入黄金时代。这篇经典之作实现了对单一线性主题的超越，生动诠释了报告文学的多重功能，即寓客观展示、批判干预、中立歌颂、深刻揭示与人性导向于一体。③ 同时也预示着当代中国人价值观念、思维模式、行为方式以及审美意识的转变，它的轰动绝不仅仅是文学自身发展的结果，更多的是源自与政治、经济和文化等社会因素的契合。虽然其本质上仍然是"传声筒"，但是它所传之"音"，已经是实现了"外在超越"的清醒的现实主义。④

1982 年，报告文学被中国作家协会作为独立文体正式列入全国文学评奖范围，与诗歌、小说享受同等待遇。20 世纪 80 年代报告文学的经典之作是钱钢的《唐山大地震》，其震撼人心之处在于敢于反思不当的施政所加剧的灾难。1976 年，时任《朝霞》杂志编辑的钱钢整日奔

---

① 丁晓原：《新中国 70 年报告文学：荣光与梦想的致敬》，《文艺报》2019-09-25 第 2 版。
② 李朝全：《40 年报告文学：反映波澜壮阔的时代变革》，《人民日报·海外版》2018-08-22 第 7 版。
③ 郭志云：《"甜美"和"有用"：报告文学文体功能论》，《东吴学术》2020 年第 6 期，第 101-109 页。
④ 王晖、南平：《对于新时期非虚构文学的反思》，《华中师范大学学报（哲社版）》1987 年第 1 期，第 64-70 页。

波在那片震惊世界的废墟上，用整整三个月的时间，在救灾的同时直接记录一场灾难，同时也帮助救灾工作的宣传报道。八年后，他又以记者和作家双重身份，重新奔走在刚刚复苏的唐山大地上，结合当年救灾时的笔记内容，重新采访、核实，以其亲身经历和感受，用"口述历史"和"调查报告"的写作方式，将多元的社会现象融入多层次、多角度的立体化网络中，作品中有直叙、白描、口述实录、旁白、电影分镜头、采访笔记、备忘录、史料摘编、报刊新闻摘引、书摘、大字报及唁书等十多种叙述方式。这部全景式真实记录大地震的作品荣获 1986 年全国优秀报告文学奖、1986 年全国十大畅销书奖、1987 年金钥匙奖，同时也成为 1997 年香港优秀畅销书之一，被翻译成英文、日文、韩文、法文，是美国和香港地区若干大学的新闻写作课教材，当代中国出版社2005、2017 年再版此书。

总体来看，20 世纪 80 年代的报告文学往往以事件为基底，可以称之为"报道的扩写"。青年学者王晖与南平认为，新时期非虚构文学作品都在努力摆脱三十年来所形成的浅层次政治、道德宣传和庸俗社会学式的偏颇的社会分析，深入发掘出由于历史、社会变革的牵动，而出现的社会群体与个体的思维模式、心态、情感及伦理道德的变化与困惑，从对好人好事的简单记录到捕捉爆炸性新闻、写时代的"英雄"，到剖露普通人心灵，到再现具有现代意识的"新人"，到全景式把握人与社会、人与自然的多维关系。可以说实现了对报告文学"自我"的"内在超越"。①

进入 90 年代，随着改革开放的历史进展，一大批为改革鼓与呼的报告文学相继问世，如李延国的《中国农民大趋势》等，对改革事业做了多侧面并带有历史纵深感的概括。与此同时，大量企业、工程、人物或先进事迹报告及平庸作品，也败坏了报告文学的声誉。

---

① 王晖、南平：《对于新时期非虚构文学的反思》，《华中师范大学学报（哲社版）》1987 年第 1 期，第 64–70 页。

龚善举曾提出报告文学的三次浪潮，即20世纪30年代救亡型报告文学、50年代建设型报告文学、80年代改革型报告文学。① 报告文学在新世纪开始了多元化的探索。因虚构类作品现实干预力度不足，非虚构类的报告文学显示出不可替代的作用。报告文学或指向历史或指向现实，比如《中国高考报告》（何建明）、《中国农民调查》（陈桂棣、春桃）、《中国新生代农民工》（黄传会）、《蚁族》（康思）、《共和国粮食报告》（陈启文）等报告文学立足底层叙事，关切民生问题，反映社会真实状态。特别是2004年社会问题纪实类报告文学尤为引人注目，如反映农民艰难生存现状的《中国农民调查》，表现教育领域深度改革的《中国新教育风暴》，描述户籍管理对人的深重影响《横亘在国人心头的户口之病》，揭示乡村民主步履维艰的《灰村纪事》等等。上述作品在写作上具有前瞻性和建设性，在反映问题严重的同时也注重描述问题的解决过程。

近几年，特别是在庆祝改革开放40周年、新中国成立70周年、建党100周年等重要节点，先后有一批史诗性报告文学问世，国家叙事成为主要的叙事类型。丁晓原认为，这种以展示现实新变、呈现中国力量、激扬中国精神为旨归的"主旋律化"是主流意识形态的一种规定。②

《中国新文学大系》第二辑、第三辑、第四辑都设有报告文学卷，而在第五辑中，卷名则被主编由报告文学替换成了纪实文学。"'纪实文学'的出现绝非偶然，实际上人们意识到报告文学的现有概念，已经无法概括所有纪实类文学作品的全部，需要有所突破其局限，故以'纪实文学'概念来容纳进更为宽泛的内容。""我们不妨套用国际通行

---

① 龚善举：《20世纪中国报告文学的三次浪潮》，《文艺理论与批评》2000年第2期，第105–113页。
② 丁晓原：《非虚构文学：时代与文体的"互文"》，《东吴学术》2018年第5期，第42–49页。

的'非虚构'概念，把'纪实文学'确定作为纪实类文学作品的总称。"①

非虚构成为一种写作潮流，始于2010年《人民文学》首创的"非虚构"专栏。创作者将目光指向真实的生活现场，具有干预现实的强烈冲动。

在国内首先倡导非虚构写作的是文学评论家李敬泽，提到在《人民文学》设立非虚构栏目的初衷，李敬泽坦言当时要发一个作者的自传，却找不到合适栏目，"不像小说，不像报告文学，说散文也不妥当。最后造了个什么都可以装的乾坤袋，就叫'非虚构'"。至于文学评论界对于非虚构、报告文学、纪实文学之间的名目纠缠，李敬泽觉得没必要急着下定义，"大家先去探索，跑马占地，播下种子，看看能长出什么再说。"一个有趣的现象是，《人民文学》杂志上曾同时出现"报告文学"和"非虚构""非虚构小说"等栏目或名称。

编辑写道："何为'非虚构'？一定要我们说，还真说不清楚。但是，我们认为，它肯定不等于一般所说的'报告文学'或'纪实文学'……我们也希望非作家、普通人，拿起笔来，写你自己的生活自己的传记。"

与报告文学相比，非虚构写作在把故事生动化的同时，更多聚焦于事件的广度和深度，或是个体的经历和体验，不再以表达某种价值观或立场为己任，而是具有独立的价值向度。哈建军认为，"非虚构"既指一种遵照事实进行客观叙事的方法与模式，也指主体以客观叙事方法呈现生活原型、原态的叙事类作品。即客观上和主观上均高度认同"以纪实为本质"的方法和作品。②

应当指出的是，报告文学与非虚构文学都生长于社会转型时期，两

---

① 李辉：《中国新文学大系 1976-2000 纪实文学卷》，上海：上海文艺出版社 2009 年，序言。
② 哈建军：《"非虚构"的人类学考察》，《当代文坛》2017 年第 4 期，第 54-57 页。

者的共同点都在于关注被主流话语遮蔽的现实问题与群体命运。有人认为非虚构写作就是报告文学或者说纪实文学，其实不然。

此概念提出后，有学者将之与报告文学对标，提出要以非虚构写作取代报告文学，随后引发了一场关于范式转型、意识形态等的话语权之争。丁增武认为，"报告文学"与"非虚构写作"具有共同的本质特征，"非虚构"和相近的叙事伦理。在"报告文学"这种传统文体面临日益复杂的社会现实而略显捉襟见肘之时，"非虚构写作"试图质疑其叙事伦理、与之断裂并取而代之，但必然性与必要性在目前显然还不够充分。两者谁能通过"纪实"重返这个时代，真正发掘与坚守这个时代的底色和方向，谁才能赢得文学史的认同。①

"非虚构"是一种文体大类，它与"虚构"相对应。报告文学是"非虚构"类中的一种具体文体。显然"非虚构"概念的外延比"报告文学"要大得多，而"报告文学"则有着更多的特指性。报告文学是一种具有一定历史时长、至今仍在使用这一名称的国际性文体。非虚构则是由美国命名、具有广泛影响的概念。非虚构是一个包含了报告文学但是大于报告文学的文类指称。②

文学场的自主性促成代际间的挑衅与冲突，这些无休止的竞争就是争夺文学场定义权的斗争。文学代际变换应和着当代文学和社会制度的转型步伐，推动着文学对历史沧桑、民族命运的反思，也促成文学对当代生存经验和语言的激活。文学场在社会结构中的尴尬处境使它最终仍然受社会权力场的支配，内部的自主原则面临外部政治、经济等力量的侵袭。③

非虚构出版热的出现不仅引发关注，而且也逐步取得市场的胜利，上海译文纪实系列的出版备受推崇即是明证，而国内原创非虚构（包

---

① 丁增武：《"报告文学"和"非虚构写作"之争的辨析与考察》，《合肥学院学报（综合版）》2016年第2期，第97-103页。

② 丁晓原：《非虚构文学的逻辑与伦理》，《当代文坛》2019年第5期，第90-96页。

③ 赵一凡等：《西方文论关键词》，北京：外语教学与研究出版社2006年，第589页。

括传记、口述史、科普、随笔、自然笔记、历史叙事等在内）也获益颇丰。相比之下，报告文学更多地停留在官方刊发渠道，很难赢得市场，《人民文学》《十月》等大型文学杂志上保留的报告文学专栏作品也少有人翻阅。两种不同的市场反馈与主题内容的区别有关，非虚构文学不再流连于历史的沉重回忆，而是沉浸在个人化、碎片式的当下生活。专业或业余的写作者们从个体的生活经历出发，或讲述自己的故事，或挖掘被掩蔽的真实，与读者们一同咀嚼来自生活与社会的复杂底色。报告文学与非虚构写作不仅仅是表达方式和技法的差别，也有观念上的差异。

那么，非虚构在精神谱系上是否有对报告文学的回归？1949年之前的中国报告文学代表作有《饿乡纪程》《赤都心史》《包身工》《流民图》等，1949年之后的报告文学代表作则有《谁是最可爱的人》《县委书记的榜样——焦裕禄》《哥德巴赫猜想》《祖国高于一切》《根本利益》等等。事实上，报告文学并没有被替代，而且在"中国梦""乡村振兴"等具有"共名"性的重大时代主题的召唤下，还呈回暖之势。近年有影响的非虚构作品在写作观念、叙事方式和表达效果上，明显区别于1949年以来的报告文学，却十分接近于1949年之前的报告文学。据此，王磊光认为"非虚构"可以看作对前三十年中国报告文学的一种回归。①

2. 散文式新闻、特稿

舒德森在考察美国报业史发展时曾概括两种新闻模式：信息模式和故事模式，这两种模式分别对应了人类信息实用需求和文化精神需求。"新闻是一种讲故事的艺术"在20世纪90年代以来逐渐被中国新闻界接受。但在新闻写作中借助文学叙事方式和技巧以增强可读性早已有之，早在20世纪40年代，胡乔木就提出借用文学技法写新闻，穆青在

---

① 王磊光：《博弈与回归：在十年"非虚构"与百年"报告文学"之间》，《文学报》2020-06-25第11版。

20世纪60年代进一步具体提出用散文化笔法写新闻。穆青认为,"从广义上说新闻即是散文的一种……（我们应该）充分吸取散文写作中那种自由、活泼、生动、优美、精练的表现手法。"①

新新闻主义在20世纪80年代进入中国。这一时期,中国新闻界出现的"散文式新闻""视觉新闻""实录式新闻"是对西方新闻报道的挪用,而以《中国青年报》"三色报道"为代表的新闻作品在内涵和外延上均突破了传统新闻文体的界限,创造了一种全新的样式,因此对当时的新闻界具有观念解放的启蒙意义。②

自20世纪90年代始,源自西方的"新新闻主义"的回归,促使文学性新闻或者说新闻的文学化成为新闻发展的一种走向,其背后蕴涵着深刻的文化背景与历史变迁,可以说它是传媒、受众、社会互动态势下的产物。周大勇指出,从历史的角度来看,新闻围绕文学动态发展,其运行轨迹可以表述为三个阶段:隐于文学之中、试图远离文学和再一次亲近文学。不言而喻,迄今为止,新闻与文学相关联的历史轨迹可以被归结为"融合——分离——再融合"的图式。③ 借用周大勇的分析,我们可以看到新世纪20年来的新闻都在亲近文学、重走文学之路。

至于特稿,作为公认的新闻文体归功于普利策新闻奖特稿奖的设置,1979年获得第一届特稿奖的医学报道《凯利太太的妖怪》为此类文体确立了规范与评价标准——"高度的文学性与原创性"。20世纪90年代这一新的新闻文体被中国新闻界接受,让只有消息、通讯、报告文学的中国新闻报道文体更为多元,《普利策新闻奖特稿卷》则成为新闻界的借鉴范本。

1995年,《中国青年报》开辟"冰点"专栏,最早开始特稿尝试,

---

① 穆青:《穆青论新闻》,北京:新华出版社2003年,第86页。

② 刘勇:《中国报纸新闻文体嬗变（1978-2008）》,北京:中国人民大学出版社2016年,第126-127页。

③ 周大勇:《"超传播"背景下的中国新闻文学化问题:"新10年"新闻"历史回归"现象研究》,吉林大学2012年博士论文。

开篇之作《北京最后的粪桶》成为特稿代表作品。2005 年《南方周末》特稿组成立，一批从事特稿写作的记者以文成名。冰点与南周特稿一改传统新闻文本的枯燥表达，在文本创新上、报道立意上均代表了新闻报道的一种高度，真实与美感兼具。他们的创新实践，改变了新闻的"速朽"，提供了永恒的可能。

两家媒体也先后出版了特稿作品集，从事特稿写作的记者结合写作实践对特稿概念进行了探索和思考，如《永不抵达的列车》《南方周末特稿手册》等。其共同之处都强调特稿的文学性、故事性以及对人物、事件或社会问题、社会现象的深入挖掘。关军认为："对于人和故事的细节性呈现是特稿基本特征。特稿有其强调情节设置、细节描写，注重人物的内心挖掘。"南香红认为："特稿作为一种新闻的展开，深入新闻关节点。特稿是一个好故事。"①

但以冰点代表的特稿是一种比较奢侈的生产方式，据雷磊称，当年他离开南方周末入职 GQ 报道组后，每年的工作量仅为 4 篇左右的报道，有时单篇成本超过 10 万元。也就是说，非虚构写作兴盛之前特稿其实是很多媒体无法负担的"精英式产品"，从而陷入小众化乃至衰落。中国的新闻特稿可以说是报刊时代的产物，新媒体时代的来临改变了信息消费习惯，非虚构乘势而起。

另外值得注意的是，在具体的实践语境中，各纸媒所称的"特稿"并不是同一回事，比如新华社、财新杂志，与其说是特稿，不如说是调查性报道、解释性报道以及大特写。新华社在 2012 年曾推出习近平等中央领导的系列人物特稿，写法上与冰点人物特稿存在区别。有学者结合文本分析与访谈曾比较过几家主要媒体的特稿：新华社特稿是"特别报道"，是对重要事件的报道，写作风格类似工作通讯；财新特稿是重要的深度报道，写作风格类似调查报道和解释性报道；而南方周末的特稿，更接近普利策新闻奖对特稿的定义，更强调报道的故事性和文学

---

① 杨瑞春、张捷：《南方周末特稿手册》，广州：南方日报出版社 2012 年，第 291 页。

性写作。①

二、写作主体

非虚构写作的实践与流行使得写作不再只是作家的专利，而是所有普通写作者的权利。这一现象被人称为"写作的民主化"。② 本部分拟对当前写作主体构成情况予以梳理并对历史视野中的群众化写作运动进行回顾。

从国外写作来看，很多非虚构作品出自媒体从业者，由记者转型为作家较为常见。如上海译文出版社的"译文纪实"丛书，"外国视角看中国"及科学写作、社会题材均是如此。国内非虚构写作者有专业和业余两大类，前者指作家、记者、社会学家、历史学家、科学家、人类学家等具有专业素养的人，业余写作者则表现出"非职业化"特点，不同群体只要有兴趣有表达能力都可以讲述自己或他人的故事。

1. 作家群体

何建明、冯骥才、李娟等作家坚持书写社会变革、关注人生与人类命运。杨显惠自 20 世纪 90 年代起致力于"命运三部曲"的采访和写作，《夹边沟纪事》《定西孤儿院纪事》《甘南纪事》涉及的都是敏感地区的敏感人群，"夹边沟"是一批"右派分子"的流放地，三千多名被押"右派"仅数百人生还；"定西专区"是 1960 年左右"大饥荒"时甘肃省内的一个"重灾区"，五千多名孤儿是见证者；"甘南"是由传统转向现代的藏区，藏民在时代遽变中承载着文化转型的重负。2007年《新京报》将《定西孤儿院纪事》评为年度图书时，在"致敬词"中说杨显惠是"文学的边缘人、史学的门外汉、新闻的越位者"。

---

① 白净、刘子淳，新闻特稿在中国的不同理解与实践，《青年记者》2021 年第 1 期，第 49-52 页。

② 徐刚：《虚构性的质疑与写作的民主化——非虚构写作漫议》，《当代文坛》2019 年第 1 期，第 47-50 页。

2. 记者群体

记者一直在行动。非虚构的文学取向使得从事特稿写作的记者成为主力军，各类平台、媒体机构都有专业记者从事非虚构写作。优质特稿生产能力强的媒体如《南方人物周刊》《人物》杂志等均拥有相对稳定的记者群，由特稿记者转型成为非虚构作家的较为普遍。如李海鹏、南香红、关军、刘子超、杨潇、袁凌、蔡崇达、李宗陶、卫毅等。

袁凌是国内最好的非虚构作家之一，他每一篇作品都写尽现实的无奈和焦虑，《青苔不会消失》（中信出版集团 2017 年版）目光多聚焦于生活边缘的小人物，用真实、冷峻的手笔书写一个个无奈而残酷的现实。由记者转型为作家的还有刘子超，凭借《沿着季风的方向：从印度到东南亚的旅程》（人民文学出版社 2019 年版）成为首届单向街书店文学奖年度旅行写作得主，《失落的卫星：深入中亚大陆的旅程》（文汇出版社 2020 年版）被评为豆瓣 2020 年中国文学非小说类第一名、入选《南方都市报》2020 年度南都十大好书。

他们的写作目的已发生改变，为历史留存一份底稿，关切人的命运、书写个体与时代的关系成为他们的重点，相比客观记录，更多偏重观察者的角色介入现实，他们在自己的经验和学识、见闻的基础上，对这个时代有自己的阐释，因此作品中往往有存在于事实之上的某种超越性、精神性的东西，具有一定的审美境界。

3. 专业学者

社会学、历史学、文学、人类学等不同专业领域的知识生产者频频出圈，跨界参与到非虚构写作，使各专业知识有了新闻的特性，从而建构了新闻与其他学科边界领域的知识形态。比如普林斯顿大学社会学系教授马修·德斯蒙德的《扫地出门》，作者以白描手法对城市中被驱逐的弱势群体的生活状态非虚构书写，学者视角赋予了该书反思与反省气质。

在国内，现当代文学博士梁鸿的"梁庄"系列，人类学家刘绍华博士的《我的凉山兄弟》对现代化转型中边缘群体历史遭遇的展现，以及社会学博士吕途"中国新工人"三部曲《迷失与崛起》《文化与命运》《女工传记》等都曾引起强烈反响。社会学家、"三农"问题专家贺雪峰的《最后一公里村庄》（中信出版集团 2017 年版）以田野调查的严谨讲述乡村的现实与真实。社会学者杨华自 2007 年起在多个省市驻村调查，其新作《陌生的熟人：理解 21 世纪的乡土中国》（广西师大出版社 2021 年版）获得好评，这类有温度有情怀的优秀学术随笔作品相比纯学术著作有更大的市场潜力。

除了上述作家、记者、学者之外，还有体现专业优势的非虚构写作者。比如以果壳为代表的科普新媒体吸引了科技性写作爱好者，而历史写作爱好者也会形成共同体。应该说，互联网的发展为这类群体提供了书写、发表的大舞台。

4. 草根群体

民间写作则是非虚构写作热的庞大基石。真正的民间写作主体是普通老百姓，或可称为群众化写作、平民写作、素人写作。正如张慧瑜在《作为公共写作的非虚构文学》中所说，一个时代有一个时代的文学形式，面对这个多元、复杂的社会，非虚构文学成为这个时代最接地气、最丰富的表达手段。在他看来，没有什么人不能从事非虚构写作，也没有什么主题不能成为非虚构写作的对象。①

比如六十岁学认字、七十五岁学写作的普通农妇姜淑梅坚持书写个人史、家族故事、村庄故事，已出版非虚构作品 3 部。其中，《乱时候，穷时候》《苦菜花，甘蔗芽》分别入围 2013 大众最喜爱的图书和 2014 中国好书。2013 年，只是记录了一个普通家庭变迁的《平如美棠——我俩的故事》也创造了出版界的一个传奇。92 岁的饶平如为了怀念他去世的妻子毛美棠，用画与文字写下他们的故事，此书被许多媒体评为

---

① 黄灯、张慧瑜等：《应知故乡事——返乡者眼中的中国乡村图景》，上海大学出版社 2020 年，序二。

年度好书和最美书籍，几年里加印十几次，2017年10月出了第三版，印数达20余万册。意大利语、法语、英语、荷兰语、韩语和西班牙语版也相继问世。除传统的出版市场外，规模更为庞大、传播更为火爆的是基于互联网平台的素人创作，这些平台给那些想要发出自己的声音，讲述自己的故事的人提供了展示的机会，同时，点赞、关注、在看等即时的反馈又进一步刺激作者的创作欲望。

类似的还有眼科医生陶勇撰写的《目光》（百花洲文艺出版社2020年版），这是他在遭遇一起恶性暴力伤医事件后完成的非虚构作品，主要讲述了对于伤医事件的感悟，成长过程中的理想信念，陶勇善于从患者、朋友身上与书本中吸收能量，他用朴实无华的文字与日常叙事传递了正直与善良、信仰与热爱、豁达与坚定，同时坦率而又深刻地探讨生死、名利、善恶、爱恨、孤独等大问题，该书被评为"南都年度十大好书"，这一奖项的评选宗旨是"推崇体现中国文化的新发展、新力量、新成就的中文原创作品，注重把握、引领、提升当下中国人的心性、感性和理性"，这部医生沉思录无疑将带给读者长远的启示与成长的力量。

5. 群众写作运动：从"中国的一日"到"民间记忆计划"

在此，特别值得一提的是一日体、日记体等群众写作运动。在历史变革语境中，数以亿计的普通人往往只以群体的形态出场，面目模糊、行为平庸，被动地受到历史潮流的波及，之后变成统计数字，成为某段历史的注脚。而一日体、日记体群众写作运动以鲜活的方式对宏大历史进行详细的补充说明。我国有群众纪实文学运动的传统，如果要追溯源头的话，在我国最早出现于20世纪30年代。

1936年4月，作家茅盾以上海文学社的名义，在《大公报》上向全国征文，号召作家、非作家及社会各阶层人士，以1936年5月21日为主题，记述这一天内周围所发生之事。以"发现一天之内的中国的全般现实面目，彰显这一天之内的中国全貌"。征稿启事迅即在全国激起回响，来稿 3000 多篇，600 多万字。经三轮精选，以 490 篇，80 万字成书。该书记录下了 1936 年 5 月 21 日这一天里，全中国各个阶层、各种处境、各种职业的人们的 "所见所闻、所做所感"，把那会儿的城市的慌乱、农村的崩溃、富有者的荒淫、饥饿者的挣扎、小市民的彷徨、求索者的奋勇……都活泼泼地呈现在我们面前。成为三十年代出版界的一件盛事。《中国的一日》为动荡年代的中国提供了更多的历史细节，读者可以进入各阶层民众的日常生活。同年，完成长征的红军战士，也用写作、回忆录的方式，写下了 "红军长征记"。

与之类似的还有《冀中一日》《志愿军一日》《新中国的一日》等。1941 年是冀中抗日斗争很有纪念意义的一个年头，当时冀中区党政军主要领导为更好地反映这一伟大史实，发起了 "冀中一日" 写作运动，号召全体军民记录 5 月 27 日这一天里发生的抗日斗争故事。2015 年，河北当地为纪念抗战胜利 70 周年还发起了 "新《冀中一日》征文活动"，以缅怀抗战岁月，记录时代巨变。

1953 年 12 月，中国人民志愿军政治部号召全军指战员以自己在朝鲜战场的亲身经历，选择生活中最有意义的一人一事，写最值得纪念的一天。在不到 2 年的时间共写出稿件 13615 篇，2000 余万字。经整理汇编成 4 集。1954 年编入 "中国人民解放军文艺丛书"，由人民文学出版社出版。2000 年解放军文艺出版社借朝鲜战争爆发 50 年之机重新出版该书。

刘尊棋主编的《新中国的一日》（华夏出版社 1989 年版）以 1987 年 5 月 21 日为时间节点，除了普通征文之外，还有来自夏衍、冯亦代、杨沫、聂卫平、梁漱溟等人的特别约稿。写作者年龄分布从 6 岁到百岁老人，共收到 13000 多份来稿，为当年《中国的一日》写过稿又应征写稿的有 30 多位，最终收入 460 多篇文稿及 16 幅摄影作品。再加上当日新闻、各地电视节目、天气情况及当日的一些活动照片，共两本 70 多万字。

在征稿标准中，除了正面积极的来稿，难得的是，反映存在问题的稿件也兼顾了。对同一社会现象不同的观点不同思想倾向的稿件都尽量采用，为的是反映复杂生活。在前言中，刘尊棋说道：多数人有着自己特殊的焦虑、期待、失望、厌恶和悲叹。有的是为化肥，排了大半天"长龙"，最后空手回家；有的为换煤气罐，跑了很远的路，竟是"学习不办公"，后来又说他手续不合；有的带儿子去学校，焦急地看他考学的儿子录取没有……所有入选的稿件，没有惊心动魄的故事，没有离奇曲折的情节，没有耸人视听的社会新闻，全部都是日常生活。

林樾在《关于本书编辑的经过》中认为80年代的中国是一个难以描摹的时代，也是一个应该记下的时代。虽然，中国的大小报纸每天都在对她进行描述、报道，但这并不能囊括人们对生活的千差万别的评判和选择。我们更想知道，在这样的时代里，中国大地上的普通人是怎样生活、怎样思索的。他们如何看待变化了的现实、如何看待变革中的自己呢？他把"新中国的一日"征稿活动看作是别具一格的民意测验和大规模的社会调查。

总体来看，"一日体"影响深远，2016年5月，网易人间与单读联合主办"你就是中国，今天就是历史"——"中国的一日"80周年暨大型征稿活动，全部稿件题材限发生在5月21日当天，不限文字字数、照片篇幅、视频长短；题材不限，可以为5月21日当天的生活记录，也可以为时事评论、人生感悟等；稿件可以体现出明显的地域特征和个人标签，包括作品中的人物，或者记录者、拍摄者本身的职业、生活状态、周边环境风貌等。

腾讯网开设的品牌栏目"中国人的一天"也坚持了多年，截至2020年8月28日已推出3914期，快手也以视频的方式加入。2020年，由武汉人民共同书写的战"疫"日记《英雄城记》出版。该书收录了疫情防控期间坚守一线的医护人员、公安干警、建设者、保供人员、志愿者、下沉干部、社区工作者、普通居民、青少年学生等173位作者的

173 篇日记，展现了从 1 月 23 日上午 10 时"封城"到 4 月 8 日 0 时"解封"这 76 天里的共同记忆。疫情期间，单向空间出版了内部出版物《凛冬日记》，这些来自各个城市的日常民众生活的记录同样是难得的疫情资料。

独立纪录片导演吴文光于 2005 年尝试运作"村民影像计划"，由"草根背景"的村民开始拍摄纪录片，记录自己的村子，用自己的声音说话，以影像的方式进行真实生活的记录与自我表达。1950 年出生的农村家庭妇女邵玉珍，一直在北京市顺义区杨镇沙子营村生活、务农，自 2005 年参与村民影像计划，开始使用 DV 摄像机，完全以自己的方式，拍摄记录自己的生活和村子里的人和事。短片《我拍我的村子》及《我的村子 2006》《我的村子 2007》两部记录长片。邵玉珍曾说："限于我本身的条件，我只能拍一点我的村子和我周围的人，拍一点我的村民们的衣食住行，喜怒哀乐，生老病死。我镜头下的人都是一些小人物，我认为这些小人物虽然生活在社会的最底层，可他们却是这个社会的根基，我也是他们中的一员，就生活在这些人中间，拍我的村子我得心应手，没有障碍。"这充分说明了民间非虚构创作的特点与价值。2010 年，"民间记忆计划"推出，一直持续到现在。吴文光希望通过这两个项目的运行，挽救民族历史记忆并能够挖掘出创作者的"公民意识"。2019 年吴文光主持的"民间记忆计划口述史"项目在杜克大学图书馆上线，该数据库包括 220 多位亲身经历多个历史时期的农民口述视频资料。

2019 年，北京爱故乡文化发展中心爱故乡文学与文化小组与西南大学中国乡村建设学院、新青年非虚构写作集市、《崖边》公众号联合发起"故乡纪事 爱故乡非虚构写作大赛"，来自民间各行各业的写作者从各个视角反映了中国当代乡村的面貌，揭示了故乡之美和乡村建设中存在的各种问题，获奖作品集《应知故乡事——返乡者眼中的中国乡村图景》于 2020 年出版，该书可视为 21 世纪移动互联网时代群众写作运动的成果。

三、中国非虚构兴起的背景与动因

当前，非虚构写作已拥有多种传播渠道，可谓多管齐下，全面开花：一类是纸媒，包括专门的杂志书、综合性新闻期刊、文学期刊等，以刊载文字作品为主。一类是网络平台如网易"人间"、界面"正午""真实故事计划"等，文字、图片居多，还有一类是非虚构影像平台如草地工作站、Figure 等。也就是说，非虚构写作并不只有图文形式，也包括音像叙事作品，比如纪录片、视频类深度报道。腾讯新闻的访谈栏目《和陌生人说话》，每一期呈现一位当事人的故事，在一个"不要和陌生人说话"的时代，用普遍人性、共同的感同身受来连接一切孤独的现代人，就其本质而言，也可归为非虚构范畴。

非虚构写作因何火爆？在笔者看来，中国社会的快速变革提供了现实土壤，既往文学、新闻行业内生的问题导致了非虚构转向，而受众层面接受期待的变化无疑带来了市场需求，最后是新媒体技术的发展催生了全民非虚构写作的热潮。

1. 社会转型提供了现实土壤

从媒介社会学视角来看，非虚构写作的兴起有着复杂的环境因素。

美国学者约翰·霍洛维尔在《小说家和小说在危机的年代》一文中曾针对 20 世纪 60 年代美国文学创作转向发表评论，他指出"一些最好的小说家也在抱怨写小说十分困难，因为这一时期里的日常事件的动人性已走到小说家想象力的前面去了。事实上，许多小说家暂时地放弃了小说的创作，转而写社会评论、纪实文学和充满活力的报告文学。"霍洛维尔援引了 1966 年诺曼·梅勒的观点："（美国社会现实主义）是一种文学，它正被一种特殊的美国社会现象所纠缠，即艺术家缺少能力去记录和反映快速变化着的社会。美国的这种现象是与不同寻常的加速度有关的。一切事情好像都在以比过去高十倍的速度在美国变化着。

这种状况给文学带来了巨大的困难。"①

最好的非虚构小说显示出一些辨别是非的审美能力，这种能力在所有的时代对持续不断的人类困境来说，都起到一种向导的作用。如同任何时期最好的文学，这些作品最终都具有人的性质和人类解决面临的困难的力量。②

社会剧变导致非虚构文学的出现。"日常事件的动人性已走到小说家想象力的前面了"，作家坦言面对现实时的无力以及阅读新闻时的眩晕。当代中国高度文学化，戏剧性、荒诞化的媒介奇观持续上演，现实比虚构更精彩更离奇，正如赵允芳所指出的："媒介时代的虚假生活表象，与向壁虚构的文学式微，恰为非虚构创作营造了一个独有、广阔的生存空间。"③ 转型时期的复杂导致非虚构写作兴盛，如炒股，如农民工，如传销，近年来，非虚构创作在中国亦受到越来越多关注，类似何伟《寻路中国》这类典型非虚构作品的畅销，证明其有潜在的巨大需求。当下中国超现实化发展，现实主义文学无法透过现象把握本质，转而倾向于呈现现象和经验本身。越来越多的作家、媒体人、学者、普通人选择加入非虚构创作行列，并涌现了不少优秀的作品。

梁鸿及其"梁庄"系列文本（《中国在梁庄》《出梁庄记》《梁庄十年》）因其田野调查方法、口述历史及衍生出的现实问题，引发了文学、新闻学、社会学、人类学等不同角度的广泛讨论，成为非虚构写作绕不开的重要文本，"梁庄"由此而衍变为带有时代特色和象征意义的社会文化符号。《中国在梁庄》中，有九章对梁庄的"深度报道"；《今天的"救救孩子"》，通过扎实的采访展示充满悲剧性的农村教育图景，直面留守儿童问题，《蓬勃的"废墟"村庄》《被围困的乡村政

---

① ［美］约翰·霍洛韦尔：《非虚构小说的写作》，仲大军、周友皋译，沈阳：春风文艺出版社 1988 年，第 3、5 页。

② 同上，第 22 页。

③ 赵允芳：《非虚构的两翼：诗性与真实性——从普利策"非虚构奖"50 周年想到的》，《传媒观察》2012 年第 11 期，第 56-58 页。

治改革》《当代青年：出走的死胡同》等八章都独立讲述了农村的环境、基层自治、农村青年出路等问题，各章篇名使该书像一部部特稿，坚实平和的叙述笔调、运用客观的数据和采访、经由日常生活的叙事伦理场完成中国乡村的特别报道。

新闻领域的非虚构实践也离不开具体的社会背景，时代快速更迭催生了社会对非虚构写作的渴求。

改革开放的逐渐深入导致社会的急剧转型，热点、难点、焦点问题丛生，世相多变如魔幻现实主义，原有的新闻报道面对社会转型已表现出明显的局限，受众渴望触摸作为个体的真实感受，更重要的是，渴望写作者对我们身在的现实进行真实的倾听、书写和理解，非虚构文体的兴起回应了这样的"渴望"。以调查性报道、特稿等为主的新闻领域非虚构写作在建构事实和事件逻辑联系的同时也建构了故事框架，既满足人类的信息实用需求（现象背后的原因和问题），也满足人类的文化精神需求（善与恶、美与丑的神话叙事），从而成为一种有助于"理解"的知识形态，即时间性要求弱化，着重将采集的事实和事件建构成一种逻辑和情境意义，探究现象背后更深层次的原因和被遮蔽的事实。①

周晓虹曾提出理解社会变迁的双重视角，一是着眼于结构性或制度性宏观变迁的"中国经验"，一是"中国体验"，着眼于价值观和社会心态方面的微观变化或精神世界的嬗变。② 正是后者涉及社会生活的方方面面，然而，主流媒体对此关注远远不足，既有的新闻报道无法及时反映国人微观的精神世界、价值取向、社会心态嬗变，导致与当下真实变动产生疏离与隔膜。非虚构写作因其具有"社会学的想象力"恰好提供了观察社会的窗口，因此一经刊发往往引发共鸣与讨论。

某种意义上来说，抖音、快手等短视频平台不但极大地降低了影像

①　郑忠明、江作苏：《作为知识的新闻：知识特性与建构空间重思新闻业的边界问题》，《国际新闻界》2016 年第 4 期，第 142-156 页。

②　周晓虹：《中国经验与中国体验：理解社会变迁的双重视角》，《天津社会科学》2011 年第 11 期，第 12-19 页。

生产的门槛，更重要的是它们为当下中国社会生活呈现和保留了宝贵的素材，并得以成为重要的公共参与平台。虽然目前这些平台还难以担负生产和传播严肃新闻的重任，但恰好弥补了主流媒体的不足。

短视频也改变了乡村。《三联生活周刊》特稿《靠拍"大衣哥"致富：疯狂的流量与乡村》为我们呈现了带有魔幻乃至荒诞的乡村场景：草根明星"大衣哥"所在的朱楼村几乎已经没有单纯靠种地生活的村民，除了在外务工的年轻人，留在村子里的人尝到了互联网经济的甜头，通过拍摄"大衣哥"的起居日常并上传短视频，乡民们找到了一条参与互联网经济的便捷渠道。手机、流量、视频、粉丝数量，看起来是比土地、庄稼、收成要轻松许多的赚钱渠道。而流量中心的朱之文，一边承受着来自外部世界的打扰，一边是难以离开的家乡。有网友评论：大衣哥只是时代的缩影，是资本运作把一个又一个朱之文及围着他们疯狂造势的人裹挟着潮涌潮落。

又比如疫情影响下的青年就业问题，多数派公众号曾推出"青年就业专题"系列，《为了找工作而进大学？抱歉，此路不通》《社畜们的故事：逃离、互助、反抗与救赎》等推文引发讨论。"社畜"这一网络词语源自20世纪90年代的日本，意为"会社的畜生"，现被借用来形容中国年轻人面临的生活与工作困境，主要表现在：无价值感，过劳，收入微薄与付出不匹配，剥夺感强烈。[①] 这一语词流行的背后是当前阶层固化的现实。

以上种种说明在主流媒体报道之外，有太多问题与群体未得到足够关注。在中国当下的舆论场当中，媒体只能提供一种关于社会的叙事，而包括民族志、人类学、社会科学等在内的非虚构写作恰好提供了另外的素材与叙事，带来对于真实社会情况的考察，这些写作给个体的人生选择和国家的社会政策提供了重要的参考。

---

① 参见恰东风：《可不可以不社畜——中国年轻人的工作困境》，多数派 Masses，https://mp. weixin. qq. com/s/5Z8JIiQEdlMCVHoYm3BXkQ2020-08-14。

总之，作为一个大国，中国拥有巨大的非虚构作品市场，题材多，受众群体庞大，正如新新闻主义是在美国而不是英国或法国兴起，哪怕只有一小部分人愿意看，也可能养活一个产业。

2. 文学与新闻行业内部问题引发的转向

从某种程度上而言，"非虚构"与其说是一种叙事方法不如说是一种追求真实的态度，对过往文学与新闻领域中的各种虚假进行挑战与清算。非虚构这一概念是不同的领域为了应对不同的文体而提出的。对媒体来说，是一些媒体人不再满足原来的写作方式，希望能有更长期的写作，同时在互联网的冲击下，媒体本身也需要转型。而在文学界，是因为文学已经很长时间无法回应现实，甚至距离现实的距离越来越远，市场的魅惑与资本的裹挟中有人宣称"小说死了"。

黄平曾在论及长篇小说《蜗居》时指出，作者六六宣称能反映生活、能将现实描写得淋漓尽致的就是好的文学作品，但其三部曲即使是《蜗居》也只是狭窄的婚姻题材，而非现实主义的回归。正是"故事"毁坏了"文学"，由此他看到了新世纪文学场域这一历史性的分裂：一方面是深刻触及现实问题的拙劣的形式，另一方面是回避了现实冲突的"美文"。①

的确，面对当下新的生活方式和时代状貌，虚构写作已经越来越无法抓牢瞬息万变的网络时代与信息社会，也难以切身感受脚下这片热土的真实温度，文学面临着前所未有的挑战和危机。有人认为，"实践性"与"时代精神"的缺乏是 20 世纪 80 年代中后期文学"向内转"的弊端，进入 21 世纪以来"非虚构"成为文学"向外转"的关键一环。②

而在新闻领域，从媒体内部来看，媒体的危机导致新闻话语的转

---

① 黄平：《大时代与小时代》，北京：北京大学出版社 2014 年，第 286 页。
② 曾攀：《物·知识·非虚构——当代中国文学的"向外转"》，《当代文坛》2019 年第 3 期，第 31-36 页。

变。改革开放以来中国新闻话语范式的总体特征呈现出以党和国家的政治诉求为特征的宣传取向、以公共性和社会主体利益诉求为特征的专业取向，以及以叙事审美性和文化日常性逻辑为特征的文学取向三种不同的新闻话语范式。① 非虚构写作兼有专业取向与文学取向，在叙事话语上大大丰富了新闻报道。有学者认为，强调叙事性的非虚构新闻话语之所以能够在当前特定情势下成为一种强势新闻叙事模式，是因为非虚构话语的叙事特征在公共性退场、消费性和文学性兴起、话语实践的参与性和对话性日益凸显的情况下，最能符合新时代的传播生态和政治经济格局的需要。②

3. 受众期待心理的转变带来市场需求

从社会思想文化氛围来看，日常生活审美化转向让人们"发现"了普通人的魅力。非虚构打量的是普通人的生命，"讲述老百姓自己的故事"尽管始自 20 世纪 90 年代，但今天的全民非虚构写作远远超越了以往的平民化视角。

为什么受众爱看非虚构作品？答案很简单，一是价值取向上对当下、实有性的关切；二是越来越强烈的审美追求。非虚构写作关注当下、聚焦现实，以丰富饱满的细节为受众提供在场感和代入感，具有高度审美的文学品质，同时又呼应多元化社会中个性化与人性化觉醒的现实需求，闪耀着理性与启蒙的思想光辉。

"后真相"时代，受众对信息的需求发生了较大的变化。"后真相时代'事实'的唯一解释性被消解，所有的人都可以参与事实的'塑造'，在某种意义上是把对'事实'的解释权还给了每个人。"③ 在这

---

① 刘勇：《1978 年以来中国报纸新闻文体的演进史——基于范式变迁的视角》，《中国地质大学学报（社会科学版）》2010 年第 4 期，第 82-87 页。
② 黄典林：《话语范式转型非虚构新闻叙事兴起的中国语境》，《新闻记者》2018 年第 5 期，第 35-43 页。
③ 李彪：《后真相时代网络舆论场的话语空间与治理范式新转向》，《新闻记者》2018 年第 5 期，第 28-34 页。

种语境中，非虚构写作的叙事主体多元化、选题的多样化、话语风格的情感化等更能满足受众的需求。基于此，有学者对中国非虚构文学提出两重标准，即对包括报告文学作家和新媒体平台专业团队在内的非虚构专业写作群体的高标准要求，和对大众非虚构写作群体的低标准要求，前者应在"向上"的维度上创造新的可能，后者则应掌握基本技巧，更好地进行自我表达。①

非虚构作品成为受众面对快速变动的社会时验证感觉、认知世界的可靠参照，相比虚构作品，它更易获得亲切感；相比一般的新闻报道，它更易引起情感共鸣。大量第一人称的"我文本"释放了大众自我表达与被理解的欲望。正如阿兰所说："新闻就像文学和历史，可以担当'人生模拟器'这种最重要的工具，将我们带入各种人生场景，让我们体验日常生活之外的情境，借此以安全和从容的方式，斟酌出最好的应对办法。"②

正如网友对人物访谈节目《和陌生人说话》的评价：它将普罗大众的生命意义，以一种克制而温和的方式，一层又一层地剥开，展示给每一个人看。它也向所有人证明了，不是只有登上顶端的人，才有资格讲述自己的故事。

"新闻业借助非虚构的写作实践，把关注的目光从宏大主题下移至社会生活中的日常性维度，国家和社会深层次的结构性问题被处理为这种文学化新闻叙事的一个间接背景。"小人物与背后的大时代、个体命运与社会转型矛盾就这样完美地融合于一体，于是，人们在故事中完成抒情的批判。"强调故事性的非虚构产品取代强调严肃理性的问题意识

---

① 信世杰：《非虚构与报告文学：互为毒药还是良药？》，《文学报》2019-04-25 第19 版。
② ［英］阿兰·德波顿：《新闻的骚动》，丁维译，上海：上海译文出版社 2015 年，第186 页。

的深度报道，成为主导新闻叙事类型的传播生态语境。"①

4. 新媒体平台助推非虚构写作

此外，从传播渠道来看，自媒体平台为非虚构实践了提供土壤。信息传播行业已发生整体结构性变化，传播权力由传统机构新闻业向新媒体传播平台转移，在资本化和商业化语境中，新媒体平台的用户思维与个性化服务意识极大程度助推非虚构写作的兴盛。

我们可以看到，近年国内非虚构写作带有明显的个人写作而不是职务写作的特征。很多平台都是挖掘民间讲述的 UGC 模式，即使"正午故事"这种职务写作，也乐于强调作者自己的个性特征。这些平台为追求成名的想象与个人风格化的独立写作提供了渠道。

非虚构写作逐渐增容和泛化，最明显的表现是以人间、三明治、正午、谷雨、真实故事计划、极昼等为代表的新媒体平台激增，这些个人生活史意义的非虚构实践由此成为观察时代风习的样本。民间举办的非虚构写作大赛可以说是社会力量兴起的象征，有助于增加国家、市场与社会的互动性。

在平台激增过程中，传播主体也日益多元化，机构化媒体、文化传播公司、出版社、高校等均涉足其间，这一现象在澎湃镜相入驻账号得到体现，比如"我们是有故事的人"，就是由华中科技大学出版社推出的官方非虚构故事平台，该平台积极响应十九大"讲好中国故事"号召，以讲述"当代年轻人的人生故事"为核心，聚焦当下年轻人普遍关心的生活议题，譬如个人成长、职业历程、梦想、爱情和另类人生际遇等，主推职业故事，辅推成长故事、世相故事，描绘不同个体的人生轨迹和真实图景，聚焦平凡人的生活和工作，致力于传播有温度、有人情味也有社会关怀的人生故事，传递正面职业观和人生观。

视频社会化时代，非虚构影像平台与项目也赢得了众多关注。

---

① 黄典林：《话语范式转型非虚构新闻叙事兴起的中国语境》，《新闻记者》2018 年第5 期，第35-43 页。

早在 20 世纪 60 年代，美国实验电影大师乔纳斯·梅卡斯就开始了探索，诗人出身的梅卡斯是最早用拍摄电影写作日记的艺术家。其经典作品《笔记·日志·素描》（又名《瓦尔登》，1969 年）长达 177 分钟，他将私人化家庭录像剪成纪录片，以日记影像的方式记录生活。2010 年，克拉科夫电影节把终身成就奖颁给了 88 岁高龄的乔纳斯·麦卡斯，面对媒体的采访，他自称自己是美国档案保管员，并说："我就是我自己，我也是那个 60 年代的产物。那个年代的人看够了人类能有多么的无理，多么的残酷，人类能憎恨彼此到怎样的地步，所以我们的一生都在做这样一件事情，去带给大家一些美丽的、温暖的、能看得到希望的存在，能让人类好过一些；至于主观、自由、自发，也是绝对不能否认。"① 身兼作家与导演双重身份的张慈认为拍纪录片和写作没有本质区别，只不过媒介从文字换成了影像，她称之为"影像写作"。而影像写作，因为其客观和真实，成为帮助人们寻找真相的尖锐工具。"我们用电影来记录生命、历史、文化，也用它升华欢愉、寂寞、恨与爱，这其实也是在写作，都是探索心中的价值追求，也在这个过程中感受到社会的深深焦虑和不安。"②

近年来，在传记电影、纪录片等传统文本类型之外，互联网非虚构影像内容生产掀起了高潮，"我们视频""二更""箭厂""一条""Figure"等新兴非虚构影像平台纷纷抢滩，纪实短视频、中视频、长视频的生产既拓展了报道内容，也丰富了非虚构写作的表现形式。相比传统的纪录片等纪实影像，非虚构影像这一概念的内涵与外延更为宽广。其中，作为一种新的日常生活技术的短视频不仅仅是一种记录和表达的工具，还是人们个体经验的重新加工，为当代的文化实践和意义生产带来了新的方式。

---

① 参见李东然：《乔纳斯·麦卡斯："我所有的一切从此褪色"》，《三联生活周刊》2010 年第 25 期，http://www.lifeweek.com.cn/2010/0706/28873.shtml。

② 参见唐艳丽：《张慈：从红河女娃到"硅谷中国人"的艺术人生》，云南网，2016-07-24，https://mp.weixin.qq.com/s/GK0mEysb_0zlnq7IwNK_yA。

2017 年成立的非虚构影像机构 Figure 主打高品质人物短视频，通过人物呈现时代故事，这些人物或是某一领域中的意见领袖，或有极强的专业能力、创造力，或有独特的价值观、让人敬佩的精神。创始人张悦曾任《人物》杂志主编，在他的带领下，Figure 获得有"短视频界的奥斯卡"之称的金秒奖 2017 年第二季度"季度短视频"和"最佳导演"两个重要奖项。2019 年 Figure 举办的中国首届非虚构影像论坛上，参与嘉宾将非虚构影像定义为基于真实故事的影像记录和创作。

在武汉因疫情封城之后，第一支进入武汉的纪录片团队张悦导演的《在武汉》成为国内首部抗疫题材纪录片，2020 年 2 月 26 日在 B 站上线后，站内总播放超过 1000 万，弹幕总数 13.2 万，评分高达 9.9 分，展示出非虚构影像的动人力量。制播同步，每周上线一集 20 分钟的片子，共完成并上线 7 集：《车轮上的生命线》《这不只是工作》《这里是前线》《最后一公里》《三镇好人》《一碗热干面》《生于武汉》。

Figure 以"既不制造和消费恐慌，也不制造和迎合谎言"为准则，《在武汉》所要做的，是用最公开、最一线、最真实的影像，为公众呈现封城的武汉在疫情高压下的真实面貌。将镜头聚焦到了在武汉危难之际仍坚守自己使命与内心召唤的平凡人身上。时代性和个人故事的极致性，恰恰是 Figure 一直以来坚持的选题标准。《在武汉》聚焦于疫情之下武汉的普通人，通过讲述他们的生活和故事，展现从老百姓到各岗位工作人员，从病患到医护工作者在这场疫情中的爱与痛、得与失、怅惘与期望，带给观众感动与治愈。

面对网上"粉饰太平，缺乏对真相的揭露"的批评声，张悦回应说："我们并没有拍一个怪诞、极端的故事，而是在一个特殊地点特殊时期的人之常情。我们也没有刻意去选择光明温暖的一面，而去规避冰冷的一面。"在整个疫情防控中，还有无数网友自发上传短视频、Vlog 记录，分享抗疫故事，从个体叙事视角展现中国人民战胜疫情的决心。

正如某网友的评价："'说不怕那是假的……如果真的牺牲了，那也是为自己家乡，不亏啊，划算。'用普通人的朴实道出了当今社会最强音，照亮了人们心里最深处，唤醒了民族魂。"

"二更"体现"美好的人物、鲜活的生命和极致的梦想"，记录的18岁女团练习生和普通高中生的故事，在 B 站就有 130 多万播放量，弹幕数超 5000 条，网友就相关话题进行激烈的讨论。

"箭厂视频"是界面旗下原创短纪录片品牌，"以独特而有趣的视角呈现各种中国当代社会现象"，其非虚构短视频特别是人物类短视频注重公共性立场，"以青年视角发掘超乎想象的中国故事"，箭厂创作的"硅胶娃娃""成为偶像"系列获得数千万的点击量。

2020 年 4 月，B 站视频创作博主凉子主持的"北京青年 x 凉子访谈录"账号上线，视频定位于"记录年轻人在北京的生活工作状态"，宣传语为"每天展示一种人生"。其访谈视频分为"家有印痕""学无止境""少年的你""爱是什么""Dou 来聊职场""大咖对话""知识创作人"等专栏。一年不到全网就收获粉丝超 500 万。账号主理人之一陈磊认为节目之所以受欢迎，是因为"我们给了年轻人一个回顾过去和抒发情感的空间、时间，我们相信那些未加雕饰的话语，我们相信每个人都有不可替代的情感，并努力将一个单个的人可视化，让大家看得到，感受得到。"

泛科普视频自媒体平台 Aha 视频以年轻人的视角关注社会、关注当下，以纪录片的方式为用户提供反映社会现实情绪，致力于提高用户对社会的深度认识；重逢岛追求"优雅、动人、懂审美、懂人性"；新浪新青年对"平淡世界、不凡人生"的展现，在全国"两会"期间，连续推出 5 期关于"小镇青年"的系列策划，总播放量超百万。这些由人物自述所串起来的极具感染力的内容，体现了互联网时代稀缺的人文关怀。

2020 年 11 月 25 日，人民日报中国品牌发展研究院正式发布《中国视频社会化趋势报告（2020）》，报告指出：在视频社会化时代，伴随视频技术和视频平台的发展，众多便捷的视频功能大大降低了视频的使用门槛，让过去不可见的职业身份和生活方式变得更可见，进而激发社会情感共鸣，增进群体认同，并推进了不同圈层、代际群体间的文化融合。也就是说，我们可以通过视频实现社会共融、文化共享、情感共鸣、价值共建中增进社会理解。简而言之，内容的视频化正在成为一种趋势。个人制作或是机构化生产的长视频、短视频、中视频浸入日常生活之中，不但影响着人们对信息的掌握、知识的获取方式也影响了对世界的理解方式。

除了平台，还有一些影响较大的非虚构影像项目。其中比较特别的是"看中国·外国青年影像计划"，该项目由北京师范大学会林文化基金、中国文化国际传播研究院主办，旨在通过外国青年的独特视角展现中国，从而提升中国文化的国际影响力，加强中外青年之间的跨文化沟通、交流与合作。自 2011 年启动以来，邀请了来自 83 个国家的 725 名外国青年落地中国，在中方志愿者一对一的协助之下，共完成作品 712部，获得了国际性奖项 120 余项，"看中国"项目也由此成为在海外传播中国故事的重要载体。

四、非虚构写作类型

非虚构写作需要跨学科的理论准备和知识储备，其作品形态上也因此而具有丰富性和多样性。比如与文学"嫁接"的报告文学、纪实文学，与新闻亲近而产生的特稿及日记体等主观性新闻文体等，与历史结合而形成的历史散文、口述等，与社会人类学结合而形成的田野调查、民族志研究等。非虚构写作包涵甚广，本部分对历史类、科普类等进行介绍，文学、新闻领域两大类分别在第二节、第三节进行专门论述。

（一）历史非虚构写作

历史与非虚构写作有天然的亲密关系，非虚构是历史题中应有之义，在中国史学长河中，《史记》早就开创了影响深远的叙事传统。不过，中国史学传统通常讲究宏大叙事，历史学家关注的都是国计民生的大题目，注重国家、帝王和精英的记录，一般民众的日常往往湮没于历史洪流中。也就是说，传统叙述模式构建的是一套易识别的政治史叙事逻辑，看不到人的具体活动及日常生活图景，历史非虚构写作弥补了这一缺陷。以史料为基础，依靠文学的叙述和洞察发现世界。叙述与史实构成互补，叙述照亮了史实，它们合成历史叙事，再一起反射回现实。

将历史思辨、现实叙事相结合的历史非虚构写作备受读者青睐。北京大学历史学系教授罗新的《从大都到上都：在古道上重新发现中国》（新星出版社 2017 年版）兼具游记、历史叙事、散文等文体特征，生动还原八百年前元朝两都间辇路的真实面貌，书中对普通人和事的关注、对历史的研究和考证都带有深切的现实关怀。在第十七届华语文学传媒奖中，作为历史学者的罗新被评为"年度散文家"。

历史学者王笛的非虚构写作也具有典型性，他致力于关注中国社会史、城市史、新文化史、日常生活史和微观历史的研究，相比"话语分析"更偏好"叙事"的历史，其代表作《袍哥：1940 年代川西乡村的暴力与秩序》（北京大学出版社 2018 年版）将文学写作与历史研究合流，聚焦于袍哥副舵把子雷明远个体生命史，审视其家庭在时代变局中的动荡沉浮，带有文学性描述的微观史使得该书成功出圈，荣登当年国内各大非虚构作品榜单，2019 年因其"是考察历史与叙事、文学与史学关系的绝佳例子，是当代史学致敬本土史传传统的一次成功尝试，同时为非虚构写作提供了方法论启示"获首届吕梁文学奖年度非虚构类作品。

北大历史系教授赵冬梅的《千秋是非话寇准》《大宋之变》《司马光和他的时代》《人间烟火》和《法度与人心》同样兼顾学术上的专业水准与面向大众的通俗。在她看来，历史研究里的真知灼见最终要走向普通受众，成为大众记忆的一部分。所以，历史学家有责任把研究成果以相对通俗的方式，准确地传递给社会。

随着新媒体的快速发展，公众对历史知识的渴求和对历史情节的消费日渐增强，二十世纪六七十年代兴起于美国的公众史学变得越来越重要，"振兴公共史学　讲好中国故事"的口号获得高度认同。而公共史学框架中小历史书写、公众写史、口述史恰好是非虚构写作中很受欢迎的几种类型。

文学杂志在历史题材非虚构书写方面向来重视，《钟山》杂志在2007年推出非虚构文本栏目，致力于历史非虚构的推介，曾发表《万岁，陛下》《中共与美国的第一次亲密接触》等。《收获》杂志"亲历历史"专栏发表了系列文章，著名作家、学者及文化名流讲述"文革"个人经历，同名书籍于2008年出版。

各类非虚构榜单上历史非虚构作品高频亮相。《晶报·深港书评》每年评选的非虚构类好书坚持自定的"五重"标准：重故事讲述结构，重深度调查功夫，重细节再现能力，重文献数据元素，重真相呈现品质。同时还要求所写题材不能陈旧，所记录的故事要对现实有真切影响。2019年度非虚构系列候选书本中大多是历史题材，许知远的《青年变革者》写中国近代的改良思想家和活动家梁启超的成长之路；叶兆言的《南京传》写南京历史；郭建龙的《汴京之围》写北宋靖康之变的前因后果及盛世王朝快速崩溃的原因；马伯庸的《显微镜下的大明》写明代基层政治生态；孙骁骥的《购物凶猛》写20世纪中国消费史；李礼撰写的游记色彩的历史随笔《求变者》聚焦近代史上著名的改良人物。2018年上榜的十大非虚构好书中《永不消失的墨迹：美国曾格案始末》《广州贸易：中国沿海的生活与事业：1700—1845》《袍哥：1940年代川西乡村的暴力与秩序》等都是历史非虚构作品。

媒体也捕捉到了读者需求的变化，界面文化2020年推出"重返90年代"专题，从社会、经济、文化等方面重新认识深具转折意味的90年代，目前已发表《摇滚乐：是黄金岁月还是转瞬即逝的春天?》《文学：畅销的兴起、圈子的消逝和私人写作》《家庭关系：婚姻内的骚动与迷思》《三峡大坝：一个超现实的中国奇迹》《北京亚运会：改革开放初期的亚洲雄风》《洋快餐：消费革命的兴起与现代性的想象》《当代艺术：一场理想主义与商业现实的整合与博弈》等长文，其主旨与查建英主编的《八十年代访谈录》和北岛主编的《七十年代》相似，后者是通过一系列人物的对话或者自述，还原两个风云变幻的二十年中的社会情境、主要问题及价值观念。

出版市场上，近年一些新锐的欧美历史学家和长期以来相对冷门的欧洲史主题著作受到欢迎，如《金雀花王朝》《时间的色彩：一部鲜活的世界史（1850—1960）》等。这类作品擅长从一个独特的视角或者细微的环节切入，或集中讲述一个时代的片段，或展开成为一部宏大的史诗。

在历史非虚构写作中，口述史是较为特别的类别。口述史是个体的生命历程与情感世界的叙事，也是一种集体记忆或社会记忆。在《切尔诺贝利的回忆：核灾难口述史》里，讲述故事的是一名普通消防员的妻子。阿列克谢耶维奇没有依赖官方的新闻报道，而是直接把消防员妻子的话记录下来："我丈夫回家，把消防帽扔给儿子，在不久后，我儿子就得了脑癌死了。"阿列克谢耶维奇这样描述自己的写作方式："我决心去收集来自大街小巷的声音，捡拾散落在身边的素材，正是这样，每个人都说出了属于自己的片段。"[1]

有不少人质疑个体口述的真实性，因为口述者存在掩饰或歪曲个人行为或事件意义的可能。对此，周晓虹提出了他的看法：口述史既然是个体的生命过程、社会经历和情感世界的叙事，就一定充满了主观性、不确定性和变动性。但是，承认口述史及集体记忆的主观性和历史价值，并非要否认其历史真实性或客观性。[2]

---

[1] 参见张熠如：《欧美非虚构写作观察：它从未忘记自己的公正和无偏见》，《文学报》2019-04-25 第 20 版。

[2] 周晓虹：《国家叙事与个人口述：历史的补白》，《北京日报》2021-09-06 第 12 版。

过去在历史上缺席的个体经验，正在非虚构作品中成为主角。杨显惠的"命运三部曲"、冯骥才"非常时代"非虚构作品《一百个人的十年》等以田野考察、口述实录等方法，回顾历史。《定西孤儿院纪事》为纪实与故事的糅合，一方面作者以确切的地点作为叙事的入口，亲情的缺失与制度的缺位，引发人间的悲剧，但人性的坚强和个体的差异，又开启了多元的选择和多样的人生。

《一百个人的十年》作为记录普通人在特殊年代经历的口述史，先后由多家出版社出过不同版本，仅以文化艺术出版社为例，该出版社2014年6月初版后，到2017年12月已是第14次印刷，这就是个体经验价值的体现。在书中，作家虽然不得不隐去有关的地名和人名，但对受访者的口述照实记录，不做任何渲染和虚构，以第一人称的方式来表述普通人的历史境遇。提及"文革"，普通人遭遇了什么？如何表现并反思历史？作家用十年的时间，从4000多封信件中选择了29个口述典型。不着意于寻找英雄、建构崇高等宏大主题，而是深入个人化、世俗化的生活，不虚美不隐恶，寻找日常生活中的历史意义。

冯骥才在1995年回答记者关于选择故事的标准时说，他不断扩大采访量，用不断筛选的方式从大量被访者中，找出具有代表性、内涵深刻又相互区别的故事，同时加以文学的眼光审视。因为事件表面的离奇、残酷和耸人听闻，最多只满足了人们的好奇，失去了严肃的思考与启迪价值，他最怕后人对前辈的苦难抱着一种寻奇探秘的态度。此书首先是历史记录，客观、忠实的历史观是写作原则；其次是社会学的，因此作家十分注意从被采访者口中调动出社会学内容；第三是文学的，因为它离不开作家的眼光和立场。① 他认为不同于一般的纪实文学，他把事物原始状态的真实看得至高无上，配角人物、环境、场景和非主要情节都坚持非虚构，把全部力量用在被采访者身上，让他们多讲，从中选

---

① 冯骥才:《一百个人的十年》，北京:文化艺术出版社2014年，第318页。

择最有表现力、最生动、最独特的情节和细节。①

类似的口述实录著作还有《大国粮仓：北大荒留守知青口述实录》（朱晓军、杨丽萍，2018）、《最漫长的十四天：南京大屠杀幸存者口述实录与纪实》（陈庆港，2015）、《朝鲜战场亲历记：志愿军老兵口述实录》（罗尘，2015）、《我们的远方故事：中国远征军中的黄埔军人口述录》（陈其伟，2019）都是通过对事件亲历者的采访结集成书，第一手资料的组织加工使读者更易理解事件的发生并引发对战争的思考。

知青上山下乡是共和国历史上的一桩大事，自 1955 年以降，全国共有 1776 万知青响应号召奔赴农村的"广阔天地"。其中，广袤无垠的北大荒是承接知青的重要地区，也是在官方宣传中"保家卫国、守护边疆"的代表性区域。20 世纪 60 年代，共有 54 万北京、上海、天津、浙江等地的知青踏进那片黑土地，屯垦戍边。到 70 年代返城大潮之后，95% 的知青都想方设法离开了农村，但仍有两万来人留在了北大荒，真正地"扎根边疆一辈子"。这些留守的知青，为何放弃与父母和家人团圆的机会，放弃朝思暮想的故乡，放弃城市资源优渥的生活，选择与寒冷、偏僻、艰苦为伴？他们真的是"缺心眼"或者"犯错误"了吗？这本北大荒留守知青的口述实录，用鲜活的个案回应了这些问题。两位作者走访了北大荒的几十个农场，采访了数百位知青，并选择其中最具代表性的 19 位，让他们讲出自己的故事，包括青年时的选择，也包括因一次选择而被彻底改变的人生际遇。

除此以外，也有地方政府组织出版富有历史纪念意义的丛书，比如为纪念深圳经济特区成立 40 周年，深圳组织出版了《我们深圳》非虚构丛书。包含人物、自然、地理、科技、艺术、创意、历史以及人文类共 100 个主题，内容上围绕小切口深挖掘，呈现民间的、个人的、充满情怀的深圳，其中《大转折：深圳 1949》《街巷志：行走与书写》《歌

---

① 冯骥才：《一百个人的十年》，北京：文化艺术出版社 2014 年，第 319 页。

声起处：深圳流行音乐四十年》获评"深圳十大佳著"。

与学院派写作相比，非虚构写作者要持守严谨与真实的信念，需要更多的诚实与自制。无论是历史题材的写作，还是当下记录，非虚构写作的内核始终是使命与担当。

（二）科学（普）写作

科学写作在西方的非虚构写作中占有很重要的分量。国外有科普散文写作传统，不同于一般的科普文和严谨的科学著述，科普散文是非虚构的散体文学，主要讲述各个领域的知识、科研故事及科技运用有关的故事。可短可长，较短的科学随笔（小品），较长的科学散文和科学报告文学，创作主体科学家、新闻记者。通俗易懂，真善美融合。[①]

医学、疾病、野生动物保护、化学污染等生态危机是科学类非虚构写作的常见主题。写作者积极承担回应现实的历史使命，与推动人类命运共同体目标实现对接。《血疫》《试管中的恶魔》《众病之王：癌症大传》《最后的熊猫》《朱鹮的遗言》《切尔诺贝利的悲鸣》《寂静的春天》（1962 年出版，描述了滥用化学农药对生态环境和人类所造成的威胁，促成了第一个地球日的建立）、《汤姆斯河》等都影响广泛。

这些作品的创作主旨可归类于西方"自然文学"流派。自然文学是在以文学的形式，唤起人们与生态环境和谐共存的意识，激励人们去寻求一种高尚壮美的精神境界，同时敦促人们采取一种既有利于身心健康、又造福于后人的新型生活方式。其次，它强调人与自然进行亲身接触与沟通的重要性，并试图从中寻求一种文化与精神的出路。[②]

译文纪实是上海译文出版社于 2013 年创立的一个子品牌书系，也是国内首套集中出版非虚构作品的开放性丛书。从引进出版彼得·海斯勒的《寻路中国》开始，至今已出版几十种非虚构作品。有《寻路中

---

① 张建国：《比较视野中的科学散文及美国科学散文概述》，《当代外国文学》2018 年第 4 期，第 160-167 页。

② 赵一凡等：《西方文论关键词》，北京：外语教学与研究出版社 2006 年，第 908 页。

国》《江城》《东北游记》《再会，老北京》《打工女孩——从乡村到城市的变动中国》《两个故宫的离合》等"外国人记录中国"系列，《大灭绝时代》《最后的熊猫》《朱鹮的遗言》等聚焦于环保主题系列，关注宗教激进主义的《慕尼黑的清真寺》，关注现代人遭遇普遍困境的《穷忙》《无缘社会》《女性贫困》《老后破产》《房奴》《工作漂流》等系列，都是畅销书品。

美国记者理查德·普雷斯顿同时也是著名科普作家，已经出版等非虚构著作，其处女作《破晓》报道了一个高难度的技术课题，荣获1988 年美国物理学会科学写作奖，后成为科学作家追捧的经典。其著作往往由已发表的报道发展而成，比如《血疫》《试管中的恶魔》等专注医学的专著。《血疫》在其长篇报道《高危区的危机》基础上创作而成，以非常冷漠的第三人称叙述开始，接着是内心独白。同时又用罗生门手法，以每个主要角色的视角讲述故事，结尾回到第一人称，出版后已成为有关埃博拉病毒最具影响力的非虚构经典之作。

普利策非虚构类写作奖长期关注生态环境与公众健康议题，2014年的获奖作品是环境科学新闻记者费金的《汤姆斯河：科学与救赎的故事》将视角对准了 20 世纪 50 年代美国汤姆斯河镇水污染和癌症集群，以现代流行病学的发展和化工企业的全球扩张为线索，追溯了化工企业一百多年来如何疯狂地进行全球扩张；2015 年科学新闻记者伊丽莎白·科尔伯特的《大灭绝时代：一部反常的自然史》，这也是普利策奖在非虚构作品类别上连续两次将奖项颁给讨论环境问题的纪实文学作品。

近年译文出版社频频推出环保主题的书，有野生动物保护的《最后的熊猫》《朱鹮的遗言》，有书写美国二十世纪六七十年代环保运动的《与荒原同行》，反映全球生态现场和物种灭绝的《大灭绝时代》及记录化工污染和美国"癌症村"的《汤姆斯河》等。

其中获得日本大宅壮一非虚构文学奖的《朱鹮的遗言》（［日］小

林照幸著，王新译，上海译文出版社 2019 年版）"通过濒临灭绝的鸟类朱鹮，向人们展现人类对自然所犯的罪，以及想要偿还罪行的人类如何苦战、挣扎"。（日本著名非虚构作家柳田邦男语）

日本岛民为保护濒危物种朱鹮，数十年如一日的坚守与奔走让人动容，普通人佐藤春雄串联起日本朱鹮和整本书的故事，他带着痛苦的记忆从二战的战场上回到故乡后，热爱鸟类的他在朱鹮身上找到存在的意义，将毕生精力倾注于朱鹮保护。除他之外，该书还提到另外几位民间保护者。人类以为能够通过人工繁殖增加朱鹮的数量，结果最终将朱鹮推向绝境。在日本主张捕获所有野生朱鹮进行人工繁殖时，佐藤出发去野外与朱鹮做最后的道别。他看见最后一只野生朱鹮因为饿到极限，只能以喙支撑身体，拼尽全力逃离人类以"保护"为名义的捕捉。最终，群飞朱鹮的绯红翅膀透着夕阳美丽光晕的景致，永远静止在佐藤的记忆中。这一饱含深情的故事背后，贯穿的是全球持续关注的环保议题，并涉及相关矛盾冲突的理性探讨。

我国科学史出版市场方兴未艾，那些具有文学才华的科学家能够使普通读者和非专业人士理解复杂科学理念，他们在信息时代备受青睐，启蒙大众，如医学、天体物理学、宇宙学等，而那些具备科学素养的新闻记者也加入其中，开设专栏。比如三联生活周刊的专栏记者袁越，以其生物学硕士的学历背景，探索出了介于长篇与短篇之间的科学类非虚构文体，其作品集调查、解释与科学报道诸多新闻类型于一体，介于新闻和专业书之间，他独立完成了"人类三部曲"（《人类起源》《人类寿命》和《创造力》）"海洋三部曲"的前两部（《海鲜诱惑》和《深海诱惑》）以及"新人类三部曲"（《未来的农业》《未来的材料和未来的能源》），已出版《生命八卦》《人造恐慌》《人类的终极问题》等科普专著。

国内的科学非虚构写作主题涉及环保、医学、农业等主题。随着环境持续变坏，雾霾、水污染、生物多样性恶化这些议题越来越重要，环保已成为中国重要的社会性话题，在党的十九大报告中，习近平总书记专门论述了"加快生态文明体制建设，建设美丽中国"的伟大目标，这一理念是对构建和谐文明家园的现实回应，是推动构建"人类命运共同体"的具体举措。徐刚长期致力于环保与生态写作，其《守望家园》以生态报告的方式呈现人类生存发展过程中的生存危机。绿妖首部非虚构作品《如果可以这样做农民》（长江文艺出版社 2016 年版）建立在对台湾乡村建设和农业发展状况深入访谈的坚实基础之上，以农民的个人故事与乡村的普遍现状，勾连台湾农业、历史、经济、民生、环保、社会创新等多个维度，相当丰富地呈现了台湾乡村的现代化与传统的博弈与结合，农人的尊严、职业、创造与坚守。

获《收获》杂志 2020 年长篇非虚构奖的《山林笔记》（时代文艺出版社 2020 年版）是作家胡冬林的遗作，在这套日记体散文集中，除了山林生活期间的日常起居、写作情况，作家还书写了他与猎人、山民、鸟兽、鱼虫、蘑菇和花木的故事，胡冬林对动物的踪迹、状态和植物的形态以及生长周期都进行了考察与记录。如此看来，该书也可算作是另一种形式的自然写作。

朱石生撰写的纪传体的医学史"医学大神"文库本系列（新星出版社 2020 年版）以十四册、九十万字的体量，忠实再现四百年现代医学史，精细描摹十四位业界传奇大神，并穿插解说医学科普知识，是一套集传记、历史、科普于一身的大众读物。有记者曾向他提问，打捞故纸堆中的人和物，价值何在？朱石生回答：这本书背后不只是要告诉大家一些医学知识、励志故事和天才传奇。这本书的意图是要跟大家一起分享医学史上一些科学精神，介绍一些思维方式，贡献一些逻辑工具，因为这些对其他跨行业的人而言也非常有用，而且它们永远不会过时。① 历史学者于赓哲的《疾病如何改变我们的历史》（中华书局 2021

---

① 参见伍婷婷、朱石生：《人的命运和尊严，都是相通的》，《潇湘晨报》2019-12-21A07 版。

年版）则重在讲述疾病产生的自然环境、社会环境，对比同类疾病在不同文明阶段的演变与影响，该书既是医疗史，又是医疗社会史、观念史。

《读库》主编张立宪特别羡慕欧美国家出版和传媒业普遍存在的一种情况，那就是某个领域的专家愿意写作面向普通读者的文章，而且还写得特别好看、耐看。而"医学大神"系列就是他渴盼已久的类型——内行写给外行，并且能让外行看得下去，看得进去。这类科普非虚构作品也正是国内所缺少的。

关于科学非虚构写作，最基本的一点应该是事实核查。与文学非虚构相比，更偏向用冷静、低调的笔调进行叙事。普雷斯顿在接受访谈中曾提及事实核查是他写作的一个重要的部分。事实上，事实核查也帮助作家建立了一种全新级别的信任，尤其是与科学家之间的信任。① 除此之外，也不要过度使用"我"这个人称代词，作者在场的优势在于它使你所叙述的事件有被验证的感觉，但必须用得巧妙，过度使用对非虚构写作者而言是一种职业性危害。

（三）社会学、人类学与田野调查

以人类学、社会学和民俗学的理论框架结构，用讲故事的文学手法表现，这类非虚构作品屡获好评，跨界写作成为流行，打破学术著作与大众读物之间的坚硬壁垒。

许多非虚构作品与历史学、社会学、人类学、新闻学等学科存在着深刻的血缘关系。在人类学领域，马林诺夫斯基开创田野调查的方式后，将整个学科从书斋和沙发带到了田野之上，学者们呼吸到了新鲜空气。而非虚构写作也在通过类似方式将文学带进更加辽阔的现实。带着这种认知重新审视非虚构写作，总能发现田野调查和民族志的特征。为数不少的非虚构作品，似乎可以视为文学化的民族志，或是民族志式的

---

① 参见《如何把一个想法写成畅销书？美国顶尖非虚构作家的写作课》，谷雨计划2018-02-08，https://mp.weixin.qq.com/s/UuHxITfWB6hMgRB6-tzA1A。

文学作品。①

费孝通的《乡村中国》《江村经济》等为代表的田野调查报告都带有非虚构的色彩。吕途为写作《中国新工人：女工传记》采访了50后至90后几代女工，为她们撰写小传，将个人生命史汇聚成新中国女工的文化史诗。有学者认为，社会科学领域的非虚构写作应具有区别于一般的底层书写的特质，在记录普通人故事基础上进行抽离、总结和深化。而"社会科学的写作意义就在于此，通过写作可以更好地总结这些代表性的声音和故事，并推演时代的弊病；或者是对时代发展特定时段中一道特定的裂痕进行深度分析，而不再仅仅是平铺直叙的白描。""社会学作为一种公共的智力工具和批判利刃，就要求社会学者在进行非虚构写作时，能够穿透我们日常生活的图景，看到一个大时代在结构性迭变趋势下所产生的诸多问题和困境。"② 以此论之，邱林川的《信息时代的信息工厂：新工人阶级的网络社会》（广西师范大学出版社2013年版）就是难得一见的佳作。作者带着社会科学的问题意识，充分运用了各种社会科学研究方法，如田野调查、深度访谈、焦点小组访谈和二手数据分析等获取和分析研究材料，也自创了调查组、社会空间制图、多媒体行动研究等方法，历经10年完成对网络语境中新工人阶级生存环境和生存状态的描绘。既有微观人物面目、生活气息，又有丰厚的论证与抽象论述。

以费孝通先生的名字命名的"费孝通田野调查奖"，旨在"认识社会、认识中国"，"田野调查"即实地调查研究，通过"亲眼观察、亲耳聆听、亲身体会"的调查，整理著述，呈现都市和乡村中人们的日常社会经济生活，反映社会变迁中的各类问题和趋势，至2019年已举办三届，杨志明撰写的《中国农民工》获得第二届的特别奖。

---

① 陈海强：《虚实之间——谈非虚构写作》，《文艺报》2017-11-06 第11版。
② 严飞：《深描"真实的附近"：社会学视角下的非虚构写作》，《探索与争鸣》2021年第8期，第57-59页。

传化慈善基金会公益研究院于 2017 年立项"中国卡车司机调查"课题，以清华大学社会学系教授沈原等学者为主要成员，旨在对中国 3000 万卡车司机开展系统、全面的研究，先后出版了三本调查报告：《卡车司机的群体特征与劳动过程》勾勒卡车司机群体基本的人口社会学特征，《他雇·卡嫂·组织化》重点关注卡车司机的配偶，《物流商·装卸工·女性卡车司机》揭示一线货运物流人生存现状。报告较好地发挥了利益表达、社会倡导、政策建议的重要功能。

当然，非虚构作品与传统的学术专著有着明显区别，如果仅仅是整理和罗列大量调查资料或史料，不能把材料整合成流畅的叙事，没有人，只有事件，仅有文献意义，算不上非虚构作品。无论何种题材，如果不能很好地将事实重组，故事性弱，会极度影响阅读体验。

第三节　非虚构文学写作的崛起

一代有一代之文学。关于文学的发展流变，可以借用西方马克思主义批评家雷蒙德·威廉斯的"情感结构"概念来加深理解。"情感结构"最初被用来描述某一特定时代人们对现实生活的普遍感受。这种感受饱含着人们共享的价值观和社会心理，并能明显体现在文学作品中。[①] 学者阎嘉对雷蒙德的理论进行了概括："文化"是物质、知识和精神所构成的特定社会整体生活方式的表现，"文化分析"目的在于重建特定的生活方式，尤其是要重建特定的"情感结构"，而作为文化生活之主体的普通人的"生活经验"，必须在物质生产和物质条件的背景下，通过文本和日常生活实践的不断互动展现出来。因此，文化始终都是在不断形成的过程中，而"情感结构"也处于不断形成的过程中，

---

① 参见赵一凡等：《西方文论关键词》，北京：外语教育与研究出版社 2006 年，第 433 页。

它集中反映了一代人在日常生活中所体验到的意义与价值。①

我们可以将情感结构作为分析框架，探讨非虚构写作的特征及其背后的社会结构因素。情感结构不是超越时空、永恒不变的，而是历史地形成和变化发展的，不同时代的人会以其自身的方式去感受、体验他们的生活，去回应其所继承的那个独一无二的世界，并将此塑造为一种情感结构。而这一情感结构又会在那一时代的文艺作品中表现出来，因为文艺作品是由那一时代的生活经验和艺术惯例所塑造的，承载着那一时代人所独有的生活方式与生存境遇。因此，文学的时代划分并不是完全没有理由和意义的，从中可以看到国族生活史、精神史转折的痕迹以及不同时代情感结构的变化与生成。②

《天涯》杂志20世纪90年代中期开设"民间语文"及"民间书信"，可以视为最初民间非虚构写作的集中表达。栏目开辟的初衷，就是把那些鲜活的、质朴的、老百姓的、带有文学创作色彩的文本保留下来，主编李少君称之为"反文学、反纯文学之道而行之"的文学创作。③《天涯》曾详细报道和摘登过深圳致丽玩具厂被大火烧死的近百名青年女工的日记，也曾刊登过失学儿童的日记——《马燕日记》。张新颖用"下降"的文学来命名，即"下降"到更广阔的地面上，而不是老悬在半空中的文学。④ 在编辑年度最佳散文选本时，经常把《天涯》"民间语文栏目"里的日记或者书信直接选进去。紧贴地面的"民间语文"完成了世态的纪实书写，包括汇报类、书简类、日记类、讲辞类、新语林、中国九十年代都市流行词语集解、纪录类、文案类、契

---

① 闫嘉：《情感结构》，《国外理论动态》2006年第3期，第60-61页。
② 高颖君：《雷蒙·威廉斯的"情感结构"》，《武汉科技大学学报》2015年第6期，第689-692页。
③ 李少君：《〈天涯〉十年：折射中国思想与文学的变迁》，《文艺理论与批评》2006年第2期，第57-62页。
④ 张新颖：《实际工作、有痛感的问题、重新理解文学》，《天涯》2006年第2期，第68-69页。

约类、歌谣类、杂类、文告类、口述实录、词汇类、网络文本类等共计十五个门类的各种文本得以发表。①

这种现象引发了人们对官方文化、精英文化、通俗文化、民间文化等关系的思考，按照陶东风的话来说："实际上，今天的官方文化……这种通过主流媒体、'主旋律'作品宣扬的价值，实际上已经没有人听了。它并不是真正意义上的主流文化。"②另一方面，是世俗的大众文化贴合了重商主义、消费主义、物质主义、快乐主义的现实语境，满足了人们对社会生活的想象。

一、"在场"与"行动"的文学非虚构

非虚构这一概念源于西方，一般认为，文学性非虚构或者说非虚构文学是指美国 20 世纪 60 年代至 70 年代兴起的以非虚构小说、新闻报道为代表的新的写作类型。

中国文坛正式引入非虚构写作这一概念始于 2010 年。当年，中国人民大学出版社首次引进出版了美国作家雪莉·艾力斯编著、翻译家刁克利译校的标志性教材《开始写吧！非虚构文学创作》。权威文学杂志《人民文学》开设"不同于报告文学和纪实文学"的"非虚构"专栏，为非虚构写作提供阵地。此后的"人民大地"非虚构写作计划，不断助推非虚构写作创作实践逐渐走向深入。该专栏集中发表的《梁庄》《飞机配件门市部》《中国，少了一味药》《词典：南方工业生活》等作品，都是作家们到田间地头、厂矿企业，或者以田野调查、翻阅历史卷宗的方式，记录现实生活中群体或个体的口述和记忆。总体上看，体现出单一政治的宏大叙事向日常社会生活叙事回归、公共叙事与个人叙事有机结合的特点。

---

① 谭军武：《小"语文"姿态的大"民间"叙写——对〈天涯〉"民间语文"栏目的话语考察》，《扬子江评论》2009 年第 3 期，第 40-46 页。

② 陶东风：《关于当下中国大众文化的问题——答新华社记者问》，《山花》2011 年第 21 期，第 136-139 页。

主编李敬泽曾这样介绍发起栏目的初衷："我们周围存在不少的作家，把清高视作品位。一些中年作家收入不菲，对世界的理解全部通过电视和报纸。长年累月靠二手材料来吸收灵感，这是何等被动的创作风气。"李敬泽呼吁作家做"行动者"，走向"吾土吾民"。

小说有反映现实的功能，但进入 21 世纪以来，小说却离现实越来越远，通过文学作品来关注现实的题材也越来越少。纯文学写作者们强调私人化、日常的写作，却没有触及普遍意义上的生存状态和困境，小说更多走向个人空间，或者是走向类似玄幻等领域。

现实转向使传统文学开辟出一条新路，现实主义的回归与复兴是近几年的大潮。作家们将目光转向生活，用行动表达自己对弱势群体的关切，帮助他们被社会看到，被更多人看到，这与近年来学者注重田野调查、民族志调查类似，不仅是作家与学者内心的良善，更是中国传统文化精神中"达则兼济天下"这一高尚情怀的承续。另一方面，社会学、人类学、历史学和专业的深度调查为抵达真实和真相提供了精神、路径和方法，但它们对世界和人性复杂性的勘探，以及修辞和文体又是"文学"的。非虚构文学因此而区别于素人非虚构写作对个人生活史的记录。

《人民文学》"非虚构"专栏刊登的作品题材与风格各不相同，显示了"非虚构"写作的多样性。其中，梁鸿发表于《人民文学》的《梁庄》在学界引起较大反响，后以《中国在梁庄》为题名出版单行本，并获得 2010 年度人民文学奖、《亚洲周刊》2010 年度非虚构类十大好书奖以及第七届文津图书奖等奖项。另外一篇体现"行动"勇气与决心的作品来自慕容雪村。这位成名于网络时代的作家，冒着生命危险卧底传销团伙二十三天写出《中国，少了一味药》，展示了传销的本质和误入歧途的底层百姓的悲惨命运。

2013 年，上海译文出版社"译文纪实"品牌成立，近年陆续推出包括《寻路中国》《江城》《打工女孩》《少林很忙》《两个故宫的离合》《无缘社会》《再会，老北京》以及《末日巨塔》在内的多部外国作家的中国纪实文学作品。其中何伟《江城》三部曲的出版和热卖是一个标志性事件。何伟笔下的中国叙事写出了真实的中国民间生态，因为他的包容、理解及难能可贵的共情，我们得以触摸大时代下的普通中国人的困惑、欲望与坚韧，这种写法也为读者打开一扇新的窗口看待自己和所处的世界，由此得以发现日常的力量。2020年，美国作家保罗·索鲁的《在中国大地上：搭火车旅行记》引进出版，索鲁于20世纪80年代乘坐火车周游中国，见识了上海人民广场、北京夜校、昆明翠湖广场歌舞、广东万众"向钱看"，并与作家萧乾、翻译家董乐山、复旦校长谢希德等人交谈，都可作为20世纪80年代中国的历史见证。

出版领域及知名媒体的书评周刊、各机构的年度盘点，已有明确的非虚构类别。比如封面新闻曾连续三年推出"年度图书""年度作家""年度诗人"评选，2019年三大榜单升级为五大榜单，其中，"年度十大非虚构"的加入，正是基于近年该领域著作颇丰。

《收获》文学杂志社于2016年创办收获文学榜，以其权威、多元、公正与客观在海内外聚集起重要影响。2017年在长篇小说榜、中篇小说榜、短篇小说榜之外增设长篇非虚构榜，至今已有30部（篇）作品上榜。获奖作品中，既有底层群像《青苔不会消失》《寂静的孩子》《生死课》《大地上的亲人：一个农村儿媳眼中的乡村图景》；也有主旋律作品如《中关村笔记》《张文宏医生》。

2013年第二届"南方国际文学周"首设"非虚构写作大奖"，这是国内第一个非虚构写作奖，奖项设立分"文学类""历史类""传记类""新闻特稿类"四类。"庄重文中国非虚构文学奖"2020年8月启动，两年一届，首届评选范围包括：海内外华人群体，以汉语写作、在2019至2020年度公开发表或出版的非虚构文学原创作品，包括纪实文学、报告文学、传记、口述史等。

　　二、非虚构文学写作分类

　　有人认为，中国"非虚构写作"的两条线索，一条自传统主流文学而来，关注中国最为隐蔽的乡村与底层，从杂志走向书店，凝聚为厚重的精神故土；另一条则向大众文化而生，聚焦当代风口浪尖的资本竞逐和文化博弈，从杂志走向网络，形成了锋利的异托邦解剖。它们扎根在城乡两极，遥相呼应，用非虚构的文字编织出了当代中国的现实与真相，共同讲述着文化中国的来路与去处。①

　　此种观点为非虚构文学写作的分类提供了借鉴，按照不同的标准，非虚构文学可以分为不同类型，比如按照创作主体介入及主旨意图来看，有体验与行动式、观察探寻式、问题调查式。从主题呈现来看，有爱国叙事、苦难叙事、生态叙事等不同类别，从叙事内容上来看，大致可分为现实、历史、文化三大类。本部分笔者主要考察乡土叙事、公共领域问题写作、个体生命写作等不同类别的非虚构作品。

　　1. 乡土叙事（返乡书写）

　　乡土是非虚构永恒的主题。中国现当代文学史上，作家对土地、故乡的书写由来已久。近年非虚构作品中关于现实，关于乡村的叙事较为多见，如阎海军以真挚的感情、强烈的忧患书写故乡，其《崖边报告：乡土中国的裂变记录》涉及空巢老人、乡村留守者、打工群体等社会问题，反映了在社会大变动、大转型之际农民的命运。

　　从2010年梁鸿的《中国在梁庄》、2013年的《出梁庄记——梁庄在中国》两部非虚构文学作品开始，到2015年春节王磊光的《一位博士生的返乡笔记：春节回家到底看什么》、2016年春节黄灯的《一个农村儿媳妇眼中的乡村图景》等的持续刷屏，引发了全国范围内关于乡村问题的讨论。黄灯也借此机会将她多年来以离乡和留乡亲人为书写对

---

　　①　薛静：《大众文化语境下的"非虚构写作"》，《文艺评论》2017年第5期，第19-
　　24页。

象的非虚构作品整理成《大地上的亲人》一书。返乡书写有了区别于传统乡土叙事的内涵。

所谓返乡书写是指在城"农二代"利用假期等契机返回自己家乡，以"非虚构"的形式（如散文、笔记、日记等）对乡村现状进行观察思考，并通过各类传媒手段而引起一定关注的写作实践。① 写作者通过真切的体验，从个体视角展现小人物的悲苦，充分体现了知识分子的人文情怀。在此轮乡村非虚构叙事热潮中，讨论"为什么写"和"写了什么"比"写得怎么样"更有价值。

黄灯在《一个农村儿媳眼中的乡村图景》结尾处表明了自己写作的初衷："当像哥哥这种家庭的孩子、孙子，很难得到发声的机会时，关于这个家庭的叙述也不容易进入公众视野，那么关于他们卑微的悲伤，既失去了在场者经验的见证性，也可能丧失了历史文化的可能。"作家们以"在场"的方式和纪实手法，置身复杂的现实生活内部，对人们关注的一些重要社会现象进行现场式的呈现与思考，强化了文学的行动力与介入力。

乔叶的《拆楼记》（北京十月文艺出版社2017年版）是近年来中国非虚构写作最重要的文本之一，曾获人民文学奖。乔叶亲历拆迁事件全过程，描绘出利益之下人与人、人与世界之间真实甚至是残酷的角力，为读者呈现出一个纤毫毕现的人性标本，一份独特鲜活的社会档案。该书比较特别的是作为亲历者的内省，赵老师、姐姐、姨妈和根在乡间的"我"，在可预见的利益面前，由"良民"变成阴谋家，玩假离婚、利用关系私下给姐姐争取赔偿金。书中附有大量的注释、公文、新闻报道等材料，代表官方层面，与个人视角互为补充，为个体的选择增加了一份理解与包容，一定程度上弥补了个体讲述带来单薄。作家真诚地表现出了深刻的自我怀疑与批判，人如何自我拯救？给不出答案。正

---

① 潘家恩：《城乡困境的症候与反思——以近年来的"返乡书写"为例》，《文艺理论与批评》2017年第1期，第128-134页。

如李敬泽在为该书作的序中所说：是的，所有的人，她爱他们，这是无疑的。但她同时也对他们感到失望，这也是无疑的。她深刻地知道自己就是这些人中的一个，她对自己同样失望。

梁鸿以县志为结构，以散点透视的方法从不同个体视角出发，拼贴出一个立体、完整的"梁庄"图景，人物命运的戏剧化让读者获得强烈的在场感。黄灯的《一个农村儿媳妇眼中的乡村图景》以婆家兄弟姐妹的生活为例，讲述了一个农村家庭在社会发展进程中的变故和遭遇，2008 年金融危机、政府拖欠工程款、信仰危机所导致的价值观混乱、基层执行计划生育的粗暴和失责等，给这个农家带来种种无声的悲剧，悲剧通过各种渠道渗透到他们的日常生存，并且由一个小家庭而影响到整个大家庭。

梁鸿等人的现实书写"以个人记忆和亲历为经，以社会问题和考察记录为纬，以非虚构的方式呈现出自己返乡所观察的乡村生活，其中夹杂着现代人的怀旧、乡愁以及对整个时代、社会和国家发展隐忧的复杂感情，有一种深切的情怀，期冀引起社会的关注和期望一种乡村世界的变革和改造"。[1] 虽然写作者是出于情感与理性书写乡村，但笔下的故乡几乎是沉痛、粗粝、失落的代名词。此类作品的高频亮相又导致落后与凋敝成为当前社会的主流认知，使得"返乡"文学的写作初衷与结果相背离。乡村如何逃脱被遮蔽的命运？

值得注意的是，2021 年梁鸿的新作《梁庄十年》在写作观念上的转变。《中国在梁庄》与《出梁庄记》有更强的故事性，人物经历过的重大事件是叙述重点，比如五奶奶的悲惨遭遇，作者给读者展现的是一个社会的、宏观的村庄。而《梁庄十年》更注重呈现梁庄的微观与日常，比如五奶奶怎么哈哈大笑，怎么坐着孙女的粉红小电车上街去理发等，其中并没有特别的事。正如梁鸿所说：

---

① 项静：《村庄里的中国：城乡二元化结构中的"返乡"文学——以近年人文学者的非虚构写作为例》，《南方文坛》2016 年第 4 期，第 26-31 页。

人不可能时时刻刻都记着这么悲惨的事情，不可能每天都以泪洗面，所以我想把五奶奶的达观和幽默表现出来。我觉得这是生命能生生不息的一个最大的原因。不管今后怎么样困难，我们都在努力活下去，并且还要欢笑，并且还要爱活着的人。所以这是我特别想表达的。

这是一种积极的转变，一定程度上避免了前期返乡体的集中"比惨"，因情节猎奇与围观导致的遮蔽。

2. 公共领域的问题写作

严格来说，前述返乡叙事同样具有鲜明的公共性与行动性，因为非虚构写作中的很多作品都共同聚焦时代转型中的核心事件，呈现个体与时代潮流的互动与博弈。笔者之所以特别强调公共领域的问题写作，是区别于前者以"我"的个人视角。

众所周知，非虚构写作的一大特质在于打破文学与新闻的界限，强调调查、行动，注重与社会的对话，在公共议题上的发声屡屡引发舆论关注。在这个方面，国外同行做出了很好的示范。英国知名驻外记者、作家理查德·劳埃德·帕里长期关注日本社会议题，撰写了大量文章和著作，他的《巨浪下的小学》（尹楠译，文汇出版社 2019 年版）被《卫报》誉为"灾难新闻写作未来的经典"，获福里奥文学奖。

该书背景为 2011 年日本发生的 9.0 级特大地震及地震引发的巨大海啸与核泄漏。当天，日本有 75 个孩子在有老师照顾的情况下仍不幸遇难，其中 74 个来自大川小学。地震发生时，学校往往被认为是全日本最安全的地方，坚固的教学楼，一丝不苟的演习，精准及时的预警，完备的防灾系统让人们对学校充满信心，可大川小学的师生却几乎全部葬身于地震后海啸的巨浪之下。

一个女人说："我们相信他们（孩子们）第二天就能回来，所有人都这么认为。所有人都相信学校，所有人都相信他们一定会很安全，因为他们在学校。"从地震发生到海啸来袭的这51分钟里，大川小学究竟发生了什么？帕里经过长达6年的追踪调查还原了灾难全过程，挖掘出日本秩序井然表象下暗藏的致命缺陷——海啸并不是问题所在，日本本身就是问题，让84名师生葬身于巨浪之下的恰恰是严密的系统和秩序。

在秩序井然的表象下，隐蔽矛盾、规避追责、维护现状的集体性被动克制与自我克制的社会构造是最大的问题。而其根源则在于日本社会的矛盾：有序自发的民间力量与停滞不前、效率低下的政治生活形成强烈对比，而个体的勤劳美德、自我牺牲与作为组织一员时的容忍、麻木的两面性也构成极大的反差。[①] 悲剧由此诞生，充满荒谬意味。

2020年澳大利亚著名的女性写作奖斯特拉文学奖（Stella Prize）颁发给了调查记者杰斯·希尔（Jess Hill）的家暴调查报道《看你逼我做了什么》（*See What You Made Me Do*），奖金为五万澳元。希尔曾因其家暴报道两次获得沃克利新闻奖、一项特赦国际大奖以及三次 Our Watch（澳大利亚保护妇女儿童、对抗暴力的公益组织）大奖。

希尔花了四年时间，潜心报道家暴问题，其心血以《看你逼我做了什么》付梓出版。在书中，希尔不仅对家暴状况进行了翔实的报道，也对施暴者的行为动机，以及其背后的赋权系统进行了考察和质询。

希尔说："我写这本书是因为社会需要这本书。自从第一个家暴受害者庇护所在澳大利亚开放以来的四十年里，没有人写过一本这样的书来揭示家暴现象，所以我必须写作。"她还说，"如果新闻的本质是要为大家去揭示那些被隐瞒的真相，那么泛滥的家庭暴力就是在我们生活当中最被忽视和隐藏的真相之一了。"[②]

国内非虚构文学的反思性与启蒙性充分体现在对民生问题如农民

① 参见李思园：《巨浪拷问人性》，上海书评微信公众号 2020-01-10，https：//mp. weixin. qq. com/s/6-awf5ty-l-5pofKZV_bUQ。

② 参见徐悦东：《西方家暴案例激增当下，斯特拉文学奖颁给家暴调查报道》，新京报书评周刊公众号 2020-04-19，https：//mp. weixin. qq. com/s/qcLnwrQJBCsRX27pHEdQxQ。

工、留守儿童、教育公平等问题以及环境生态问题等批判性写作方面。

问题意识是很多国内非虚构写作者的出发点，如黄灯的《我的二本学生》，提出问题并描述问题成为写作的重要特点，关于前者，作家说："如何与同呼吸、共命运的亲人建构一种文化上的关系，不仅仅是熟人社会传统家庭结构自然人际交往的延伸，更是知识界无法回避的现实难题。"由此，作家从个人经验入手，意图呈现转型期中国农村所遭遇的不同问题；关于后者，作家说："多年来，在对学生毕业境况的追踪中，负载在就业层面的个人命运走向，到底和大学教育呈现出怎样的关系，是我考查学生成长过程中，追问最多的问题，也是本书竭力呈现的重点之处。"

该书对出身平凡的青年群体的基本命运和人生可能的描写，让读者看到了社会结构性矛盾与高等教育市场化后暴露出的种种失衡，黄灯说："我想知道，学生背后的社会关系、原生家庭，以及个人实际能力，在就业质量中所占的具体权重。如果其权重越来越被个人实际能力以外的因素左右，那么，对大学教育的审视，将成为一个不容回避的命题。"黄灯"面向时代的大问题，从现代化的角度去观照城市化进程中农村和农民的整体命运，从高等教育市场化的大背景下去观照二本学生乃至普通年轻人的成长和人生走向，并且追问到社会结构的层面，这使得黄灯的非虚构写作，有了宽阔的时代视野，有了自己扎根于现实并深入到具体社会机制的鲜明个性"。[①]

3. 个体生命写作

关注特殊群体生存境遇与命运的书写，可以将其视为生命写作。从其传递的价值来看，有对生命的敬畏与悲悯，对人性理想的发现与珍视，对人与人关系的理解与体恤。哪怕是面对无常命运，依然充满内在而坚定的价值判断，对善良、坚韧、体面、尊严、正义等等的基本道德理念的维护。薛舒的《远去的人》、方格子的《一百年的暗与光》、周

---

① 杨胜刚：《黄灯论》，《写作》2021年第6期，第121-141页。

芳的《重症监护室》等非虚构作品，关注阿尔茨海默病、麻风病、生命垂危患者等。在丁晓原看来，这类作品既有非常态中的人性景观、社会历史的流变，也有疾病本身的记写。它涉及文学、医学、社会学、历史学、心理学等，或可成为某个专门学科有价值的参考读本。①

另一种是草根传记类，在叙写生活趣味的同时渗透着人文思考。比如张哲的《梅子青时：外婆的青春纪念册》（北京联合出版公司2015年版），这是一部充满暖意的非虚构作品，语言平实细腻。作者写外婆年轻时在浙江湘湖师范学校读书的故事，该校在抗战中迁校七回，但老师学生们在困难的情况下仍然坚持读书学习，特殊时代的友情与爱情都让人唏嘘不已。与此同时，作者对外婆当下的书写也很感人。

个体人格觉醒催生民间写作者。姜淑梅《乱时候，穷时候》（浙江人民出版社2013年版、四川文艺出版社2017年版）、饶平如《平如美棠：我俩的故事》（广西师范大学出版社2013年版）等均是其中佼佼者。有人认为，草根传记类图书出版受追捧，除了自传的内容引起了读者共鸣外，更多的是人们对两种历史观占据社会核心价值高地的一种反弹，即带有政治目的的自我标榜历史唯物主义的宏大叙述，和以西方为中心、强调一切都在进化的弱肉强食的所谓现代性史观。随着公民意识的觉醒，这两种历史观开始遭受质疑，因此草根自传必然受到欢迎和追捧。②

4. 日常生活记录

这一类重在日常生活记录，被认为是一种常态化写作。肖复兴的《我们的老院》（北京十月文艺出版社2016年版）书写旧时老北京生活，打捞集体记忆。作者将普通国人生存风貌呈现在读者面前，一个老人回忆过往的记录之所以获评中国图书评论学会2017年度中国好书，

---

① 丁晓原：《非虚构文学的逻辑与伦理》，《当代文坛》2019年第5期，第90-96页。
② 牧人：《为平民立传　帮百姓出书——草根传记类图书出版一瞥》，《出版参考》2015年第8期，第34-35页。

正在于其真实与淳朴。宽容平淡的凡人列传比国家层面的宏大叙事更能击中人们心底最柔软的记忆。一个人的生死离合、悲欢苦乐也许很难引起普遍的共鸣，但一群人的命运铺展开来就成了民族历史的一种缩影，成为一代人的心灵史。

还有李娟系列作品对朴素自然的亲近与诗意体验。《羊道》系列是李娟对新疆边地民族实地"蹲点"式书写的作品，将牧民、牧场、羊、马、剪羊毛、毡房、养鸡、卖杂货、种葵花、采木耳等简单、琐碎的日常生活纳入写作，规避了文学史上惯常的异域、异族"奇观化"书写传统，写出了原汁原味的边民生活。这些文学实践相较于20世纪80年代报告文学"一人一事"与"社会问题"这两种范式，提供了特定族群"常态化"描写的新样态，体现出非虚构文学的探索精神。①

也有对日常工作的书写，比如萧相风的《词典：南方工业生活》，作者本身是一位产业工人，他在日常生活中搜集素材，描写南下打工者加班、倒班、工衣、出粮、打卡、轮休、走柜、集体宿舍、食堂、夜晚生活等不同方面的生存景观，以"词典"的形式完成日复一日的日常生活记录。其特点在于以亲历者的姿态写出弱势群体在政治、经济、文化等方面的群体性经验，平淡乃至乏味，这与以往私人化写作的自恋倾向形成鲜明对比，也与以往常见的底层写作相区别，后者过于强调情节化、戏剧化的模式化故事。但正因如此，该书得以建构社会转型时期的公共记忆。

民警深蓝，一个中国普通三四线城市基层派出所工作人员，根据自己的一线工作经历，完成了非虚构作品集《深蓝的故事》和《深蓝的故事2：局中人》。关于写作的动因，深蓝曾感慨："无论如何严防死守或者严厉打击，各种人间悲剧却并未减少太多。如果仅仅是对于我自己的人生，这份工作的意义究竟在何处呢？"在第一本书出版序言中，他

---

① 孙桂荣：《非虚构写作的文体边界与价值隐忧——从阿列克谢耶维奇获"诺奖"谈起》，《文艺研究》2016年第6期，第23—30页。

作出了回答：

> 每一名基层民警都是一本关于生活的百科全书，经年累月地经历着各色人生悲喜。我们既是看客，又参与其中，时间一长，便能在一个故事中看到另一个故事的影子。
>
> 不一样的人生总会有些许相类似的经历，也许悲剧更具穿透力。用真实的故事惊醒现实的迷茫，也许就是警察这份职业的意义所在吧。

参与办过多起专案的深蓝，不写大案要案的惊险离奇，不追求故事的狗血刺激，只关注个体的命运，展现最真实的社会图景。因其质朴，在网易"人间"连载时，多篇阅读量超过 10 万。

三、非虚构文学写作的局限与缺失

1. 真实与真实感之惑

学者李松睿认为《徐光耀日记》（河北教育出版社 2015 年版，其中包括其 50 年代初下乡生活的记录）与《中国在梁庄》在创作姿态与笔法上有很多相似之处。但在徐光耀日记完成的 20 世纪 50 年代，主流的观念认为"真实"必须把握生活的主流和本质。因此，作家只能在琐碎的日常生活的基础上，经过虚构这一环节，将素材转化为更加艺术化、更加精致的小说，才能抵达"真实"。受此观念影响，徐光耀本人也认为日记里的内容只是为创作现实主义小说准备的素材。而在梁鸿写作的时代，"粗糙化"已经成为艺术创作的潮流，那些仅被视为素材的东西，在今天却可以直接成为优秀的艺术作品。在某些极端的情况下，虚构甚至成了粉饰现实的代名词，丧失了再现"真实"的能力。作品只有精心营造出素材般的粗糙质感，才能让读者感到真实可信。由此可见，媒介的变革与时代的动荡改变了人们对"真实"的认知，反映在文学书写中则表现为艺术的"粗糙化"和"非虚构"。①

真实事物的复杂性已经不再是以往的任何一种文体能够从容应对的了。在目前可以看到的非虚构作品里,作家们调动的人类学、考古学、神话学、自然地理学、人文地理学、民族学、民俗学、语言学、影像学等学科逐渐进入文学域界,考据、思辨、跨文体、微观史论甚至大量注释等开始成为非虚构写作的方法,这样的努力日益清晰地、形象地复原了真实历史的原貌。从这个意义上说,非虚构写作是源自每一个人真实生命的需要。与此同时,由于非虚构写作扩大了文学的写作场域和表达边界,汉语里的非虚构写作逐渐与西方定义里的非虚构貌合神离。②

梁鸿并不讳言,"梁庄"不是真名,中国河南穰县的地图上,找不到"梁庄"。而两个农村妇女春梅和巧玉的名字也是虚拟的,一个女人和两个丈夫的情节设置也因为太过巧合而被批评家刘春认为"简直就是一篇小说"。梁鸿在《非虚构的真实》一文中说:"我在尽最大努力接近'真实'。作者最终呈现出的都是自己认识世界的一个图式,它包含着作者本人的立场甚至偏见,也包含着由修辞带来的种种误读。一种建立在基本事物之上的叙述,这就是非虚构文学的'真实'。"③ 也就是说,非虚构文学的"真实",是在物理真实之上,通过某种叙事模式和结构,呈现出事物本身更为细微深远的意义空间和社会肌理,这种真实正是非虚构写作的重要构成维度。

后来,她进一步完善对"真实"的理解:"非虚构文学的现实/真实是一种主观的现实/真实,并非客观的社会学的现实/真实,它具有个人性,也是一种有限度的现实/真实。"④ 更准确地说,"非虚构不只是

---

① 李松睿:《走向粗糙或非虚构?——关于现实主义的思考之六》,《小说评论》2020年第6期,第35-48页。
② 蒋蓝:《非虚构写作与踪迹史》,《作家》2013年第19期,第21-27页。
③ 梁鸿:《非虚构的真实》,《人民日报》2014-10-14第14版。
④ 梁鸿:《改革开放文学四十年:非虚构文学的兴起及辨析》,《江苏社会科学》2018年第5期,第47-52页。

写出一座房屋，更要写出房屋周围弥漫的精神状态，在背景环境中把握书写对象……对"真实""客观"的抵达就必须建立在社会学家、人类学家般的观察力、思考力和见微知著的能力上，需要知识结构的参与，才能对所书写事件的内部逻辑和纹理有着深刻的揭示，才能让读者触摸到这一时代的生活和心灵。"①

在此基础上，有论者提出非虚构文学三个层面的真实：物理实在、事理情理与精神感受，分别代表切实之"形"、逻辑之"理"和感性之"情"。其中，物理实在层面的真实可以理解为"曾经发生"（或"正在发生"），意味着作品中的时地人名、言论文书、事件等，有物可证，有据可依，有史可考。"事理情理"层面的真实，可称为"可能发生"（或者，"可能再次发生"）"精神感受"层面的真实，可释为"类似发生"，即作品中的人或事未曾发生，以后也不可能发生，但因之而生的精神感受、心理情绪确是真切的。②

获得人民文学奖"特别行动奖"的《中国，少了一味药》就取材于在时下已经成为社会"公害"的传销现象。为了创作这部作品，慕容雪村不惜以在江西上饶一传销窝点"卧底"二十三天的方式，得到传销团伙如何对人进行洗脑的第一手资料，作品写来跌宕起伏、引人入胜。然而，强调经历的传奇性、对社会焦点话题的热衷、戏剧性情节的过多穿插等，使这部作品的新闻化、事件化的倾向非常明显，仍留有对传销这一非法、隐秘活动的"奇观化"展示痕迹。

慕容雪村的这种卧底写作并不是特例，通过暗访性工作者场所、黑社会群体进行写作的现象已经出现，这是否会重蹈对边缘群体、边缘事件进行"窥私"性暴露以招揽读者的覆辙？《人民文学》编者曾强调"行动"不是为了作者的自我炫耀。但纪实作品的一大陈弊是热衷于确

---

① 冯圆芳、梁鸿：《以非虚构形式，触摸新时代的乡村心灵》，《新华日报》2021-03-18 第 13 版。
② 张雅倩：《论非虚构写作的真实观》，《写作》2019 年第 3 期，第 28-36 页。

立自己的主体形象，导致过度议论与抒情。黄灯在《大地上的亲人》序言里也曾说过："亲人们在讲起各自南下的经历时，哪怕谈起最悲惨的事情，都带着笑意，也不懂煽情。我提醒自己，必须意识到他们讲述背后的情绪过滤与我文字背后情绪膨胀之间的客观差异。"

当文学过于内向时，它需要向外转；当文学过于强调形式时，它需要内容的实在；当文学过于强调个人化和小叙事时，它需要关注社会重大问题；当文学过于奇观化和极端化时，它需要在日常生活的惯性轨道内发现社会的症结与存在的真相……中国的非虚构写作就是在这样一个文学谱系的节点上出现在这个时代，它所引发的反响和争议也只有在这个层面上才能得到充分理解。①

一旦展开叙事，作者们可能会发现自己不由自主地想要改进它，想要修改现实，直到它变得更迷人、更犀利、更难忘。最老练的记者和纪录片拍摄者们能一个流程中借用某些都市传说的特点。而在报道事实的时候，我们也常常会危险地步入虚构之境。② 弗尔福德曾举经典作品为例，比如《冷血》一书中每个字都是精确的，但怀疑的声音还是出现了。我们怎么能确定某个已经不在人世的人确实对另一个也已不在人世的人说了那样一些话？ 在《太空先锋》中，沃尔夫怎么那么清楚约翰逊这样一个不善表达内心世界细节的男人在特定场合下的那种无法言传的情感？从故事讲述者的立场来看，那些事件就发生在喜气洋洋的梅勒眼前，这是不是有点太方便了？③

有论者指出大部分报告文学、私人传记、历史钩沉等"非虚构"文本退化严重，主要表现出体裁要素虚构化、对平凡个体生命的微观叙

---

① 孙桂荣：《非虚构写作的文体边界与价值隐忧——从阿列克谢耶维奇》，《文艺研究》2016 年第 6 期，第 23—30 页。

② ［加］罗伯特·弗尔福德，：《叙事的胜利：在大众文化时代讲故事》，李磊译，南京大学出版社 2020 年，第 129 页。

③ 同上，第 125 页。

事和尚未定性的混沌叙事很少触碰及精神内核庸俗化三个方面的缺失。①

更值得警惕的是，国内有的作家混淆事实与虚构之间的界限。如王蒙的非虚构小说《女神》（四川文艺出版社 2017 年版），作家自述该书是向陈布文致敬之作："写布文老师，这是我五十九年前的一个约定，这个立项已经太久太久。"作为一本回忆录性质的人物传记，立足事实是基本前提，但王蒙所写的"女神"与现实中的陈布文相去甚远。陈布文真实的身影，淹没在王蒙式的"快乐写作"与想象虚构中，甚至将陈布文 1956 年 5 月写给侄子陈宗烈的家书误记为 1985 年 5 月。在《女神》的写作后记《怀念与夙愿》一文中，王蒙甚至如此自我夸赞："这样的小说的要劲是在于非虚构得在在动心，虚构得明白真挚，牵挂得难舍难分，思忖得不露痕迹，没有小说的篡劲编劲，更没有纪实的报章气。"②

王蒙还写了接近于"回忆录"式的作品《邮事》，同样将其定义为"非虚构小说"，并将之与传统意义上的报告文学或纪实文学相区别。在接受《文汇报》记者采访中，王蒙曾指提出《邮事》要"充分发掘对于非虚构的人与事的小说化可能，使非虚构的一切生活化、故事化、趣味化与细节化。"③

另一个值得注意的问题是，一些作家对非虚构概念的误解影响了作品质量，使得非虚构写作等同于社会学者的调研报告。市场上大部分"非虚构"作品基本上停留在反虚构的层面上，并将"非虚构"与"虚构"进行简单的二元对立的区分，作家的主体性停留在"记者"的层

---

① 蒋进国：《非虚构写作：直面多重危机的文体变革》，《当代文坛》2012 年第 3 期，第 84—87 页。

② 李兆忠：《非虚构小说"不应这样写》，《文学自由谈》2020 年第 2 期，第 33—39 页。

③ 许旸、王蒙：《文学依然是所有文艺样式的"硬通货"》，《文汇报》2019-04-09 第 10 版。

面，而没有将这种主体性进一步延伸，在想象力（虚构）的层面提供更有效的行为。杨庆祥因此而提出"非虚构写作能走多远?"的现实问题，在他看来，如果说"虚构主义写作"因为对历史和社会的回避而导致了一种简单的美学形而上学和文本中心主义，那么"非虚构写作"则因为想象力和形式感的缺乏而形成了一种粗糙的、形而下的文学的社会学倾向。①

2. 消费苦难与崇高话语的缺失

当代小说创作中，一个突出的问题是精神矮化，仅以知识分子题材为例，我们很难看到崇高的人物形象。青年作家马小淘塑造了城市文学中一类新的形象：自知之明者，认清现实的残酷和规则然后对自我进行残忍的"削足适履"，投身其中甚至怡然自得。《毛坯夫妻》的女主角就像一个长不大的孩子，她的基本生活就是逛淘宝、养宠物，根本就没有能力面对这个世界，但是她们会强调自己有个性，有坚持，但是再也没有了崇高感。换一个说法就是，人是社会关系的总和，当一个人想通过自己不断地诉说来建立自己的意义，这是不可能的，他必须跟别人互动，在跟别人的互动关系当中才能产生自己的意义。

在今天，小人物及其困境几乎成了"正确"文学的通行证，无论是年轻还是年老的中国作家，满纸小人物辛酸史都被奉为座上宾，但这些小人物几乎普遍沾染了衰老的暮气，他们困在各种牢笼里：事业上没有上升空间，人际关系中都是攀比的恐惧和互相践踏尊严的杀戮，生活中处处是机心和提防，生计的困难遍地哀鸿，精神的困境更是如影相随，他们对理想生活和越轨的情致心驰神往却又不敢碰触，小心地盘算着如何才能不至于输得一塌糊涂。②

为什么再也写不出美好、高洁的东西？

长久以来，崇高美学的盛行因排除了许多其他文化形式与体裁，缺

---

① 杨庆祥：《"非虚构写作"能走多远?》，《文艺报》2018-07-30 第 2 版。
② 项静：《失败者之歌：一种青年写作现象》，《文学报》2015-9-24 第 21 版。

失了自我批评与反思精神。因此20世纪90年代出现了"躲避崇高"这一流行词汇，20世纪80年代文学作品中闪烁着耀眼光芒的"高贵""崇高""理想"等等逐渐成为否定性词汇。这一问题在非虚构写作领域也同样存在。非虚构作家对底层有深刻的关切，也不缺捕捉生活细节的能力，但是过于集中的苦难叙事，容易削减胸怀和格局。崇高话语的缺失、英雄的缺席使得作品担当力度不够，由宏大叙事转向到个体微观叙事似乎矫枉过正。于是，我们看到农村书写多于城市，城市又以底层叙事居多，写作者往往选择站队的"正确"，似乎写什么更重要，更能说明写作主体的良知与正义，因此纷纷与宏大主题刻意保持距离，也有人认为只有书写底层、苦难、社会不公才具有政治正确性。悲观主义与虚无主义则使一些作者只看到生活的阴暗面，导致视野狭窄，作品失去影响人心的正面力量。

在现实中，返乡书写尝试以非虚构写作对抗一种无力感，但其本身也常被另一种无力感所裹挟，这种新的无力感与其说是个人困境，还不如说是更大的社会困境在书写者身上的表现。因此，返乡书写不能只停留在精神或话语上的返乡，而需要自我反省并与实践进行紧密互动，让返乡书写不落入常见陷阱，更可以成为进一步推动书写返乡的有利契机，进而让话语层面的批判与实践层面的介入有机结合。①

社会学家贺雪峰教授团队2014年推出春节回乡见闻集《回乡记：我们所看到的乡土中国》（东方出版社2014年版），以春节回乡见闻的方式，呈现了全国二十多个地区年味风俗、婚育嫁娶、乡村经济、村庄秩序的变化。几年后再次推出《回乡记：我们眼中的流动中国》（中信出版社2018年版），仍然以返乡见闻笔记形式呈现了全国不同地区乡村的熟人社会、宗法秩序、婚育选择、公共服务、村庄秩序出现的巨大变迁和面临的新问题。

---

① 潘家恩：《城乡中国的情感结构——返乡书写的兴起、衍变与张力》，《中国现代文学研究丛刊》2019年第7期，第170–185页。

正如有学者所言：对于中国现实的书写，没有深度与层次、缺乏诚意与真情的干巴巴的廉价赞美没有意义，那种先入为主式的没来由的"无情无义"的怨恨型写作同样近似投机、令人生厌。①围绕返乡书写的讨论往往被窄化为"普遍还是个案""真实还是想象"等层面，"中国梦"这场伟大斗争无疑具有艰巨性、挑战性、风险性，有强烈问题意识的非虚构文学创作面对这一真实的现实，不能在题材选择上有偏见，也不能走入主题及思想误区。非虚构写作一方面给文学创作带来了无限的可能性和丰富的灵感，但另一方面也有沦为个人隐私、心灵隐秘、喃喃自语、自说自话的"贫血"书写的危险。

整体而言，国内作家群体对非虚构作品内部该怎样呈现人和社会的关系，人和人自身的关系以及非虚构的边界等问题缺乏深入探讨，调查也不够严谨，能多年坚持展开某一题材追踪的作家太少，叙事的系统性与完整性不足，同时，叙述者"我"过度介入，议论及自我情绪抒发凌驾于人物之上也引起批评。相比美国深厚悠远的非虚构写作传统，中国还处在起步或求索的阶段。

四、非虚构文学写作变革

当消解崇高、颠覆经典、丑化英雄成为一种时尚，重建英雄叙事与崇高美学成为文学重要使命。对报告文学来说，塑造民族英雄人物是其写作的一大显著特点。非虚构写作在初期过于集中苦难叙事之后，走出猎奇误区，走向更为广阔的书写世界，重建崇高话语，弘扬主旋律。

作家袁敏近年来致力于非虚构写作，相继在《收获》杂志开辟"知青专栏"《兴隆公社》、"关注教育专栏"《燃灯者》等，获得社会广泛关注。

袁敏曾这样交代"燃灯者"系列的缘起：

---

① 韩敬群：《现实题材创作中的明暗、宽窄与坚守》，《长篇小说选刊》2018 年第 6 期，第 312 页。

2018 年，我在《收获》推出知青专栏"兴隆公社"，其中有一篇《乡村教师》，写的是半个世纪以前，为北大荒农村孩子们奉献青春的一群知青教师。

文章发表后，传播的速度和广度完全超出了我的想象。之后不断地有人来和我探讨乡村教师的话题；也有不少热心的读者，主动给我提供当下仍在乡村从教者的新的采访线索；一家著名的大学出版社社长深夜给我打电话，希望出版《乡村教师》一书。

为什么半个世纪前的一群知青教师，在偏远蛮荒的北方农村展开的乡村教育，会在五十年以后的今天，依旧散发出不灭的光彩？为什么当时代进程已经跨入高科技、网络化，中国教育的各种条件和硬件设施早已今非昔比时，还会有这么多人怀念那些曾经在茅草棚和田间地头给孩子们上课的乡村教师？中国大地的版图上，还有多少像当年的兴隆公社一样边远、落后的穷乡僻壤，睁着一双双渴望读书的眼睛？那儿的乡村教育是不是至今还停滞不前？当今天的精英教育越来越成为无数家长疯狂追逐的梦想，争先恐后地往孩子身上砸钱时，还有多少具有奉献精神和教育情怀的老师，能不为名利所动，不被钱财驱使，真正为广大中国乡村基础教育，为中华民族最底层的基石，奉献自己最温暖的爱心，坚守一个老师最神圣的职责？

袁敏立足于乡村教育和教育扶贫，对以"书生校长"陈立群为代表的当代教育工作者进行采访与写作，其作品突显出写作者"燃教育之灯，就是燃民族希望之灯"的情感与立场。特别值得一提的是，在她采访陈立群这一"时代楷模"前，社会上有一些怀疑与嘲讽，但袁敏有强烈的主体意识与问题意识，"也许不该责怪这些质疑者，因为在生活中，我们确实见过一些不太真实的先进典型，让老百姓对"劳模""楷模"这样的光环人物，有时候难免敬而远之，总觉得他们身上贴着某种时效性的政治标签，雾里看花，遥不可及。与能够见到的种种公开报道相比，我更相信自己的眼睛"。

袁敏的"燃灯者"系列非虚构作品聚焦教育领域的"时代楷模"、创新者与教育公益人士，既礼赞献身教育扶贫和改革事业燃灯者，又有对中国教育的深切忧思，被评为2020年收获文学榜长篇非虚构第四名。

《母羊的心》写的是月光妈妈以及在她周边一大群共同参与"耕读缘爱心助学团队"的公益志愿者们，他们把全部爱心奉献给边远灾区藏族孩子。《书生校长》《宏志生》关注"时代楷模"陈立群，作为教育家他以一己之力默默无闻地为贫困地区的孩子们做出无私奉献。《巴大叔和他的山水田园》《家庭实验室的创客们》采写的是全国模范教师、"科学狂人"陈耀，他发动建设的"家庭科学实验室"从一个班扩散到300多所学校；他开发的"田园科学课"改变了一所山村学校的生存状态。他对作者说："传统教育体制中的弊端，不是靠哪一个人的个人努力就可以撼动和改变的，需要千千万万的教育工作者的投入、探索，和奉献！所以，你不要总盯着我，你应该去寻找更多在基层教育一线默默无闻工作着的人。"作者在结尾写道：

巴大叔和他的山水田园，或许能让我们对人与自然的关系，重新进行思考，也会让今天的孩子们在认识自然万物的同时，折服于蓝天、大地、宇宙、苍穹的广袤与浩瀚，同时学会很久以来被我们学校教学遗忘的品质：善良、真诚、勇敢、坚强，不畏强暴、扶助弱小，疾恶如仇、从善如流……

也许那时候，他们会发现，自己一直看重和追求的考试成绩、分数排名、名牌学校、出人头地，其实没那么重要。他们会意识到，自己的未来，其实有许许多多的可能性。

非虚构文学的变革还鲜明地体现在乡土叙事领域，38万字的《乡村造梦记》即为典型代表。如前所述，非虚构写作近年来的乡土题材书写，以流行的"返乡体"为代表，存在着过于集中展现"乡村凋敝"的问题，这种写作上的惯性使其未能及时反映乡村的变化。

乡村造梦者林正碌是主角，他以教农民画油画活动为切入点，在屏南县"空心村"推行"人人都是艺术家"的公益艺术教学活动，以此为引子，作者书写了县乡村干部、外来艺术家、农民们通过发展文创产业来助力推进乡村振兴的实践进程，可以说，这是一个真切的乡村中国梦的故事。三农专家温铁军为该书作序，他认为"这个故事创造出来的正能量符合当地的创业环境，也正是屏南吸引着一群又一群'主流''非主流'年轻人来此创造、见证、生活的原因。我们也融入了这群乡村造梦者，大家共同推进的故事还在继续着，期待更多城市群体特别是趋向于绿色主义的中产阶级主动融入乡村振兴的历史进程"。①

作者书写乡村振兴的主旋律，改变了概念化的宏大叙事。敏锐地捕捉屏南特色，即"党委政府+艺术家+农民+古村+互联网"的文创助推乡村振兴发展模式。② 因此，《乡村造梦记》最重要的意义，是记录下了屏南以文创振兴乡村的经验和智慧，不仅让人看到希望，更有着重要的启发和启迪。

第四节　新闻领域非虚构写作的转向

非虚构写作作为一个文学界与新闻界都关注的跨界命题，在两个领域中的展开路径并不一样。文学领域内此概念往往与纪实文学、传记、报告文学并置，新闻领域的非虚构写作则与新新闻主义、特稿等相提并

① 温铁军：《〈乡村造梦记〉序》，《文艺报》2021年12月1日第7版。
② 陈冬梅：《以文学聚焦乡村振兴的"中国梦"——评沉洲〈乡村造梦记〉》，《福建文学》2022年第5期，第153—156页。

论。前者担当主力的是作家与学者，以出版专著为主；后者以记者与业余爱好者为代表，包括传统媒体在内的多元化传播渠道为非虚构写作激增提供了舞台，特别是随着新兴写作平台大量涌现，写出属于自己的真实故事被鼓励，非虚构写作俨然有全民化写作之势。

近年来主导新闻业变迁的因素已经变成了非虚构写作、数据新闻、算法新闻等实践形式，前者大大拓宽了新闻的内容边界，后两者在技术层面开拓了新闻的呈现样式。非虚构写作在新闻领域的运用和实践更像是新闻创意写作的一种形式，是新闻文体的创新和发展。但在提供新的叙事之外，非虚构还成为一种知识形式，完成了对现实世界的解释和建构。

新闻领域非虚构为何流行？从宏观角度来看，自 2013 年以来，政策收紧管控力度加大导致调查性报道的衰落，而与此同时，日益兴盛的消费文化也使得公众对于现实中的政治、社会问题逐渐疏离，将精力投注于私人生活，随之对调查性报道这种严肃、乏味的传统硬新闻形式失去兴趣，取而代之的是人物特稿等贴近日常生活状态的非虚构写作。[①]也就是说，非虚构的流行一定程度上是在调查性深度报道受到挤压后，媒体为谋求转型而进行的新探索。

一、新闻领域非虚构写作现状

依托社交媒体的发展，新兴的写作平台大量涌现，各类非虚构写作平台鼓励普通人写出属于自己的非虚构故事。笔者对历年非虚构写作领域各类活动进行了不完全统计：

资深媒体人李梓新 2011 年 3 月创办非虚构写作孵化平台"中国三明治"，以"众包+专业策划编辑"的方式纪录中国真实生活故事，其"破茧计划"在 2015 年开始，与"故事通讯"等一起培养了众多写

---

① 张洋：《当代中国调查性报道的兴起：话语与实践的历史考察》，《新闻记者》2019年第 1 期，第 88-100 页。

作者。

2013 年第二届"南方国际文学周"颁出中国首个"非虚构写作大奖"，设有文学、历史和传记类等大奖，其中南方都市报与花城出版社联合策划的《洪流——中国农民工 30 年迁徙史》获公共关怀奖，《南方人物周刊》高级主笔李宗陶撰写的封面报道《中国制造：欲望时代的干露露们》获时代表情奖。

《南方人物周刊》2014 年开设"非虚构"专栏，刊发特约撰稿人作品。2015 年 10 月，以繁荣非虚构创作生态、发掘及培养优秀人才、普及中文非虚构创作标准为己任的非虚构创作联盟成立，由《人间》《时尚先生 Esquire》《南方人物周刊》《GQ 中国》等八家媒体平台联合发起，联盟接纳的作品，除了文字写作，还包括音频、视频、图片，还有各种古怪的形式，因此冠以"非虚构创作"之名。同月，《南方都市报》改版推出"南都语闻"栏目，定位于"在速读时代，感受慢阅读的魅力"，深耕非虚构写作，该栏目被视为碎片化阅读时代对纸媒阅读的逆势回归。《生在杨箕》《舒克的困境》《翠姨的手机》等代表性报道，相较于《时尚先生》《人物》杂志等媒体上发表的非虚构作品，更多地将目光投向普通人物，聚焦社情百态和社会记录，试图展示时代洪流中普通人的生存状态。

2014 年"正午"创办；2015 年，腾讯谷雨、网易人间创办；2016年真实故事计划面世。

2016 年 10 月 30 日，暨南大学和南方都市报联合举办的移动互联网时代的非虚构写作——暨南大学准记者南方训练营十周年庆·南方都市报"南都语闻"版面研讨会在暨南大学科学馆举行，探讨移动互联网时代的非虚构写作。由南方都市报联合多家机构发起的广东省中小学生非虚构作文大赛也于当年 11 月 1 日正式启动。

2017 年 4 月，刺猬公社与每日人物、AI 财经社共同举办 Epoch 非虚构故事大赛，在全国范围内征集优质的非虚构故事，首奖 10 万。此后，第二、三届均以"还乡手记"为主题，参与者通过短视频、文字、图片的形式，记录回乡过程中和回乡后的所见所闻所感，如家乡民俗、家乡人和事的风貌及变化、城乡的反差、与家乡的融合或冲突等等。

高校新闻教育领域也进行了积极的回应，北大新闻与传播学院张慧瑜博士把非虚构写作与大学通识教育、本科新闻教育相结合，通过非虚构写作训练培养社会观察能力和从事深度调查报道的能力，先后进行了"倾听他人""光影拼图""认识脚下的土地""我们的时代"四次主题写作，并为此开设了"新青年非虚构写作集市"公众号作为学生作品的主要刊发平台。2017 年，澎湃新闻与复旦大学新闻学院联合成立非虚构写作工作室，定期开设"非虚构工作坊"并免费授课。南京大学庄永志博士面向研一学生开设《非虚构写作工作坊》，探索出行之有效的教学方法，通过实训培养了不少人才，本科学会计的张瑾在此过程中由门外汉成为佼佼者，三篇作品分别获得"还乡手记"第三届 Epoch 非虚构故事大赛一等奖、"澎湃·镜相"非虚构写作大赛一等奖及 2020 "开往春天"Epoch 新写作大赛一等奖。这些年轻写作者的成功无疑起到了正面示范作用，也催动了各类非虚构训练营在线课程的火爆。

2020 年至今，新冠肺炎疫情对世界卫生、经济、文化、政治等都造成了影响。对于个体而言，疫情造成了困惑、焦虑、恐惧、无力，无辜个体在灾难中遭遇苦难，暴露出疫情在预警、评估、判断、决策系统的问题，也暴露出制度之病，还把近年的社会矛盾和社会变化以及人心的变化集中反映出来。疫情期间有两句话屡屡被提及：时代的一粒尘埃，落在个人头上就是一座山；灾难并不是死两万人这件事，而是死了一个人这件事，发生了两万次。

新闻领域非虚构写作因疫情的暴发而备受瞩目。无数普通人以日记、短视频等不同形式记录日常见闻，讲述自己的亲历故事，这些个体讲述经由新媒体传播引发公众共鸣，在媒体报道之外，书写了疫情期间的历史底稿。非虚构写作本质上是社会公众的表达欲望和现实需求，当读者与文本产生共鸣，产生身临其境、感同身受的浸入式效果时，也就意味着公众自由表达欲望、心理需求和社会期待得到了实现。

库尔德利认为这是数字化媒介带来的"一种新的交流情境"，它扩展了个体的社会实践方式，让那些从未参与过故事分享的人们，以数字交流的形式开始讲述个人故事、储存和交换网络上已分享的故事。倘若没有互联网，这些故事本不会存在，而现在，正是因为数字媒体的"修补"能力，这些故事的传递、再传递，乃至改变，也有了多重的可能性。[①] 人们通过浸入的方式参与社会事件，从心理、情感、意识方面成为社会建构的行动者、参与者。

二、文本特征

非虚构写作通常涉及两个问题，一是写作者的叙事精神，二是写作的方法与技巧。这也意味着记者将个人的思考与情感以及研究融入了写作，一些有写作企图的写作者，不满足原有的新闻写作，而是积极探索容量更大、更有个性、更复杂的文体。如果将非虚构作品文本与常规新闻报道进行比较，我们可以清晰地辨认出以下几个特点。

1. 人文色彩

新闻领域的非虚构写作更多的是用现实的人物与事件来反映社会的变化，借人物与事件呈现观念，选题往往具有强烈的人文关怀倾向，总体而言都是在"自我经验"和"社会问题"的切换中以小见大，以个体命运的切口来呈现时代、社会的宏大叙事，善于捕捉社会变迁与社会断裂的现实，满足民众理解公共生活的需求。社会转型期底层群体的生活方式、生存心态、思维模式、价值理念、终极关怀等方面的现实状况成为重要议题。

有力的故事必定关注时代，具有"社会学的想象力"，优秀记者擅

---

① 参见戴宇辰：《媒介化研究：一种新的传播研究范式》，《安徽大学学报（哲学社会科学版）》2018 年第 2 期，第 147–156 页。

长借个体故事向社会和文化提问。专注于提供非虚构故事的平台呈现出传统主流媒体上不常见的动人场景和画面，关注日常乃至边缘的普通人生活状况。发掘人性善，探讨人性、尊严、生活境遇，在关注现实议题的同时也讴歌生命本身的崇高。非虚构写作的目的，在于以"事件"为契机抵达"人"的显现，并在其私人经验中获得普遍性意义。比如冰点周刊对青年话题、观念等相关议题的长期关注，其报道内容涉及转型背景中的青年教育、就业、价值观、青年与网络文化等问题，以第984期《跳出盒子的人》为例，报道主旨即在于反映青年对上代陈规生活的反叛、对新生活的追求及对理想的执念。

非虚构写作对数字时代的青年亚文化给予了高度关注。因社会转型而带来的生活方式、价值观念、道德风貌等的改变在青年群体身上表现尤为突出，近年来，社会学者与新闻媒体对青年如何体验社会以及他们如何表达这种体验保持持续关注，青年文化尤其是青年亚文化也一直是非虚构写作偏好的选题，比如嘻哈、赛博朋克、饭圈、粉丝和丧文化、佛系文化、宅文化等，非虚构写作通过对这些现象或变化的观察，反映并标示出亚文化的张力。

聚集于深圳市三和人才市场旁边打日结零工的"三和大神"，是一群年龄较小又熟悉互联网文化的青年，作为"游民无产者"，他们通过网络创造出了属于自己的一整套亚文化符号系统。以《废物俱乐部》为代表的非虚构文本塑造了"大神"们的各种"象征性细节"，表现出强烈的存在感。正如英裔加拿大作家、记者格拉德威尔在《人物特写的局限》一文中所言，"人物特写应该多些社会学的东西，少些心理学的东西。很多描写个人的人物特写应该描写亚文化，个人是检验一个人生活于其中的世界的一种方式。当我们将自己局限于对个人的认知，我们也就失去了对社会和亚文化提出更具有价值问题的机会。"①

---

① ［美］马克·克雷默、温迪·考尔：《怎样讲好一个故事：哈佛非虚构写作课》，王宇光等译，北京：中国文史出版社2014年，第108页。

　　尽管 B 站一直被认为是青年亚文化的聚集地，但与"亚文化"字面上的反叛意义相反，从媒体的报道来看，B 站的年轻用户表现出了积极拥抱主流文化并对主流舆论的认可充满了渴望，主流舆论也不会将他们的价值观归类为臆想中的"打打杀杀"，而是看到他们对"友情、努力和胜利"的正向精神的歌颂。亚文化与主流的严肃文化并不冲突，两者逐渐走向合流指向相似的精神内核，即追求平等交流与相互尊重的对话空间。《南风窗》刊发的《看了 B 站的跨年晚会，我知道卫视真的输了》一文中，作者将这种融合放到了更大的社会脉络中审视，他认为这种开放多元源自"Z 世代"的心态。所谓"Z 世代"泛指出生在 1995—2009 年的人，这一代人生活在经济腾飞的时代，同时也是互联网的主力人群。

　　谷雨的非虚构作品《卷入女儿耽美举报案的武大教授》（2019-04-22）体现了上述转向与努力。该报道讲述两位耽美圈的作者因相互指责抄袭在二次元世界产生了争吵，现实世界中的身份也随之暴露，巧合的是，她们一个是武大教授唐某某的女儿，另一个是唐某某所在院系的学生。这场从二次元蔓延到现实世界的冲突，让摸不着头脑的唐教授深陷其中。直到唐教授的女儿因对方举报，涉嫌非法经营罪被捕，他自己也被该学生举报性骚扰（后被证伪），他才开始学着走进二次元，了解年轻人的世界。该文整体的报道意图指向不同年龄、身份、职业、文化群体之间的彼此包容、理解、尊重，虽然是小众话题，但刊发后阅读量很快突破 10 万+，网友也良的评价反映了多数用户的阅读感受：很感谢谷雨愿意写这个故事，作为一个耽美小说的读者，一直以来也在关注这件事。不论是对于边界的探讨还是是非的论断，想过很多，比如为什么这就是违法的，为什么大家对这些标签会有先入为主的判断，但是事情发展到现在，或许真的无关乎"耽美"这类话题的刻板印象标签，而在于我们什么时候才能做到以"人"为基础去尊重彼此。这位网友的留言获得了 1.2 万的点赞数。

笔者还发现新闻领域非虚构写作偏爱社会变革与时代浪潮的"新人",在笔者看来,"新人"这一概念是相对于传统主流媒体典型人物而言,剥离道德、政治等符号之后呈现新价值、新认知,或者是社会转型中从事新职业如试睡师、监督师等,或者是因边缘性未曾得到媒体关注过的城市另一面。"每日人物"公众号曾推出"反人设俱乐部"子栏目,因为"每个人都是独一无二的个体,每个人的生活都有自己的运行轨迹。人生没有人设,也不希望被贴标签,更不想被安排按照某个参考坐标系来发展。摒弃刻板印象,展现不同态度",先后描述过出租自己、豪门家教、"不消费主义"等青年群像故事,目的在于发起共同讨论,不做结论。

有的选题看似有点冷门,实际上是具有前瞻性的热点,而从网友互动反馈的热烈程度来看,足以说明主流媒体尚有不少盲区。比如《东莞工厂里的心理咨询》一文(正午故事 2019 年 2 月 25 日,罗洁琪)就是小众化的议题,正如编者所说:一批批来自农村的年轻人从十几岁开始,就像螺丝钉一样钉死在流水线作业上,夜以继日地加班,和父辈一起成为城市赖以发展的生产力,然而他们却无法在城市里扎根。新时代工人面临的问题与他们的父辈不同,自由与尊严的生活如何获得?报道中的主人公李晴通过奋斗从纺织女工成长为驻厂心理咨询师,虽然她清楚自身无法解决社会性难题,但"我们不能只使用工人,还要想到工人自身的再生产"。

2. 注重细节与核心场景

新闻报道常常强调细节,但真正的细节是什么?有的新闻报道充斥着徒有形式的细节,仿佛只是为了强行告诉读者:看哪,这是细节!然而,如果没有透露重要的信息,细节的相关性不足,那么这些细节就完全没有必要。它既不能让人留下印象,也不能帮助构建场景加深理解,更无法让人借此产生社会学的想象力。

帕乌斯托夫斯基曾论述过细节的意义,即"小事往往会被我们的眼睛忽略掉，但却能在众人眼里闪耀出光芒。"在他看来，有些作家深受累赘、无聊、琐碎的观察之苦，让一大堆细节充斥自己的作品，丝毫不加选择，不懂得细节只有在性格化的情况下，只有在能够像一道光芒那样立时把黑暗中的任何一个人或任何一个现象照亮的情况下，才有权生存，才不可或缺。而"一个恰到好处的细节可以使读者对整体——对一个人物、对他的处境、对事件，最后对时代产生一种直觉的、正确的概念。"①

对非虚构写作而言，有三种细节必不可少：

第一，模拟性细节。学者安敏成认为，模拟性细节具有一种强大的形式功能，非神秘的力量有条不紊地抗拒着对虚构世界的沉迷，它的闯入揭示了无序、偶然和混乱。正如罗兰·巴特在谈论"现实效果"时援引福楼拜短篇小说《一颗淳朴的心》的分析，在其中一架钢琴得到了如下的描绘：它立在"一支气压表下，上面乱糟糟地堆满了盒子和纸片"。福楼拜小说中"气压表"一类的细节由是构成了我们理解现实主义诉求的关键所在：虽然它们或许显得散漫生硬，但其不透明性却会使人们沉溺于"意象纯粹的惊奇"之中，说服我们接受小说所再现的世界的真实。② 虽然安敏成论述的是现实主义小说，但非虚构写作同样非常注重利用细节帮助构建场景，让读者进入具体的语境，比如人物特写。

场景建构是非虚构写作基本技巧。在非虚构写作者卫毅看来，一个"核心场景"可以带出一篇文章，甚至一部书。③ 他的代表作《莫言的国》，开头有意将 21 岁的管谟业与 57 岁的莫言进行比较：

---

① ［俄］康·帕乌斯托夫斯基：《金玫瑰》，戴骢译，上海：上海译文出版社 2004 年，第 135、137 页。
② ［美］安敏成：《现实主义的限制：革命时代的中国小说》，姜涛译，南京：江苏人民出版社 2011 年，第 16 页。
③ 卫毅：《非虚构的场景与人》，《新闻与写作》2019 年第 9 期，第 101–103 页。

21 岁的管谟业"一屁股坐在那把坐过曹副团长、坐过新兵连指导员的椅子上",那是一把红色人造革面的钢架折叠椅。他望了一眼台下,开始低头念稿子。

57 岁的莫言除了看手表,头几乎没有低下过。他已经是见惯大场面之人。

不同的莫言对应两个不同的年代和生活环境。其文章立意在提要中即已概括:小说与现实的高密,虚拟与真实的人生,历史与当下的中国社会,构成了莫言和他的国度。

第二,集体细节。

如果你读过特利斯笔下的纽约,肯定会对其中的细节念念不忘,比如《纽约:被忽视之城》的开头:

纽约城里有许多东西不为人知。在这个城市里,野猫睡在停着的汽车下面,两只石狻猊"爬上"了圣帕特里克大教堂,成千上万的蚂蚁在帝国大厦顶上爬行。

……

纽约城里到处是各种奇闻逸事和千奇百怪的信息。纽约人每分钟眨眼 28 次,但紧张时每分钟可能要眨眼 40 次;大多数在扬基体育场边吃爆米花边看棒球赛的人,在运动员投球的刹那间,都停止了口中的咀嚼;

……每天,纽约人要喝下 46 万加仑啤酒,吃掉 350 万磅肉,消耗 21 英里长的牙线。在这座城里,每天有 250 人死去,460 人出生,150 万人戴着玻璃或塑料假眼行走。①

---

① ［美］盖伊·特立斯:《被仰望与被遗忘的》,范晓彬、姜伊敏译,上海人民出版社 2017 年,第 11-12 页。

美国著名写作指导罗伊·彼得·克拉克将抽象阶梯视为讲故事的最好用工具之一。所有的语言都存在于阶梯上，最概括或抽象的语言和概念在阶梯的顶端，最具体、最明确的话语在阶梯的底部。顶端的是言说，呈现概况；底部的是展示，呈现细节。在讲故事时，我们在阶梯顶端创造意义，而在底部去做例证。[①]

杰克·哈特借用抽象阶梯这一工具，将此种细节称为"集体细节"，他认为，抽象阶梯底层的人物形象鲜明突出，因此读者会相信他们读到的都是真实的，如果作者在抽象阶梯中向上爬几格，他会描写人物群体、街坊邻里甚至整座城市，运用集体细节来塑造集体形象，那么，人物的身份标记将其放入到特定的社会背景中。[②]

受这种笔法的影响，2013 年春节前《人物》杂志记者王天挺的《北京零点后》得以四处流传，尽管连记者本人都承认有不少问题，但依然挡不住爱好者的追捧热情，因为国内的读者此前大都从未见识过这样新鲜的技法：

> 还有些时候，急救人员会在一名严重痔疮患者的强烈要求下，默默将其送往医院，然后站上两三个小时等待患者从担架上下来。他们也会碰到半夜打不着车回家假装脚扭打 120 的家伙，或者是听到电话里一个快哭出来的男声："我儿子快不行了！快来！"然后在开了一个多小时车，闯了 10 个红灯之后，发现他的儿子是只狗。
> ……
> 每天零点后，降落在北京的航班有 100 多个，旅客超过 15000 人，乘坐火车、长途大巴抵达的旅客更是不计其数。他们当中有无数来此寻梦者，但很少有人能清醒地意识到，眼前这片被辉煌灯火

---

① ［美］马克·克雷默、温迪·考尔：《哈佛非虚构写作课：怎样讲好一个故事》，北京：中国文史出版社 2014 年，第 103 页。
② ［美］杰克·哈特：《故事技巧：叙事性非虚构文学写作指南》，叶青、曾轶峰译，北京：中国人民大学出版社 2012 年，第 96 页。

照亮的夜幕,既收获着生命,也迎接着死亡;它有着与生俱来的混乱,也有着与之抗衡的秩序;它成批量地生产繁华与梦想,也制造同等规模的欲望与颓丧;它冷眼旁观失败者的挣扎,也不吝于分享实现梦想者的喜悦。

使用数字不仅能直接展现信息、增强节奏感和真实感,更是心理层面的告知,甚至作为一种新的叙事方式。《北京零点后》对城市深夜的全景书写,让人想起20世纪60年代新华社曾发表过的经典通讯作品《当你们熟睡以后》,但我们不难分辨两者之间的差别。

第三,情感细节。

好的细节能够阐述故事的主题,杰克·哈特将之称为透露真情的细节。非虚构写作中经常借助一些看似不起眼的细节传递作者的情感与态度倾向。如《互联网大厂的厕所难题》(人物杂志微信,2020-11-12)一文结尾处写道:"就在十几天前,刘潇然路过会议室还看到,一群年轻的面孔正等待入职拼多多。门外,2021年的校招海报摆在走廊里,上面有5个大字:'无拼不青春'。"此处对拼多多公司某一场景的描写,突出"无拼不青春"的积极宣传语、年轻人对拼多多的趋之若鹜,这两处细节都与难以解决的厕所问题构成了鲜明对比,暗寓作者的批判反思之意。

3. 不确定性、未完成性

一般的新闻报道在叙事上呈现出琐碎、零散乃至杂乱的特征,那些被反映的事件通常是孤立的现场瞬间,而故事具有完整的起承转合,强调结构、内容的完整自足性。注重故事的非虚构写作通过事件写出丰富、微妙的命运,不确定性、未完成性是其一大特点,也正是这种丰富性和灰度保证了故事的魅力,并为读者提供深层阅读的情感体验,使故事与读者的个人经验发生张力。

卫毅认为,非虚构精神与小说的精神类似,都是表达暧昧的不确定的东西，"是一种呈现世界的多样性和复杂性，让人们产生触动和思索，留住流逝时光中应该被重温的感受。"与调查性相比，呈现人、事件及世界的复杂状态，更应该是非虚构要去做的事情。①

《大兴安岭杀人事件》（《时尚先生》2015年6月10日）编者按交代了报道由头是大兴安岭林区实施天然林禁伐令，记者魏玲采访中获知一则林区偶然发生的杀人案。但文章既未写禁伐令内容与各界反应，也没有重点写杀人动机、过程等。"这篇报道致力于呈现戏剧张力与孤独色彩的大兴安岭深处生活，以免它湮没无闻"。重点是"闲笔"和"闲人"，写一个鄂温克老人的孤独，写一个饭馆食客的攀谈，写一个叫贾二的林场工人的暴脾气，写环境、经济和历史。这些笔墨与中心事件有点远，但它是林区的生存，是当下一个角落的生存。

刘琼在比较非虚构写作与一般新闻文体时指出，给出明晰"答案"是新闻写作的目的，写出丰富、微妙甚至暧昧的命运是文学写作的目的。比如一起杀人案突然发生了，虽然与"答案"的关系不是必然和紧密的，但它恰恰用一个偶然性事件，折射了一个人或一群人的命运，摆脱固化的思路，打开同情和启迪的场所。在诸多现实素材面前，非虚构写作者用文字组织出人类世界生命演变的链条，写出时间和空间的质感。文学是人学，各种以历史资料、以新闻事件为由头的写作，最终是要还原人的真实生活进程。②

4. 情感化叙事特征

情感词汇、情感表达、表达情感的场景是人类社会独有的，情感是自我得以成为自我的存在，没有它，自我将无法成为自我。故事的内核是情感，本质是意义。

意大利汉学家史华罗认为，情感是产生于某一社会的文化现象，也就是说，情感总会受到文化的影响，因此不同的社会有不同的情感表现

---

① 卫毅：《我眼中的非虚构精神》，《新闻与写作》2018年第2期，第108-110页。
② 刘琼：《从非虚构写作的勃发看文学的漫溢》，《文艺报》2016-03-14第3版。

模式。文学作品和其他书面文本题材不仅体现了作者个人的情感经验，同时也会体现社会集体的情感经历，而情感的书面传播也会影响社会的演变和发展。他企图证明情感意义和社会价值系统之间存在着密切的联系，而这样的视角也可用于对某一社会价值观的分析。①

新闻向来被认为是讲故事的艺术，对于人物故事而言，相比事实本身，情感与其间的普遍意义更能吸引、感染受众。新闻报道中存在两种错误的情感倾向：一是俯视、冷峻，缺乏关怀；二是情感过于浓烈，有宣泄之意。非虚构写作擅长讲述怀旧、悲悯、悲愤、爱与信仰等主题故事，体现出极强的情感化叙事特征，共情与共鸣是非虚构写作情感化叙事的价值体现。比如 2020 年突发疫情中的非虚构写作，紧张、冲突、恐惧、死亡等成为个体叙事的主要命题，饱含情感价值的信息既反映出这场公共危机的不确定性，又彰显出人性的尊严与美丽。

小人物的报道一方面适合以人物小传方式呈现，挖掘真正的人的元素以及深化的含义；另一方面则适合全息式群体图像方式呈现，小素材切入，以小见大，用无数细节和微观的动态构造我们身处的世界。"真实故事计划"创办人雷磊认为故事其实是为了理解自我，每写一个故事都是一次整理人生的行动和思考自我的机会。该公众号曾推出《被重点班吃掉的孩子们》，人们的印象中，重点班的学生往往都是自信而有光彩的"别人家的孩子"，在这个故事中，我们看到的却是孩子们生命中的疼痛，是被动卷入应试教育体制中的不可承受之重。此类人物故事往往作用于受众的共情能力。

《水浒卡骗了我们二十年》一文的爆红则切中了 80 后一代人的共同记忆，叙事日常、微小，从来没有哪家媒体关注过这么具有年代感的游戏，基于真实人物故事一代人找到共鸣，引发集体共鸣，这类怀旧类选题的成功正是切合了情感社会的需要。

---

① 方维规：《海外汉学与中国文论（欧洲卷）》，北京：北京师范大学出版社 2019 年，第 336 页。

人们为什么爱看他人的故事？为什么越来越多的人愿意提供自己的真实故事？

托马斯·亚历克斯·蒂松指出："故事让我们的经验成形，让我们得以不至于瞎着眼走过人生的旅途。没有故事，所有发生了的事情都会四处飘散，彼此之间毫无差别，没有任何东西会有任何意义。但是，一旦你对发生了的事情有了某种故事，所有其他跟人之为人有关系的好东西也就会出现：你会笑，会敬畏，会充满激情地去行动，会被激怒，会想去让什么东西改变。"①

有论者指出：囿于报道的形式和观念，新闻始终存在着传播视角上的"死角"，有其文笔难以抵达之处。而诸多新闻事件、新闻现象又无不折射出我们这一特殊历史阶段具有普遍意义的人性、精神、心灵等因素。因此，如果说新闻记者所负责瞭望的是突起于大河水面以上的风云变幻；那么"非虚构"的意义即在于触摸和揭示这条大河水面以下的层层暗流。② 无论展现的是人与社会的矛盾、人与人之间的矛盾，还是人自身的矛盾，故事都能帮助我们理解自我与社会。

一组组小人物故事，初看不免觉得新奇而驳杂，沉潜于普通人的日常生活和内心情感，无关宏大叙事和重大命题，有别于传统主流媒体呈现出的世界。在此，既有鲜活的生命体验，也有不同社会意识的心理碎片，还是社会转型中的文化产品，折射出市井百态中的真实诉求与愿望，也建构了共有的思想与情绪。

在这些故事中，人性价值、爱与道德伦理、典范对于个体和社会具有不可或缺的重要性，它们帮助受众思考如何面对生活，如何寻找最佳的生存状态，内核指向明辨是非、区分善恶、界定责任、提供认同。同时，这些人物身上呈现出来的复杂、多义的现实，以及暧昧、宽泛的情

---

① 参见［美］马克·克雷默、温迪·考尔：《哈佛非虚构写作课：怎样讲好一个故事》，王宇光等译，北京：中国文史出版社 2014 年，第 5 页。

② 赵允芳：《非虚构：为我们这个时代保留一份样本》，《传媒观察》2012 年第 3 期，第 59-60 页。

感,也能帮助网友从新的视角了解现实,而社交媒体的互动与反馈又提供了发声的公共论坛,帮助网友建构自我认同,在看似微小的领域实现了更接近本质的价值。当人物故事与特定的社会、政治、文化产生联系时,它们不再是只富有人情味的软新闻,而是具有重要意义和政治含义的社会文本。

正如外媒笔下的中国报道,可以借助文化差异看到我们看不见的视角,在"视差之见"中启发认识,让看到我们熟视无睹的"真相"。体制外的、民间的非虚构写作也提供了差异化的叙述视角,它们尽力往下沉,贴近、贴近再贴近。

讲故事的新闻,既是一种文学,也是一种人类学。在一项有关新闻生产的经典研究中,甘斯总结了新闻从业者的十个功能,他提及的"说书人与神话制造者""道德守卫者""先知与牧师""秩序的晴雨表""社会控制中介"以及"国家与社会的建构者"五种角色均与此有关。在他看来,通过频繁报道社会、道德失序新闻并将其他新闻故事构架为道德剧,"新闻从业者所守卫的,不仅仅是嵌入到恒久价值之中的道德秩序,更是一系列理念、习俗与道德观念"。①

三、新闻领域非虚构写作的实践意义

非虚构写作关注社会转型、社会矛盾,个人情感、社会批判色彩较强,有着明显的社会学意义,影响力超出新闻、文学领域。董向慧指出其扮演了情感动员、议程设置的角色,并对社会公共事件、社会共识、意识形态建构等发挥重要影响。②

1. 重构记者职业身份

南香红曾谈到国内记者比较理想的生长转型路径,即从社会新闻采

---

① [美]甘斯:《什么在决定新闻》,石琳、李红涛译,北京:北京大学出版社 2009 年,第 371–382 页。

② 董向慧:《"非虚构写作"在网络舆情事件中的情感动员功能与表达逻辑》,《理论与改革》2021 年第 2 期,第 125–156 页。

写到从事调查性报道再到转型为非虚构写作者，的确，非虚构写作使得记者重构了自身的职业身份，在此过程中，职业权威也得以重塑。越来越多的中国媒体人将非虚构写作视为能力与身份的象征，优秀作品的刊发也有利于记者打造个人品牌形象。

一批擅长非虚构写作的记者，如南香红、李宗陶、袁凌、蔡崇达、关军、卫毅等均具有记者与作家双重身份。如南香红，南香红发表了大量有影响的作品，题材涉及野马系列、三峡系列、北京旧城系列、细菌战系列、文化历史地理系列等不同领域，出版《众神栖落新疆：东西方文明的伟大相遇与融合》《野马的故事》等著作。

《南方人物周刊》高级主笔李宗陶也是佼佼者，凭借非虚构作品《祭毒》，她当选 2016 腾讯书院文学奖年度非虚构作家，同时出版了个人作品集《思虑中国》与《那些说不出的慌张》。

蔡崇达在《GQ》任职期间，其新闻作品《审判》获得了《南方周末》年度致敬特稿奖、亚洲出版协会特别报道大奖，以及德国《德意志报》颁发的中国年度特稿奖。他擅长用社会学、人类学、文学多重角度看问题，2014 年其非虚构著作《皮囊》销量达 300 万。

袁凌近年在各非虚构平台发表了大量作品，代表作有《血煤上的青苔》《尘》《守夜人高华》《海子，死于一场春天的雷暴》等。2015年，他以非虚构写作者的身份获得年度腾讯文学奖，是南方传媒两届年度致敬记者。其长篇非虚构专著《青苔不会消失》《寂静的孩子》通过展现群体生存状态与生命情态切入社会化选题。

卫毅的非虚构作品集《寻找桃花源》于 2017 年 9 月出版后，入选新浪好书榜、腾讯华文好书榜，本人也成为 2017 网易非虚构最佳作品、最佳非虚构写作作者获得者、腾讯 2017 年度非虚构写作奖获得者。

杜强的《太平洋大逃杀亲历者自述》关注 2010 年轰动一时的"鲁荣渔 2682 号"集体杀人事件，作品传阅度非常高，其聚焦深圳三和人才市场的《废物俱乐部》获得首届"真实故事奖"三等奖。生于 1994

年的罗婷凭解释性特稿《致命百草枯》获网易号第二届非虚构写作文学奖年度最佳作者，此前罗婷曾对 20 世纪 60 年代初江南地区因饥荒而导致 5 万弃儿被送养展开调查，《江南弃儿》《江南弃儿前传》是对这一历史题材的生动记录。

同时，市场化语境中，各类主打非虚构品牌的平台不惜花重金培养打造作者队伍，上述几个奖项最高奖金都达 10 万，一批年轻的写作者脱颖而出。与此同时，各高校出现大量非虚构写作爱好者，校园媒体平台也成为他们的园地，如武大的新视点、南大新传、社科大的青春报等，一些在校学生的作品刊发后获得业界好评，在真实故事计划首届非虚构写作大赛获奖作品中，武汉大学本科生李颖迪撰写的校园故事《形而上学的亲吻》获得千万点击量，雷磊点评：作者还是一名大学生，能在生活里捕捉到这样的瞬间和选题，不仅需要良好的智识趣味，更是一种天赋。2019 年，复旦大学研究生张瑾凭《响水河边七病区》获得首届"澎湃·镜相"写作大赛一等奖。2021 年，南京大学 2016 级本科生迟秋怡凭《漫长的爆炸》获得真实故事计划第三届非虚构写作大赛短篇组一等奖。

可以这么认为，正是非虚构和新媒体的结合，让一大批擅长写作的记者能尽情施展才华。这也说明了在商业化进程中新闻从业者的身份认同发生了变化，"成名的想象"这一个人价值的实现成为重要的诉求，非虚构写作显然比传统的调查性报道更能满足这一主体性要求。

2. 扩展新闻内涵及传统新闻价值观

社会学者周晓虹将集体表征分为两类：一类是历时性的，包括传统、风俗、习惯、国民性、集体记忆或集体无意识；一类是共时性的，包括时代精神、社会价值观、社会氛围、舆论与时尚、社会共识、意识形态，它们共同对个体行为产生影响。① 传统新闻价值观强调显著性、

---

① 周晓虹：《社会心态、情感治理与媒介变革》，《探索与争鸣》2016 年 11 期，第 32-35 页。

重要性，非虚构写作偏向普通人，致力于挖掘真实故事，展现社会价值观、道德态度和生活方式等上发生的深刻变化，探索社会问题和生存困境。

疫情期间，因社交媒体的便利，涌现了大量口述体、日记体等非虚构文本，从而建构了国家史、社会史之外的个人史、微观史。同时，专业化媒体机构内部的新闻生产也发生了改变，《三联生活周刊》身处武汉的记者吴琪《封城前后，武汉时刻》以第一人称进行主观性叙事，在扎实的事实基础上，加入了作为疫情最直接的承受者面对这种种"物理事实"的"心理/情感事实"，以个人的情感串联记录并建构历史，吴琪进行了记录疫区中心武汉人应激情绪的一种探索。王海燕采写的《个人与社区，疫情暴发后的百步亭》、驳静采写的《方舱"围城"》《周洋家寻医记》用细节与故事，立足于记录人类个体命运，区别于新闻报道只用数字与数据来描述承担历史命运的个体，在具体个体的命运里，疫情不再抽象。

我们所处的时代是一个多元的时代，许多故事无法用有机统一的宏大叙事方式来讲述。在疫情暴发初期，《三联生活周刊》注意到一个由脑瘫、自闭症和单亲父亲组成的特殊家庭的日常困境，2月2日微信公众号推送后《父亲被隔离6天后，17岁脑瘫少年的死亡》一文的阅读量很快突破10万，网友主动转发，朋友圈被刷屏。网友纷纷留言表达对特殊群体遭遇的感同身受及对公平正义的呼唤。"冰点周刊"公众号《名单上的一个小人物》同样关注的是小人物，一个在医院门口开副食店的小老板，离医院那么近，但是离病床那么远，记者以朴实的语言、克制的情绪，表达出强烈的审美关切，全文流淌着的悲悯足以动人心弦。有读者如此感慨：个体身上所经历的"孤独无助"，常常被淹没在宏大叙事的"众志成城"中。

选题重心的调整、写作实践的变革总体上让新闻变得丰满，非虚构写作延展了主流新闻叙述的边界，让时代的丰富性得到更宽广的展现，也让新闻的节奏稍微慢下来：新闻固然追逐快进快出、大进大出的东西，但时代的底色是慢的，需要有人去充当时代的麦田守望者和拾穗者，需要有人关注那些被粗线条笔法遗漏的故事。①

当然，非虚构写作的目的并不仅在于讲述人物故事，而是以"事件"为契机抵达"人"的显现，并通过人物、事件和情感经历的变化，探寻生命个体在时代发展中与现实生活之间的深层关系，在其私人经验中获得普遍性意义，成为时代的记录，成为照见历史和现实的一面镜子。2018 年 1 月，"80 后创业明星"茅侃侃自杀去世，一些报道将他描写成一位创业失败的青年才俊，以简单而又流行的成功法则定义他，依靠蹭热点、贴标签收割流量。但"故事硬核"《了不起的茅侃侃》并不认为这是无法面对失败的故事，也不是庸俗意义上的悲剧。正如导读所言：这是关于生命选择的故事，也关于我们的年代，何为成功，何为失败，何为有价值人生的寓言。"人物就是价值观、信念、行为、所有物的总和。"② 的确，人类渴望故事，着迷于他人的故事，是因为人们总是通过他人来定义自己，急切想知道他人的行为、行为方式及行为动机，通过学习他人的应对机制，来收获自己需要的东西，以此作为参照审视自身并加深对世界的理解。

"故事硬核"创办人林姗姗在接受采访时说，他们的用户"追求事实深度，独立思考，有趣、有审美、有态度，对世界保持好奇心和理解力"。正因如此，该公众号的作品推出后往往能引起网友的热烈讨论。以《消失的金钱》《陶崇园：被遮蔽与被伤害的》为例，前者聚焦 P2P 爆雷后"许多人因为金钱的突然消失，经历了家庭跌落、信念破碎、亲密关系瓦解，他们悔恨、惊慌，最终用尽气力，在真切而混乱的废墟上，重新收拢起信心"。后者在众声喧哗甚至充满戾气的网络语境里，

---

① 张涛甫：《非虚构写作：不可缺席的记录者》，《青年记者》2017 第 34 期，第 92 页。

② ［美］杰克·哈特：《故事技巧：叙事性非虚构文学写作指南》，叶青、曾轶峰译，北京：中国人民大学出版社 2012 年，第 76 页。

通过半年时间的调查采访努力地去接近、还原陶崇园事件中当事人真实的生命状态。知名非虚构写作者关军曾高度评价此文："看不见的艰辛值得嘉奖，纤毫毕现的还原能力同样值得赞许。当悲剧不只是带来廉价的哀伤，作品自然可以引发深层的思考。精神奴役何以一步步'专业'地实施，它对一个现代人的操控恐怖到何种程度，葛佳男为我们贡献了一个永久性的范例。"在同题报道中，它们都是佼佼者。

3. 范式变革，推动新闻文体创新

文体是指一定的话语秩序所形成的文本体式，它折射出作家、批评家独特的精神结构、体验方式、思维方式和其他社会历史、文化精神。从表层看，文体是作品的语言秩序、语言体式，从里层看，文体负载着社会的文化精神和作家、批评家的个体的人格内涵。[①] 依此而论，文体有体裁、语体、风格三个呈现层面。语体就是语言的体式，人们在不同场合、不同情境中所讲的话语在选词、语法、语调等方面的不同所形成的特征，如新华体、自由语体与个性表现，自由语体是指在极为放松的精神状态下，作家的精神个性得到了充分的流露与表现，从而赋予语言以独一无二的音调、笔致和生命。风格是建立在事实、引用、说明的选择以及词汇的选择、句子长度，甚至是段落的长度的基础之上的。[②] 风格是文体呈现的最高范畴，其形成是某种文体完全成熟的标志。

新闻文体有区别于其他文体的质的规定性，创新的基础首先是对传统新闻典范的继承，也即记者对文体规范的坚守。创新即新的写作范式与文体样式，既是写作技巧和方式方法的变革，也意味着思维方式、报道思想的更新与报道策略的选择。

作为一个宽泛的文类概念，非虚构写作自引入新闻界后，激发了新闻文体的创新发展，打破了传统的体裁界限，并在遵循真实性原则的前

① 童庆炳：《文体与文体的创造》，昆明：云南人民出版社 1994 年，第 1 页。
② ［美］梅尔文·门彻：《新闻报道与写作》，展江译，北京：华夏出版社 2004 年，第225 页。

提条件下解放了陈旧的写作戒律，由此形成不同的报道旨趣与叙事风格，文体的创新表达丰富并拓展了新闻的内涵与外延，忠实地反映出社会与媒介的双重变革。

新闻史上，每当社会大环境发生转换，不同时代的媒体都会积极探求新的生存与发展模式，新闻观念与新闻文体随社会变革发生变化，范式转换也成为必然。我们可以将范式看作报道的总体规范及其精髓与形式的综合式样，它提供了报道形式应有的规范标准。"文无定法"，旧有的戒律不断被冲破，比如传统的新闻规则明令禁止使用第一人称，新闻的程式化写作要求记者摒弃个性，结果，陈词滥调和套话充斥新闻报道中，正如杰克·哈特所说："个性的声音被被动语态、僵硬词汇、间接句型和弱化动词等新闻语气所淹没。"[①] 范式变革背后是深层次的政治、经济、科技、文化等动因，直接反映出社会心理、文化思潮、情感文明等的嬗变。

文体创新首先意味着突破传统，即从业人员以强烈的反传统意识、反文体意识对旧有的戒律进行挑战，比如散文式新闻对新华体的突破。

对于受众而言，新闻报道应该如何写这一问题在很多新闻作品面前已失去意义，"原来新闻还可以这样写"或是"这也是新闻吗"这样的感叹与困惑意味着新闻的内涵与外延都在发生变化。面对多元丰富的文本，原有的体裁显得有些单薄。一边是学界与理论界对非虚构写作这一概念的不断质疑，一边是已积极促进了文体创新的业界鲜活实践，与其讨论概念，我们不如多关注当下的新闻文体内部发生的变化。

有学者将新中国成立70年来"故事化新闻"写作模式嬗变归纳为四种叙事模式，即宣传模式中的典型示范"英模故事"、改革大潮中的价值引导"人性故事"、市场转型中的人文关怀"民生故事"和民族复

---

① ［美］杰克·哈特：《故事技巧：叙事性非虚构文学写作指南》，叶青、曾轶峰译，北京：中国人民大学出版社 2012 年，第 63 页。

兴中的多维叙述"中国故事"。①

　　这种划分显然难以概括近年新闻文本的创新表达，或者说并未真正进入文体内部，而只是对外部政治宣传与舆论环境的变化进行总结，且归类有不妥之处，当前具有价值引导及人文关怀的"人性故事"与"民生故事"远远胜过以往任何一个时期，典型示范的"英模故事"也从未远去或弱化。

　　时代精神的氛围对文体有着明显的影响，新时期十七年的宣传话语范式、20 世纪 80 年代启蒙思辨意味浓厚的宏大叙事、90 年代转向世俗生活后故事化文学化的激情写作、21 世纪专业范式确立后的节制叙事分别对应着不同时代的政治、经济、文化背景，而在新媒体时代，新闻话语中的主观性地位提升，情感性因素突显，客观性修辞在社会转型与危机时期往往难以满足受众需求，情感、观点及立场等主观性内容比客观事实更易在社交媒体上获得扩散和影响力，这种夹叙夹议色彩的行文引导受众理解并认同传播者的预设立场，拥有更大的阅读市场。

　　值得一提的是，传统媒体的黄金时代，消息、通讯、评论等新闻文体拥有着各自清晰的边界。国内外新闻文体虽有交叉，但也呈现出明显的类型区别。网络新媒体的异军突起将这种延续近百年的"有序"打破，一种被称为"网络新闻文体"或"融合报道文体"的类型正在以狂飙突进的态势争取与传统新闻文体并驾齐驱。

　　比如医学等专业题材，以往此类报道归入科技新闻范畴，重在呈现发明、攻关、突破等行业信息，门槛较高，传播效果受限。但《打开一个被折叠的人》（《人物》，2020-03-25）把偏科学的描述变成富有人性细节的故事，使专业内部发生的事情成功跨界。在写法上，手术过程的描述如同电影画面，巧妙设置的"离题"——即对正在向前发展的动作线的清晰打断，又极度丰富了故事的感染力，保持了叙事张力。

---

① 陈伟军：《新中国成立 70 年来"故事化新闻"写作模式嬗变》，《新闻与写作》2019年第 10 期，第 99-104 页。

比如在写到高难度的麻醉开始时，先后穿插患者与麻醉师的经历：

> 李华极其安静，几乎没有一点挣扎。
>
> 23岁开始，他就坐在轮椅上了。白天总是属于他一个人的，父母去地里干活了，弟弟也去外地打工了。他一个人坐在家里，偶尔会找些字帖练毛笔字，春节时写一副春联最多还能卖上5块钱。
>
> 偶然的一次，他听到家附近几十米外传来了口琴声。好听极了，他让朋友从街角的文具店帮他买了一支。没有音乐基础，他就从弟弟给村里吹红白喜事的洋号谱子里抄简谱，《梅花三弄》，《相见时难别亦难》，《世上只有妈妈好》，那本泛黄的手抄本一直陪到他现在。
>
> 他说，人在安静、孤单的时候，吹出来的声音很优雅。
>
> 那根黑色的纤维支气管顺利进入了他的鼻腔。
>
> 纤维支气管前端的镜头记录下了迷雾中的这条路。因为身体挤压在一起，李华嗓子里的肉是一团团的，穿行其中，就像行走在雾中。此刻，它是属于李华与孙焱芜的赛道。孙焱芜从业快30年了，从24岁那年毕业开始，她从一名年轻医生一直做到科室主任，她说将近20年了，几乎没有一晚睡觉超过6小时，读论文，写文章，永无止境，这就是常人不太熟知的麻醉医生。
>
> 1分钟看起来很漫长。先是黑暗的，要分辨出哪里是声门哪里是食道，接着，进入狭长的气道，走上通往肺部之路。在这个微观世界的赛道上，分辨每一条岔路，全凭麻醉医生过往上千次的临床经验和刹那间的直觉。穿过层峦叠嶂，纤维支镜似乎抵达肺部入口。

最终，经过数次高难度手术后，这个极端的强直性脊柱炎后凸畸形病人被"打开"，读者在报道中看到一个温和坚强的患者与他伟大的母亲，以及一支具有高超医学能力与勇气的医疗队伍，这是爱与信念的故事，这样的写法相比传统的医学新闻或典型报道更利于促进现代医学要义的传播。

笔者根据近年来的非虚构新闻实践，总结了以下几类特色鲜明的文体创新范式。

第一，笔记体式

笔记体式非虚构文本与笔记体小说风格趋近，以简洁的表达方式，形成自由灵活、随笔形式的语体风格；内含黑色幽默意味；人物、故事相对比较简单，人物形象及故事情节不像特稿那样丰富、复杂。

笔记体式的报道中，叙述者的叙事与情感、态度不可分离，个性化色彩明显。这种写作方式类似人类学观察，记者以细碎的场景描写进入城市内部，钩沉生活中的诸多细节，并用有趣的方式记录下来，添上自己相关的看法，但是个人观点并不凌驾全文。笔法如短篇小说般干净利落，游离式叙事直指人性，现场可谓刀光剑影，文学性意味浓厚。

比如《Costco来中国的第一个周末，我去逛了逛》（《每日人物》，2019-08-31）：

> 越来越多的人涌向3楼停车场，人群被分成一支一支长约100米的队伍，拍视频的，打电话的，招呼朋友的声音，像蜂群一样"嗡嗡"的。排在前面的女孩渐渐站不住了，靠在男友身上："我要吐血了，我去的不是大卖场，是迪士尼吧。"
>
> 终于，临近开门，保安拿起了扩音喇叭不停重复：没有茅台，没有茅台，没有茅台，大家不要跑，慢慢走，不要跑，慢慢走。
>
> 三个小时过去，人越来越多，大家都又累又饿，结账柜台外面的饮食区挤满了人，人们围着垃圾桶吃披萨。我目击了两个小型摩擦现场，有人的可颂面包被人偷走了，起了争执，被工作人员拉开，还有另一位年轻女士因为购物车推搡起了肢体冲突，被打出了

鼻血，一边捂着鼻子，一边喊："别让他跑了，调监控，我要报警。"

如上所述，笔记体式非虚构叙事往往集中在一个单一的场景，展示社会生活的切片，与传统的故事不同，没有主人公，没有常见的困境、高潮、结局等叙事弧线，全篇往往有大量对话直录，现场各色人等活灵活现，在游刃有余的笔调中对社会进行再现、批判、反思，报道主体以旁观的态度，超然、客观的视角审视社会的横断面，冷眼看人生，以高超的电影剪辑技巧展现庸众的混乱，黑色幽默的运用让人读来忍俊不禁。而在《流浪大师爆红后的72小时》（《每日人物》，2019-3-26）一文中，记者现场旁观记录爆红后沈巍的日常生活，也发出如下感慨："在这里，你不会觉得手机是人的附属品，只会觉得眼前举着手机的，是几百个没有灵魂的人形手机支架。这是一个普通旁观者不断被震撼的72个小时，这也是一场为了获得关注无所不用其极，甚至丑态百出的72小时，荒诞无比，却又真实至极。"

作者往往行使"启蒙者"权利，但与20世纪80年代的思想启蒙不一样，此类报道重在借人物言行解剖社会，以喜剧的面貌致力于提升与引领受众，指向现代公民意识的建构。而同情、温婉的批判，则继承了中国传统文学的特点，教化功能突显。比如《拉面哥家门口，"全中国流量最高的地方"》（《人物》，2021-03-09），在众生相描摹中，记者记录了北漂后回乡的孙新赫、还贷款的林青、不被儿子理解的李梦……他们为生计奔波，一切荒诞的行为背后好像都有合理性，流量世界中真实而又深刻的现象触动着人们敏感的神经，这类严肃的报道绝不消费情绪，而是鼓励社会自省。报道的导读直接点明了报道立意：

因为一条短视频，在山东省临沂市费县梁邱镇集市上卖了十几年拉面的程运付火了。数百人从全国各地赶来，围在他家门口，

"此时此刻，全中国流量最高的地方就是拉面哥的家门口。"

那个曾经在"流浪大师"沈巍身上发生的故事，那个常年在"大衣哥"朱之文家门前发生的故事，再一次上演——在这个"全中国流量最高的地方"，《人物》记录了以下几个片段、几个人——在流量的世界中，一切是如此荒诞，又是如此合理。

网友"浩洋"在评论区的留言非常中肯：我觉得《人物》做得好的地方就在于，不是急着抢占某个道德制高点把谁谁谁批判一番，也不是声嘶力竭的兜售某种价值观，而是冷静克制地记录众生相，从而希望引发大众深层次的思考——不消费情绪，鼓励社会自省。尤其让人感到温暖的是，当事件的漩涡不断裹挟着参与其中的每一个人时，《人物》总是会带着有温度的关怀去看待他们。正如拉面哥这个场景，真正的资本巨鳄是不屑趟这蹚水的，他的门前所聚集的，都是平头百姓里的冒险家和不安分者，有的雄心勃勃的要掘出第一桶金，有的则为了孩子的学费扮丑卖傻。身处尘埃之下的我们太熟悉这种"底层伤害"场景，如果一味"痛心疾首"地批判群氓，却不敢触及背后异化这一切的资本，终究也不过是士大夫的自我纾解罢了。

与之接近的是小品文，美国专栏作家沃尔特·哈林顿曾称小品文为"新闻报道中的日本三行诗"，具有源于真实生活的内容、有限的篇幅、激发人们了解更多真相的能力等特征。[1] 这两者的区别在于前者黑色意味浓厚，后者隽永，致力于提供一个拥有深刻主题的生命片段并尝试解释一些普遍的东西。

第二类是区别于通讯的群像报道。

值得注意的是，以往的故事化新闻或新闻故事化，故事只是一种辅助表达方法，非虚构写作则在遵守真实底线之上落脚于文学视域，大大

---

[1] ［美］杰克·哈特：《故事技巧：叙事性非虚构文学写作指南》，叶青、曾轶峰译，北京：中国人民大学出版社 2012 年，第 214 页。

拓宽了新闻写作技巧范围。受美国非虚构写作者盖伊·特立斯《被仰望与被遗忘的》等代表作影响,国内从业人员掀起了一股借鉴高潮,推出了不少以时间点或空间点为视角的群像报道,这种信息密集式报道在写法上进行了大胆突破。

群像报道有两种类型,一是借群像展示城市风貌,发现日常生活中的惊奇,接近传统风貌通讯。疫情期间《非常时期的武汉日常》(《冰点周刊》,2020-02-12)给人留下了深刻的印象:

> 此时此刻,武汉是全球大都市中引人瞩目同时异常安静的一个。天色刚暗,走在马路上就能听到自己脚步的回声。
>
> ……
>
> 这个季节,穿城而过的长江清晨会笼起薄雾,轮船的汽笛声比以往更加清晰。入夜,江边的景观灯光准时亮起,不同的是,许多摩天大楼墙体广告都换成了闪光的"武汉加油"。
>
> 武汉无疑正在经历建城以来一段艰辛的日子,但它在竭力维持运转。
>
> ……
>
> 武汉这座城市见惯了长江昼夜不息的奔流。

朴素、克制,文风笔力独树一帜,细碎场景与广阔的空间交相辉映,各行各业普通人群的日常像画卷一样徐徐展开,环卫工、医疗废物运输员工、理发师朱神望、外卖骑手胡宾、中百仓储生鲜事业部副总经理王玉璟、急救站担架工钱运法、武汉市公安局武昌分局中南警务站站长刘俊、武汉自来水厂工人黄凯……小人物们的伟大保证了城市的运转,城市精神与民族风骨立体丰满。严肃又认真的非虚构写作,会抓住反映时代的细节,在底部丰富性叙事基础上,自然抵达顶层的意义。

与之类似的还有《武汉启封》(《冰点周刊》,2020-04-08),这是一篇定格历史时刻的长文，8050 字。与《非常时期的武汉日常》形成呼应，同样关切的是环卫工、志愿者、普通居民、地铁站站长、外卖员、服装店主、早餐店老板、粮油副食店老板、菜贩、医生、教师、学生、社区防控工作人员、痊愈患者……日常生活中的烟火气息弥漫全篇：

（开头）武汉是一点点开的，不是 4 月 8 日零时"轰然"打开。

很难说清开封的第一丝裂缝是什么时候，一名志愿者觉得是时隔 2 个月再次被查酒驾的时候；一名武汉协和医院的医生说，是他重新接到因打架斗殴来看病的患者的时候；一名住在商业街边的居民发现，放了两个月"武汉加油"的大屏幕又开始放广告了。

武汉正在"一寸寸"地打开。歇业多日的早餐店门口重新排起长队，一提面下锅，蒸腾起雾气，人们摘下口罩，端着热干面边走边吃。街头重新有了"汉骂声"。住宅临街的居民早上被车喇叭吵醒。

……

（结尾）清明节那天，一个市民外出散步后，捡回一根树枝插在阳台上。"我已经错过了大半个春天，现在要抓住春天的尾巴。"

人类禁足在家的时间里，动物重新占领自然。四川雅安宝兴县的 315 国道，一只野生大熊猫误入国道，悠闲漫步；武汉的高架环线上，一只野猪撒欢奔跑；60 只极度濒危的水禽黑脸琵鹭，突然到访广东阳江海陵大堤湿地。

……一名医生形容援汉的经历，"就像电影《1917》一样，你能做的，只有开头在树下睡去，结尾再在树下睡去，睡去和睡去之间，是无数的日子失去。"

这是记者践行"四力"完成的有温度的城市特写，文章中记述的都是人的情感交融形成的最新最真的故事，情景交融，日常生活的陌生化写作带给我们全新的感受与意义，多年之后这些超强画面感足以成为武汉集体记忆的一部分。

《疫情时期的怕与爱："封城"20天的江城面孔》（《南方周末》公众号，2020-02-12）一文也是群像报道佳作。武汉面孔随着镜头的推移、组接被定格并放大，文本各部分以一组组代表性的物象符号区分，比如白玫瑰、哨声等传递的是市民的怀念与尊重；N95、黄衣服等揭示的是留守人群的担忧与害怕；留守猫，新生儿，热干面展现的是彼此的守护与关爱；红菜薹，买菜群，麻将声则无疑意味着人间烟火气息……恰恰是平凡的市井构成一座城市的坚实骨架。主题词"怕"与"爱"提炼精准，在底部大量细节丰富性叙事基础上抽绎出普遍意义，具有超越性的价值。

二是对特定时空中的人群生存状态予以关照，重在呈现群体命运，并借此切入社会公共议题。如冰点《活在癌症一条街》（2014-05-28）、《开往春天的大巴》（2019-04-24）将癌症患者及其家人置于特定空间——长沙的嘉桐街与上海的就医直通车。

> 很难说，在这条短短500米的街上，绝望和希望谁能打得过谁。
>
> 距繁华的五一广场6公里，距宁静的岳麓书院7公里，距优美的橘子洲头9公里——嘉桐街蜗居于长沙市的西北一角，不繁华，不宁静，也不优美。
>
> 它与湖南省肿瘤医院仅有一墙之隔，这使得它离"死亡"很近。为了治病，数百名患者和家属常年在街上租住、流动，有人叫它"癌症一条街"。
>
> ……

日复一日，病人们把嘉桐街当成"家"，也当成"战场"。他们在这里吃饱睡好，再迎向医院的仪器针头。

有的人最终没有走出医院，街道一头一尾，哀悼的鞭炮有时会在白天燃放。但更重要的则是嘉桐街的炊烟，它在一日三餐之时升腾，从不间断。

——《活在癌症一条街》

好的故事就是帮人打开眼界，看到别人是什么状态，看到自己是什么状态，有的人看到人生的反差，有的人看到的是人生的反照。当写作者深入去了解他人，才有可能去理解他人，在这样的真实面前，记者根本不需要刻意去感动读者、引起廉价共鸣。

上海有 1500 条公交线路，这一条可能装了最多的口罩、CT片、光头、焦虑与悲情。这条线路只停靠 5 个站点：肿瘤医院、中山医院、瑞金医院、复旦大学附属眼耳喉鼻科医院（五官科医院）和华山医院。

当上海人尚在睡梦中，来自舟山、张家港、绍兴、慈溪、江阴等长三角地区的病人从家乡出发，乘坐几个小时的客车，抵达上海交运巴士长途南站，再转乘这辆"就医直通车"。

——《开往春天的大巴》

看起来是某个人或某个家庭的孤立故事，但人与人的连接却构成一个时代的群体记忆，绝大部分的人不希望逃避生活，而是希望去发现生活，在欣赏、学习的过程中增加生活的深度。非虚构故事带领受众体验一个又一个真实的世界，从众生中照见自己，看见他人，也借此照亮我们的日常现实。

总体来看，此类文本表现出如下三个特点：第一，选材侧重于普通群体，特别是处于特殊境况下的人物群像，致力于在日常生活中发现惊奇，呈现时代的经典意象。第二，拥有大量信息源，且信息源通过记者的叙述铺陈或隐藏在文字间，多角度、多维度展现众生百态，如同一幅生动的城市侧写；第三，因涉及的人物众多，往往采用双线或多线的叙事结构，满足故事的矛盾与冲突性，同时运用倒叙、顺序、预叙等多种叙事顺序。

第二，随笔与个人散文式

狭义上的散文是与诗歌、小说等并列的文体，是一切文学样式中最自由、最活泼、最不拘一格的写作形式，题材广泛，寓意深刻、形象生动、讲究文采，追求意境。散文追求意境美，新闻追求立意新，都强调主题的开拓，散文将人、事、情、景、趣、议融会贯通，交错发挥，新闻也可写人、叙事、抒情、状景、言趣、说理。散文式新闻是在 20 世纪 80 年代兴起的新新闻体，非虚构写作实践再次让这一写法大放异彩。

在新媒体时代，"个人空间"的自由式新闻写作模式不时涌向"公共领域"。就这种自由体来看，它是散文，或者说一种"比散文还散"的文体，它不再遵循什么新闻报道模式，但却同样担负着新闻传播的任务。①

以《香港为什么有那么多"疯女人"？》（《每日人物》，2018-08-19）为例，记者安小庆从蓝洁瑛等几位常被媒体嘲讽为"疯人"的女艺人的坎坷经历说起，批判香港媒体以至香港社会对贫困、精神异常人士以及女性的穷追猛打，矛头直指香港崇尚父权的封闭性别观念、吹捧资本主义的拜金思维，对弱势者的打压等等。文章借用娱乐圈的八卦剖析社会阶层关系，内容深刻，层层递进，把多年狗仔的窥视镜系统化成了几个社会人类学的案例。从文中来看，香港是一个巨大的矛盾体，封建与前卫，迷信与科学，霓虹与脏污，围观"疯女人"，正是高度拥挤

---

① 周大勇：《"超传播"背景下的中国新闻文学化问题：新 10 年新闻"历史回归"现象研究》，吉林大学，2012 年。

的城市及市民异化的表现。刊登两三天后阅读量达到十万加，不少人将之奉为警世佳作。

安小庆的写法接近美国杂志界的随笔，将报道与个人经验及述评灵活交织，能充分展现作者个人风格，区别在于，国外很重视实地采访与访谈，比如获得 2012 年美国最佳杂志写作奖之随笔和评论奖的《纸老虎》，该文由"虎妈"蔡美儿引爆的大讨论说起，但作者并没有简单停留在这一现象，而是认真探讨"亚裔美国人是否真的在主导这个国家"的问题，作者为了写文章对几十个亚裔美国人做了访谈。结合自身的亲身体验与广泛的访谈，文字惊艳，纵横捭阖。

而安小庆的文章，不足之处正在于缺乏全面的观察，论据不充分，她以香港娱乐版风气和运作概括香港媒体，并不分时代地总结整个香港社会的普罗心态，模糊了香港这个"他者"的面容。真实的香港是怎么样的？应该要有可靠的数据统计及深度访谈。香港作家阿离曾撰文对此进行批评，安小庆以大篇幅巨细无遗地铺陈出"癫人"蓝洁瑛、关淑怡、吴绮莉等人大起大跌、曲折多难的故事，但这些故事均不由采访而成，而是引述许多在不同报道撷取而来的专访段落，再加以剪辑为"安氏叙述"。①

非虚构写作领域，越来越多的故事主人公作为叙事者直接出现，从情感表达和阅读体验上带给读者更真切、更身临其境的切身感受，一定程度上弥补了主流新闻叙事的不足，丰富了中国故事的讲述。2017 年 4 月，"界面·正午"推出非虚构作品《我是范雨素》，短时间内即刷爆朋友圈，乡村民办教师出身、在北京做月嫂的范雨素说自己写文章必须是有感而发，以第一人称现在时态出现的情感表达在塑造、调节情感方面具有独到的优势。全文分为碎片化的六个部分，作者的母亲贯穿始终。范雨素的文字里无奈和坦然交织在一起，语言精准简练，情感隐

---

① 参见《蓝洁瑛、关淑怡、吴卓林，是谁想象出香港的"疯女人"？》，搜狐号 2018-08-24，https://m.sohu.com/a/249878858_99996723。

忍，叙述节制，与常见的底层诉苦或抒情的写作都不一样。范雨素的文章能够刷屏，是因为触动了读者的内心情感，在幽默淡然的叙述中，既有彷徨，又有母亲微小坚定的力量，华东师范大学中国创意写作研究院因此把"年度致敬作家"颁给了范雨素。

近年流行的返乡笔记、春节见闻、游记式报道等都可看作是散文式新闻，这类作品在真实记录的基础上传达充满感情的思想或是思想深刻的感情，有鲜明的作者个人烙印，识别性较强。

游记向来是中国传统文学的重要内容，晚明是其黄金时期。学养出众的文人撰写游记，大致分为三大类，一是表现自我修养与自我再现的小品游记，如张岱、袁宏道等为代表；一是寄托学术理想的学人游记，以曹学佺与钱谦益为代表；三是"地理调查"类游记，以被认为是中国最伟大的游记作家的徐霞客为代表。①

这几种类型在记者、作家为主体创作的游记中均有体现。

《人物》杂志记者金钟在《故宫夜游记》（2019-02-20）一文中记录了自己正月十五晚上的参观感受：

> 游览中的大部分时间，都是在城墙上走。城墙上没有激光大灯，每隔几米就有一盏红灯笼，灯光柔和，光线勾勒出城墙和角楼的轮廓。
>
> 昨晚又月圆，模糊照见深宫的景色。照见六百多年的院落、衰草、池塘和老树光秃秃的枝蔓。因为模糊和不具体，倒多出了许多想象空间。某个瞬间也有安静、节制与宏大之美。

优秀的游记既能反映旅程也提供了观察世界的窗口，反映出生活本身的意义。刘子超、李宗陶、李乃清等记者在《南方人物周刊》非虚

---

① 参见《晚明文人的田野调查：旅行非虚构在晚明时期的崛起》，燕京书评 2021-07-21，https://mp.weixin.qq.com/s/-bI977RTM-436zP2PjSOgQ

构专栏的"地理"板块发表了不少作品，《通往撒马尔罕的金色之路》《里斯本，佩索阿游魂飘荡130年》《冬宫访画》等。尽管各有自己的风格，但有着共同点：依托大量历史资料，展现采访对象的本真或是展现一个地方的风土人情，记录行迹，代入感很强。在语言上用一些诗意的语句描写风景、人文，但也不局限于此，诙谐轻松又不失深意。刘子超的《乌兹别克斯坦：寻找中亚的失落之心》获第一届全球真实故事奖特别关注奖。在刘子超看来，旅行写作是对经验的第一道提取，直接、鲜活、直指当下，能把历史情怀、文化语境、政治情景都写进去。

刘子超曾以《穿越印度的火车之旅》中的片段为例，指出旅行非虚构作品的常规模式：首先是对历史和现实的概述，这是必须要有的干货，交代旅行的地方过去和现在的样子。接着是对旅程经历的描述：看到、听到了什么，和他人的对话等等，当然，写下来的应该是与你想表达的主题相关的。最后是拔高的过程，所谓"共鸣"的部分，引发一种情感性的东西。[①]

新媒体的发达为海外写作者提供了更多发表渠道，如长期旅居英国的王梆为在《单读》开设的长篇专栏"英国观察"，作者以自身经历为出发点，对英国民生、政治和文化进行观察与记录，采访量和阅读量都很大。对贫困、养老、乡村问题、女性及家庭等题材都有非常深入而独到的分析。《英国乡村纪实：当田园遇上全球化垄断资本主义》《贫穷的质感》备受好评，热心的读者称赞其"文字有质感、景象有共情、描述有立场。"其文章曾入选《收获》杂志2018年非虚构专家榜第六，作者人气榜第四。目前国内写作计划资助越来越多，比如单向街公益基金会的"水手计划"就曾经资助创作者海外旅行与写作。

当然，就具体的方法技巧而言，非虚构写作内部也呈现出不同的风格，报纸与杂志的相关栏目新闻性更强，精英意味相对浓厚。各平台则更多地将目光投向普通人，聚焦社情百态和社会记录，试图展示时代洪

---

① 周逵：《非虚构：时代记录者与叙事精神》，清华大学出版社2017年，第310页。

流中普通人的生存状态，叙事也更加自然细腻，写作者往往更注重呈现鲜明的个人风格。此外，同样关注底层群体，非虚构写作还改变了过去某些社会新闻催泪式的惯性报道，以往同类新闻或简单地宣扬正能量或过多写惨唤起同情心，两种框架都欠缺真正的人文关怀并且回避某些社会问题，非虚构在情怀表达的同时还彰显了批评及介入的力度。

四、问题与局限

非虚构写作热引来了资本圈的追逐，一些新闻特稿变成了商品，资本圈包装出来了一个炒作 IP 的风口。有媒体人从陈年旧稿里找出成名的职务作品，将其列入中国本土"非虚构"写作序列；也有媒体人开始痴迷于"非虚构"写作的"技艺"，将"非虚构"只视为一门讲故事的技巧；还有媒体人将"非虚构"视为一个产业，希望将各种故事完成变现。在此背景下，新媒体平台的非虚构写作良莠不齐，特别值得警惕的是那些所谓的"深度好文"，以偏激的观点、情感的夸张表达刺激网友情绪，迎合市场。正所谓成也爆款，败也爆款，追求盈利、变现带来一系列负面影响。

1. 屡被质疑的失真

在微信平台，非虚构作品越来越受到欢迎，蹭热点的"爆文"动辄阅读量超过 10 万，一定程度上满足了受众的某些阅读诉求。2016 年春节期间财经记者高胜科在《财经》微信公众号上发表的《春节纪事：一个病情加重的东北村庄｜返乡日记》一文引爆朋友圈，作者勾画的乡村图景满目凋敝不堪：婆媳不和、儿子不孝、赌博猖獗、村妇组团"约炮"等等，引发网友对其真实性的讨论。新华社记者前往调查后发文《哪来"礼崩乐坏"的东北村庄？——一则虚构报道的背后》，澄清不实传言。

2019 年 1 月 29 日"才华有限青年"公众号生产的"爆款"《一个出身寒门的状元之死》同样也是典型例证。作者在文末特别强调了故事的真实性："这是一篇非虚构写作，故事背景、核心事件是绝对真实的。为了保护文中当事人、当事人家属和其他同学、老师的信息，在细节上，我们做了许多真实情况的模糊化处理。""知乎"上还就此开设了"什么是真正的非虚构写作"专题讨论区，质疑与批判这种打着非虚构写作招牌为失实作遮掩的行为。这类文章爆红，正好印证了学者的观点：社交媒体文化的发展，客观与真实变得次要甚至是不必要，新闻仅仅是一种被消费的大众文化，也就是说，没有情节，没有悬疑，没有趣味和没有温度的新闻就没有被关注和消费的价值。① 30 日凌晨开始，此文遭到舆论鞭挞。但是，谁也阻挡不了下一个夹杂着情绪、反映某种真实社会心理的爆款上线。有人为此类文章辩护，认为虽然存在细节上的失真，但坚持认为"情感真相"比"事实真相"更重要。

新闻非虚构写作在资本市场中频频制造"网红爆款文"，而在流量至上的新媒体时代，甚至提倡所谓的"暴力非虚构美学"，煽动情感大于陈述事实，过于偏倚某些读者痛点，试图唤起人们对强情节的情感共鸣，不惜制造社会热点，卖弄人设迎合读者心理等，从而达到流量与收益齐飞的市场效果。②

为何类似的假新闻频频流传？抛开商业利益不谈，背后有更深层次的原因。罗伯特·弗尔福德曾考察一则杜撰复仇的离奇轶事是如何演变、流传，并思考为什么会有那么多人相信，他指出"都市传说是一种自发生成的新闻报道，是一种将某些观察和焦虑裹进一个叙事包中的方式，比如那些被默认的有关器官移植的恐怖事件，或某些匿名团体合谋操纵我们的信仰。通过这些叙事，我们可以安顿好自己的恐惧感；我们也可能把它们当成一种厘清和安顿自己对各种事件的混乱反应的方

① 胡翼青：《后真相时代的传播——兼论专业新闻业的当下危机》，《西北师大学报（社会科学版）》2017 年第 6 期，第 28-35 页。

② 孙珉等：《浸入与驱逐：聚焦新闻领域非虚构写作的强情节建构》，《当代传播》2020 年第 2 期，第 110-112 页。

式。……都市传说戏仿了我们想以故事这种形式来解释世界的渴望。"①

罗伯特·弗尔福德认为流言表达了我们的担忧和焦虑，给出了道德评判，同时也包含了讽刺和歧义。② 这大概很大程度上解释了传言类报道屡禁不止的原因，就像几年之前社交媒体上以非虚构之名爆红的"上海女回江西男友家看到年夜饭后连夜逃离"等假帖一样，事实是假的，但反映的社会情绪是真实的，故生命力旺盛，有时只是更换了地点和人物，隔几年便卷土重来。

屡被质疑的还包括专业媒体机构。"GQ 报道"2019 年 4 月 8 日《秀场男孩：女强男弱的行业里，男人们会遭遇什么？》刊发后连续几日霸占微博热搜榜，被报道对象赵磊第一时间发微博反击，其粉丝认为杂志为了博取流量和眼球，只顾自己利益，硬生生将一篇人物特稿写成了宫斗小说，有读者质疑媒体违背了新闻伦理；该记者另一篇报道《奥数天才坠落之后》同样引起被采访者付云皓的强烈不满，并在第一时间公开发表了一篇自白书，谴责报道以偏概全，对记者传递的价值观表示不理解。

2020 年 2 月，《智族 GQ》编辑副总监、GQ 报道负责人何瑫被报道组成员举报，被指捏造报道事实、存在抄袭与洗稿现象，如《杨超越变形记：这不是我的世界》添加"脑补"结尾，2015 年 3 月《裸奔者范美忠》涉嫌抄袭《时尚先生》2008 年 8 月刊《"人民公敌"范跑跑》，当日晚上，何瑫离职。此次内部爆料让作为国内非虚构写作重要平台之一的 GQ 公信力大受影响。

其实 2017 年已有平台为捍卫"非虚构"而进行事实核查。ONE 实验室就是中国首个设立事实核查岗位的媒体，但也无力吹散笼罩在非虚构写作上的阴影。众所周知，临时介入式采访很难确认事实，国内一些

---

① ［加］罗伯特·弗尔福德：《叙事的胜利：在大众文化时代讲故事》，李磊译，南京大学出版社 2020 年，第 98 页。

② 同上，第 3 页。

非虚构写作者并没有长时间蹲点观察进行细密采访，因而也就缺少了沉浸其中的感同身受。因此，在呈现真相方面存在先天性局限。与国外非虚构写作者动辄几个月乃至几年蹲守某一题材、跟踪关注某一群体相比，国内写作者体现出某种程度上的"虚火"。

2. 选题上的自我窄化

非虚构写作在为传统媒体提供新出路的同时，因为追求"像小说一样表达新闻"，写作者在选题时会将"故事性"置于首要位置，这导致了题材上的限制，准确地说，是偏爱负面题材。大量记者将视线聚焦于杀人犯罪等负面事件。在非虚构写作平台，社会边缘人群及吸毒、赌博、诈骗、偷渡等题材占比都较高。曾入狱 7 年的夏龙因撰写"监狱风云"系列，2018 年经"真实故事计划"推出后成为人气作者。同年，夏龙出版新书《囚徒》。2019 年 4 月，又以虫安（个人标签：牢里蹲大学七年本硕连读）为笔名在网易"人间"平台刊发"教改往事"系列，如《管教，我要退赃》《这个监狱故事，从烟味开始》《血海寻凶》《致命爱人和她的秘密》《卧底狱警的至暗时刻》等。至于更为人熟知的《大兴安岭杀人事件》《太平洋大逃杀亲历者自述》等爆款也热衷于凶杀案，选题上偏重负面、冲突、猎奇的倾向较为明显。

选题上的偏向又导致对底层的过度消费。底层民众生活不但是非虚构写作关注的热点，也为其发展提供了丰富的土壤和素材，"苦难"作为一个标签式符号成为非虚构写作的关键词与重要维度。这类选题一定程度上满足了网友的集体乡愁和猎奇心态，但同时也意味着底层在被"消费"过程中削减了意义与价值，公共意识的匮乏与碎片化、同质化的书写，使非虚构写作日益扁平化，陷入粗浅化困境，从而让人产生审美疲劳。

选题的自我窄化其实是另一种形式的主题先行，这种现象的出现固然与对阅读量及商业变现的追求有关，但也不可忽略非虚构写作者本身的问题，如何从日常或微观角度切入世界真相，不仅要求写作技术、观察能力，还要求写作者对人生、对社会有独特视角和思考。

3. 叙事伦理（边界）问题

事实上，非虚构写作对写作者各方面的素质和知识储备要求较高，而目前的写作队伍则相对业余，写作规范、叙事伦理暴露出不少问题。年轻一代的写作者往往过于追求技巧，对技法的关注超过了故事本身的力量，形成某种套路化写作，才情与风格固然有，但成长于消费时代的他们也往往缺乏力度与担当，进而影响了作品的精神向度，典型意义与公共意义的缺失导致作品超越性不够。

年轻记者鲸书因 2015 年发表在《人物》杂志的《惊惶庞麦郎》一文而成名，肯定者认为其文风凌厉老到，但此文引发的争议更多，质疑声主要集中在记者高高在上的精英式俯视叙述、对生活细节猎奇般的展示等，不容否认的一点是，记者缺乏对底层的悲悯，"惊诧"有余，而反思与审美力度不足。相比写作技巧上的"术"，对命运的关切、人性的审视等的价值传递更为重要。优秀的非虚构作品追求真善美，无论何种题材何种写法都会内含理想：我们的社会、我们的人应该怎样，不应该怎样，这是出发点也是目的。一切写作的问题都是写作者自身的问题，炫技会让写作者背离初心，阅历的匮乏与见识的粗浅自然也会导致思想的矮化。少数浮躁的媒体人将"非虚构"简单化成了"讲故事"，追逐猎奇和刺激，而忽略作品对于时代、社会层面的责任和人文关怀，一些仅有几次采访或长谈而写出来的非虚构作品，在质量上也难以与国外兼具媒体人与作家双重身份的作者的作品相比。

同时，也有学者指出，非虚构写作是一种可以让作者介入情境、想象细节的创新文学，作者通过各种手段实现的情感干预可能会演变成情感勒索，从而产生更多的社会问题。①

---

① 孙珉等：《浸入与驱逐：聚焦新闻领域非虚构写作的强情节建构》，《当代传播》2020 年第 2 期，第 110-112 页。

118

而那些擅长将个体、社会构建关联的写法也引起了反思，人类学博士郑少雄注意到许多特稿借鉴人类学、社会学相关理论与方法，比如写白银商人，就要讨论白银社会、白银资源枯竭；写东北的快手主播，就要谈东北老工业基地的衰落，谈东北如何成了中国的休斯敦，东北曾经是一个怎样的移民社会。但他同时指出，这样的关联需要有一个限度。在极端之间或强调个人与强调社会之间要寻找一个综合、中正的表达方式。① 初看这类故事会有惊艳之感，但无度的关联和用力过猛无疑反映出叙事伦理的简单化趋向，久而久之易让人反感，成为非虚构写作的另一种隐忧。

袁凌曾提及当前非虚构写作的问题，即有意回避现实中的矛盾及社会的关切。比如一些特稿，基本上只涉及人性，有意识地回避社会制度。而且对人性的探索也变成了套路，因为回避了生活环境去写人性最终看到的也不是真实的关系。有的记者急于建构象征与隐喻，利用一些现场与细节，隐喻人物性格，看似零度叙述，其实是强烈的上帝俯视视角。

《太平洋大逃杀》一文就有意回避渔政的混乱这一公共议题，只是单纯地写船上的人和人性的变异。这种写法因为有意突出戏剧性变得非常讨巧。②《大兴安岭杀人事件》也是通过巧妙的文学剪辑，把所有吸睛镜头拼接在一起，一桩偶然发生的凶杀案，与当地的环境、经济、历史之间，构成了一种"必然"联系。但是这种"文化的"联系，有理性的必然吗？该文刊发后，在东北读者群中招致责骂。此类写作因缺失社会道义导致负面影响。

---

① 张慧瑜等：《跨学科视野下的非虚构写作》，《长江文艺评论》2019 第 1 期，第 99-106 页。

② 参见刘蒙之、张焕敏：《非虚构何以可能：中国优秀非虚构作家访谈录》，北京：中国社会科学出版社 2018 年，第 24-26 页。

五、新闻领域非虚构写作的建设性转向

新媒体时代，新闻的文本发生了很多变化，但所有变化，都是围绕着一个核心：如何更真实、更好地呈现客观世界。"人类经验的本质是人物的叙述。也就是说，叙述不仅仅是人们表述自己和他人经验的形式，而且是人们得以存在的方式。"[①]

无论是"他的叙述"还是"我的叙述"，非虚构写作都因其对生命个体与时代关系的探寻、对现实议题与公共利益的关切，展现出其强大的影响力，其传播效果与审美价值均得到了普遍的认可。面对发展中的问题与局限，政府宣传机构、写作者、传播机构、读者等都需要进一步思考并采取积极的行动。

长远来看，非虚构写作任重道远。就近年各重大主题报道、成就报道的宣传效果而言，个体微观视角的原生态书写与刻画往往以其真实、真切、自然赢得受众认同，淡化政治宣传的故事化传播策略取得的成功无疑具有示范效应。相比一般的新闻报道，非虚构写作因对细节与场景的重视、多种表现方式的综合运用及内在的情感叙事更易获得受众关注、参与讨论与主动转发。新闻传播领域非虚构写作的热潮可以说是顺应了社会转型与时代变革，对社会心理的变迁给予了积极的回应。

因此，对政府宣传机构而言，应加强规范与引导，避免走入消极写作、猎奇写作等误区，在政治话语的宏大叙事与积极的个体叙事之间建立联系，以期关注底层命运、具有强烈现实情怀的非虚构写作能拓展写作范围，更好地讲述中国故事，弘扬中国力量和中国精神。以"中国梦"的阐释与传播为例，自2013年"中国梦"被作为国家战略层面的语词概念以来，媒体的相关报道中出现了虚假、空洞、模式化乃至庸俗

---

① 康敏：《民族志与"我"和"我的叙述"》，《思想战线》2005年第1期，第88-91页。

化等问题，引起受众的反感，削弱了传播效果。作为官方话语体系的"中国梦"完全可以借助非虚构写作提升传播的有效性，而后者也能在"中国梦"传播语境中得到延伸与拓展，强化其文化参与功能避免边缘化、空心化危险。比如深圳市就曾以"中国梦"为主线，成立"深圳口述史"项目，面向参与深圳建设的群体，征集精彩的寻梦与筑梦故事，并在《深圳晚报》开辟"深圳口述史"专栏，图书出版与电视纪录片也同时跟进。除此之外，还可以举办全民参与的家族志、地方史、个人史、纪实影像等大型活动。

媒介机构层面则要加强非虚构写作的前瞻性与建设性。杨保军曾提出"前瞻真实"概念，所谓"前瞻真实"是指对未来"可能真实"的一种预测或估计，但这样的预测或估计基于当下的基本事实，可以说是对当下事实特别是对"隐在"的或"潜在"的苗头、因素等未来演变发展可能趋势的描述与预判。①

借用这一概念，笔者认为新闻领域非虚构写作在选题操作及文本实现上应将"前瞻真实"视为努力的方向，关注某类现象、某种趋势等静态选题本身是非虚构写作的优势，应强化的是借故事的讲述实现积极的干预，引起社会的注意。

此外，欧美建设性新闻理论与实践对非虚构写作也带来了启发，相比关注现象、告知信息，建设性更看重发现问题、提供解决方案及参与对话、推动社会发展。媒体因此而由单纯的旁观者、报道者转向社会建设的积极参与者与活动者。最终，"赋予新闻信息以社会意义和公共价值，从而提升新闻媒体在互联网时代的社会影响力"。② 因此，非虚构写作者应走出舒适区，以好故事帮助读者打开眼界，拓展认知，更好地

---

① 杨保军：《新媒介环境下新闻真实论视野中的几个新问题》，《新闻记者》2014 年第 10 期，第 33-41 页。

② 唐绪军、殷乐：《建设性新闻实践：欧美案例》，北京：社会科学文献出版社 2019 年，绪论第 1-7 页。

立足当下理解世界，在个体经验之上，拓展公共价值。

非虚构写作对故事的微观叙事不以传递人性故事、探索人性真相这种审美价值为根本目的，而是为揭示事实真相及背后的社会问题这一宏观叙事服务，优秀的非虚构写作都试图重建公共性，彰显社会责任感。

谷雨奖设立的公益写作奖反映了这种追求，谷雨工作室王波曾阐述过非虚构写作对公共性的追求：

> 三五年前，我们写特稿时对公共性的考虑还不那么多，因为那时还有调查报道、深度报道的同行仍然活跃在新闻一线，有他们在操心，支撑着所谓内容的"公共性"。不是说那时候不强调公共性，而是跟调查报道相比，特稿的公共性有点锦上添花的感觉。
>
> 但今天，这种调查报道在外围拱卫公共性的局面慢慢烟消云散，很多深度报道记者都已经转行。而这个社会仍然需要有人来支撑"公共性"，这是今天的非虚构写作不得不重点考虑的一点。不然，故事讲得再天花乱坠，也不过是讲个故事而已。
>
> 公共性里面既包含有传统的调查报道所追问某个事情的真相，或者是去探求公平正义在哪里，也包含有我们基于当下生存环境的理解和认知。我们在操作非虚构选题时，更多强调的是作品和内容怎样更好地让人与人建立连接，人群与人群消除边界，从而相互了解、互相理解。①

非虚构写作的建设性转向是值得探讨的议题。作为一种新闻理念的建设性新闻近年已在欧美各国媒体掀起热潮。美国建设性新闻的倡导者凯伦·麦金泰尔将其分为解决方案新闻（及其分支解决问题新闻）、预

---

① 参见《聚焦"公共性"，打破人与人间的隔阂》，腾讯媒体研究院 2019-12-23，https://mp.weixin.qq.com/s/Mb2T5Hdjcx5iz13HK-K_cA。

期新闻、和平新闻和恢复性叙事四类类别。① 在国内语境中，倾向于将其视为一种理念而不是一种相对独立的新闻产品类型或样式，尽管对其概念与内涵表述各不相同，但通过提出解决方案，激励受众促进个人发展和集体与社会的繁荣是其总体上的追求。比如入选 2019 中国新媒体公益十大优秀案例的"贵州黎平新红军桥落成"全媒体报道，从一篇报道开始，持续跟进，携手社会为上少寨新建公路桥，到最终解决当地实际问题。

党的十九届四中全会通过了《中共中央关于坚持和完善中国特色社会主义制度推进国家治理体系和治理能力现代化若干重大问题的决定》，这意味着，在中国特色社会主义新时代，媒体既是协同治理的连接器，也是治理功效的放大器，是社会治理的有力工具，成为影响社会治理问题的产生、扩散、裂变的关键性因素。

在这一背景下，如何抓住重大议题、把握大事件创新非虚构写作？非虚构提质改造首先需要突破自我设限。在乡村振兴、民生服务、城市运行、公共安全、市场建设等社会公共领域，非虚构写作能做什么？总体来看，媒体不应孤立地看待每日的新闻事件，而应尝试从长远性问题、不同趋势和不同局势的角度进行报道。英国《卫报》早在 2016 年就开始对环保、科技、健康、教育等公共议题以"解决问题"为导向进行报道。其"正面"专栏召唤读者分享身边的故事，寻求多元解决方案。同样是用户生产内容，此举宗旨与国内非虚构平台仅仅追求个体故事不一样，比如，2018 年 11 月 23 日《告诉我们：你在食品银行工作吗？分享你的故事》一文，除了征集故事，更多的是意见反馈。② 西方新闻界有识之士认为，当前，公民对机构（包括政治和新闻本身）

---

① 唐绪军、殷乐：《建设性新闻实践：欧美案例》，北京：社会科学文献出版社 2019 年，绪论第 2 页。

② 唐绪军、殷乐：《建设性新闻实践：欧美案例》，北京：社会科学文献出版社 2019 年，绪论第 61 页。

的不信任、逐渐降低的社会参与度，以及公民与政府之间的鸿沟成为一种普遍存在的忧虑。解决这些问题不是新闻界的任务，但新闻界的责任是要批判性地思考新闻给社会带来的正反两方面的影响。①

对于普通读者来说，需要努力提升新闻素养，减少对猎奇、负面、冲突等因素的依赖与阅读偏好，增强理性与公共意识。

---

① ［荷兰］尼科·德罗克、莉丝贝特·赫尔曼斯：《西方视角下的建设性新闻》，林晓平译，《新闻与传播研究》2019 年增刊，第 22-32 页。

第二章　非虚构写作与"中国梦"的传播

从其话语主体看，"中国梦"话语体系包含三个层面：以主权国家为主体的国家意志和政治意识形态话语、以民族复兴为主体的民族文化话语、以社会个体为主体的个人话语。① 本章重点解读非虚构写作对"个人梦""国家梦""民族梦"的话语建构与传播，分析创作者如何用非虚构作品讲述好"中国梦"。

第一节　非虚构写作与"个人梦"的传播

非虚构写作对于传承中国传统文化、弘扬文化理念和价值观念具有重要意义，在这方面，基于个体视角与日常叙事的"个人梦"具有极强的感召力，比如以《平如美棠：我俩的故事》为代表的非虚构作品。

《平如美棠》是一部兼具浪漫主义与历史色彩的传记性作品，没有宏观视野上的大开合，没有出人意料的所谓"剧情"，平淡永久的赤诚之爱让全书饱含温润敦厚的气息，这既是饶平如老人一生的故事，他本不想打仗，但为平息"国恨家难"身赴抗日战场；这也是一对普通夫妻一生历尽坎坷却始终执手爱情的故事。妻子美棠最终离开人世，老先

---

① 马文霞：《"中国梦"的国际话语体系构建与对外传播》，《江西社会科学》2015 年第 5 期，第 180-184 页。

生思念之余八十学画，九十出书，葆有生命的童真和诗意，至善至真，情感深切。该书曾获评新京报书评周刊的年度好书、新浪中国好书榜2013年度最感动图书、凤凰读书2013年度典藏书等在内的数十个书籍奖项。

正如新京报书评周刊2013年度好书致敬辞所说："这本书不是思想或政治的巨制，然而，任何思想的探索和制度的改善，其旨归不正是应让所有人过好的生活，美的生活？而每个人也都有如此生活的权利。于是，我们在这里向《平如美棠》致敬，向生命致敬，向长者致敬，向普通人致敬，向所有在生活中发现美和传递爱的人们致敬。"

当作者饶平如老先生2020年4月4日病逝的消息传出，无数网友留言。有人老先生体现了人的美丽。他的勤勉与端方、善意和温情给了很多人热爱生活的力量。普通人生活中的美和爱，能超越国界和语言的藩篱，散发恒久的动人力量。

一、日常叙事与个体价值

"中国梦"更多的是在政治传播场和学理传播场发挥巨大威力，而缺少社会舆论场的世俗化和生活化的回应，其传播价值一定程度上被减弱。有学者指出，"中国梦"的实现是一个为实现超验人文理想而逐渐消灭现存不合理状况的现实的发展过程，并认为只有利用市场机制将资源有效配置起来，才能从根本上解决物质利益对人文理想的制约。由此，"对'中国梦'的马克思主义解析的核心思维就是在保持社会发展理想（梦想）维度与现实维度之间张力的基础上，通过物质财富的积累，从而将人从物质财富的制约中逐渐解放出来，并逐渐生成出有个性的人"。[①]

个体尊严与幸福意识应该是每位公民的普遍诉求。在梁鸿看来，非

---

① 刘新刚：《"中国梦"的马克思主义解析——基于〈资本论〉等文本的研究》，《理论月刊》2014年第4期，第10-14页。

虚构既具有社会学调查的问题意识，又不像社会学那样强调规律的总结，而是更关注个体故事。非虚构写作重视个体价值并尤为关注底层生存现状，探求当代生活中信仰和价值的缺失问题，与"中国梦"对个人幸福的价值诉求具有内在一致性。

近几年流行的非虚构概念区别于报告文学、纪实文学就在于其鲜明的批判视角。有关乡土、农民、现实、事实、真相、介入、干预、参与、责任等话语整体上有一种激进倾向，批判源于深切的爱与责任，非虚构写作既有对个体命运的直白呈现，更有不留情面的揭露，正面引导与批判视角的结合，在这一层面上，非虚构写作很好地呼应了"中国梦"的民本情怀与人文理想。

有论者认为，近十年来"非虚构"写作的最大意义，就在于它通过一种足够的诚意，以个体的形式自觉参与了社会集体记忆的建构。从而"一种新的、与历史和集体记忆密不可分的'文学性'正在慢慢生成"。[1] 非虚构写作通过聚焦个体的生活细节或生活场景的描绘，提供了生动鲜活的、有人文情怀的、有温度的日常书写，通过记录普通人在社会中感受到的社会观念以及所表现的生活姿态，传递精神内核和价值导向，以此与主流价值观和意识形态形成对话关系。这些独特丰富的生活经验与生命感受大大丰富了"个人梦"的传播内容，而民众的积极参与与充分表达也让"个人梦"的阐释更立体化、多样化。陆庆屹的纪录片《四个春天》只是记载了最简单朴实、最日常的生活；陈福民的《与你遥遥相望》关于母亲的书写虽然饱含对生与死、希望与绝望、命运与苦难的追问与思考，同样让我们看到中国普通家庭的温情、人性的担当。

路遥的《平凡的世界》之所以畅销不衰，恰恰是因为他写的就是各阶层普通人在社会变革中的追求与挣扎，写的就是每个普通人的"个人梦"，而在当下，这就是中国梦。

---

① 宋嵩：《新的"文学性"正在生成》，《文学报》2018-07-26第20版。

> 我走了很远的路，吃了很多的苦，才将这份博士学位论文送到你的面前。二十二载求学路，一路风雨泥泞，许多不容易。如梦一场，仿佛昨天一家人才团聚过。

2021 年 4 月，黄国平因写于多年前的博士论文而走红，他在论文"致谢"中讲述了自己如何一路走出小山坳、历经种种苦难后依然坚定向学、最终改变命运的故事，感动了无数网友。尽管是写于 2017 年，但经人截图上传后立即在社交平台刷屏。

其实，几乎每年都会有同类真实故事引发关注，人们为什么会被个体的"苦难叙事"感动？前文论及的《我是范雨素》一文，育儿嫂范雨素用朴实的文字记录了自己一家三代人坎坷的生活经历，但又深深透露出坚强、自爱、奋斗、达观等难能可贵的个人品格。范雨素所在的北京皮村，有许多和她一样的打工者，虽然承受着生活的困难和艰辛，却依然没有失去梦想和尊严，用写作发现生存的意义。正如评论员曹林所说："她的自我表达，打破了主流社会对底层视角的垄断，打破了固化的阶层叙述所形成的盲区，让人们看到了一个自以为熟悉却很陌生的生存世界。"①

个体叙事超越个人的个体经验，进入到集体记忆、公共话语和政治身份认同中，这意味着尽管人们讲述的是自己的故事、经历，但这些讲述不可避免地间接地包含了他人的声音和经历。因此，一个故事所表现出来的东西越具普遍性、共享性，甚或表达了典型的人类经验，那么它在面临质疑或挑战其合法性的情况时就越能够立于不败之地。② 身处"边缘"的弱势群体如何获得社会的"身份承认"与国家理念、民族认同和社会凝聚力同等重要，这应该也是"中国梦"的要义。

---

① 曹林：《你们总在说底层沦陷和互害，范雨素报之以歌》，《中国青年报》2017-04-28 第 5 版。
② ［美］艾米·舒曼：《个体叙事中的"资格"与"移情"》，赵洪娟译，《民俗研究》2016 年第 1 期，第 37—42 页。

新冠疫情相关报道为我们提供了案例，面对这一重大突发事件，媒体该如何报道？寻找、发现、记录与传播事实的观念、技术与手段体现出鲜明的创新性，疫情期间的个性化叙事、个体命运的书写都是非虚构写作的核心理念与写作特点。在学者陈刚看来，国家叙事代表疫情的一种宏大叙事，具有正当性、权威性、统一性、合法性等叙事特征，彰显了家国情怀和强烈的责任与使命感。个体叙事则是一种非专业化写作，具有私人性、个人化、强烈的个体意识等特点，以及记忆、再构事件的功能。个体叙事中的生命书写、情感外化成为区别于国家叙事、媒体叙事互补的一种社会再生产的叙事力量。口述体、日记体、记录普通人故事的各类新媒体栏目平台等以在场、互动等特点发挥了疗伤的作用。①

除了观察者、在场者之外，行动者角色为非虚构写作提供了更多意义空间。比如作家黄灯在掀起"返乡书写"热潮的同时，直接投身推动建设性书写实践。据媒体报道，"爱故乡文学与文化专业小组"于2017 年 4 月 15 日在北京正式成立，由黄灯担任小组组长，著名作家韩少功担任小组顾问。为促进乡村文化研究学者与乡土书写一线实践者的互动对话，她于同年 8 月在自己老家湖南汨罗组织了"发现故乡·乡土书写工作坊"，让返乡书写不仅发生在书本上，还联系着历史传承与文化复兴；不仅是个人的情感表达，还促进着大众参与和社区凝聚，让更多人认识、热爱并建设自己的家乡。以上行动，包括北京工友之家"皮村文学小组"的公益实践，都是通过非虚构写作成功搭建起桥梁，直接助推个人梦的实现。

正如论者所言，如果说"返乡书写"是以文学或非虚构写作的形式，从返乡者的个体经验出发，用故事和情感以小见大地折射出常常被主流视野忽视的乡村社会面相，那么"书写返乡"则是那些拥有"书写"能力的人选择回归乡村，成为一线的乡村建设实践者，用"书写"

---

① 陈刚：《作为竞争与疗法的叙事：疫情传播中个体叙事的生命书写、情感外化与叙事建构》，《南京社会科学》2020 年第 7 期，第 97-106 页。

重思和践行"返乡"。①

二、问题意识与民本情怀

《收获》杂志"非虚构"栏目曾刊载阎连科的自传性作品《她们》。作家以深沉真挚而温暖的情感力量书写了一部真实的乡村女性叙事诗，在其个人记忆史中表达了他对女性命运、家庭婚姻、社会体制等问题的关切与思考。《天涯》在"民间语文"固定栏目外，频频推出非虚构作品，近期较有影响的是塞壬的《无尘车间》，为写此书，2020年春，塞壬应聘东莞一家电子工厂，在一线"卧底"两个月。

杂志书《读库》自2006年创办以来一直坚持非虚构内容的生产，与媒体的特稿不同，创办人张立宪坚持非虚构记录"常态"，给作者规定的操作周期是"采访三个月，写作三个月"，《读库》向以刊发中长篇非虚构作品为主，大体分为历史性非虚构叙事（历史资料考据）、新闻性非虚构叙事（有采访调查支撑）、文学性非虚构叙事（个人史、生活史），近几年，现实题材比重增加，直面当下、关切与反思热点、难点问题。

学者黄灯的《我的二本学生》（人民出版社2020年版）之所以产生影响，以至于"二本学生"成为网络热词甚至是一个符号，就在于其问题意识与民本情怀。《我的二本学生》准确地说是作为老师的黄灯所撰写的教学札记。透过一群群青春、懵懂、鲜活、挣扎的大学生，作者让我们看到了时代背景中个体的多元和复杂，以及个体奋斗终究淹没于时代大潮的渺小和脆弱。然而，这并不意味着二本学生无法通过个体的努力改变命运。书中所展现的这群二本学生的信念理想、精神状态、成长和走向，为读者打开多数普通年轻群体隐匿的生命境况。

以小人物的故事架构起一部广州的城市变迁史，议题涉及原生家

---

① 卢南峰：《从"返乡书写"到"书写返乡"：乡村建设的困境与力量》，澎湃新闻2017-04-22，http://m.thepaper.cn/newsDetail_forward_1664907。

庭、成长、教育、就业、房价等复杂的社会现实问题。该书并非单一地呈现二本学生的困境，其底色明亮而富有情怀，通过一个个的故事，告诉年轻人如何在残酷的社会竞争机制里，多一份坚持与希望、少一点功利与焦虑；这种温婉而有爱心的原生态记录对于教育工作者也是一种鞭策；至于为人父母者，更会从书中意识到家庭是勇气的来源。

黄灯在十几年来与学生大量、琐碎的交往及对他们毕业后境况追踪过程中，意识到二本院校的学生折射了中国最为多数普通年轻人的状况，他们的命运勾画出了中国年轻群体最为常见的成长路径，因此她试图通过打开有限的个体命运寻找一种理解时代的可靠方式。

吴琦采访项飙的《把自己作为方法》一书切中了许多人关注的重要问题，比如当代青年的"悬浮"状态。"悬浮"指的是人们焦虑地为了同一个目标跑来跑去，生活理念变得保守，将买房结婚生子以及拥有家庭视为所有意义的基础——这是因为"悬浮"之后，当下的行为不能成为意义的来源。

在接受新京报记者采访时黄灯坦陈这是一本不完善、局限性很强的书，但也是一本诚实、节制，严格遵循非虚构写作伦理和写作要求的书。正是因为它的诚实品格，才接通了很多人的共鸣情绪。该书的影响力主要来自话题的重要性，来自社会对年轻人命运的关注、思考，以及对转型期社会走向的探索。[①]

要说明一点的是，《岂不怀归》《我的二本学生》因题材的稀缺性都引起了不小的反响，但共同的缺点也在于反思的局限性。前者停留于对三和青年的生活白描，将三和青年问题的解决寄托在教育改革之上；后者大量呈现学生自述并描述追踪学生的发展，但对所触及的问题缺乏系统、深入、有意义的探讨与反思。

在刘卓看来，以《中国在梁庄》《拆楼记》系列作品为代表的非虚

---

① 刘亚光：《专访〈我的二本学生〉作者黄灯：看见中国普通年轻人的命运》，《新京报》2021-01-15 B05 版。

构写作，写作者往往将之视为伦理诉求，即先于写作的、被认为具有最高正当性的要求——追求真相。但其影响力其实不在于文本内部的客观描述，而在于情感表述方式，建立在客观的田野调查基础上的"乡愁式"书写是一种高度的情感化写作，之所以成为主导式书写，是因为作家本人也无法开出药方，建构新的城乡关系及其所代表的社会前景。①而这种新闻化、人文化的描述方式，导致文本结构越来越松散，分析力减弱而情感表达被凸显。但让人疑虑的是，基于个体经验、讲述个人故事的写法是否有助于形成有关农村问题以及今日中国的有效分析？对这一问题，黄灯给出了自己的回答。《大地上的亲人》出版时，黄灯说面对乡村问题，自己不是医生，充其量也只是个写病历的人。"我尽管没有办法提出结论性的东西，但是我尽量用社会学的方法，用人类学的眼光，用文学的笔法，把我所看到的、理解到的人的那种转型期的状况表达出来。"②

三、"有情"与"载道"

在文学非虚构作品中，情感话语与问题意识是两个重要核心命题，这与中国文学的两个传统有关，即抒情传统与载道传统。洪治纲认为非虚构写作是一种"载道式"写作。这也形成了一种写作风格，即饱含对个体生存际遇的关切、对历史的审视与反思及对国家和民族发展经验的理性探究。

中国文学的抒情传统贯穿始终，即使是在启蒙、革命、政治的话语主导中，依然"有情"。高友工认为广义的抒情定义涵盖了整个文化史某一些人的"意识形态"，包括他们的"价值""理想"，以及他们具体表现这种"意识"的方式。也就是说，抒情起自文体，发而广之为

① 刘卓：《"非虚构"写作的特征及局限》，《文艺理论与批评》2018年第1期，第113-120页。
② 傅适野：《专访黄灯：文化复苏会激发年轻人对家乡的认同》，澎湃新闻2017-03-04，https://www.thepaper.cn/newsDetail_forward_1628800。

一种文类、生活风格、文化史观、价值体系，甚至政教意识形态。①

五四时期周作人就将感时忧国的大叙述接轨到穿衣吃饭的日常生活，从中寻找灵光一线的体悟。他提醒我们日常生活里"充满没有这亲迫切而也一样的真实的感情；他们忽然而起，忽然而灭，不能长久持续，结成一块文艺的精华，然而足以代表我们这刹那生活的变迁，在或一意义上这倒是我们真实的生活"。② 中国抒情传统里的主体，不论是言志或是缘情，都不能化约为绝对的个人、私密或唯我的形式；从兴观群怨到情景交融，都预设了政教、伦理、审美，甚至形而上的复杂对话。③

现代中国写作能够成其大者，除了感时忧国外，无不也是关注语言、用心思考、呈现内心和世界图景的好手。通过声音和语言的精心建构，抒情主体赋予历史混沌一个（想象的）形式，并从人间偶然中勘出审美和伦理的秩序。④

非虚构写作延续了文学的这一抒情传统。洪治纲认为，在这种介入性写作中，作家的身影无处不在，以近似于"元叙述"的策略，不断地构建各自的故事，明确地彰显了作家的主体意识。作家们不仅充当了事件的组织者和参与者，材料的搜集人和甄别者，还通过叙事本身不断强化自身的情感体验、内心感悟、历史质询或真相推断，从而在最大程度上保障作品的真实感，使作品体现出一种灵活而开放的审美特征。⑤

情感话语与问题意识并行使非虚构作品感性与理性兼具，摆脱了回应社会现实的无力感与书写历史命运的苍白感。这类写作冲破了新世纪青年写作者对书写自身生活感受和人性面貌等"小我"的沉迷。在近

---

① 王德威：《抒情传统与中国现代性》，北京：生活·读书·新知三联书店 2010 年，第 13 页。
② 同上，第 37 页。
③ 同上，第 57 页。
④ 同上，第 65 页。
⑤ 洪治纲：《论非虚构写作》，《文学评论》2016 年第 3 期，第 62—71 页。

年非虚构作品中，女性写作者尤为引人注意，有关乡村图景与打工生活的底层叙事中，女性作家的悲悯情怀、温情话语尤为突出。

黄灯《大地上的亲人：一个农村儿媳眼中的乡村图景》（台海出版社2017年版）书写者与参与者的双重身份注定了话语中悲悯、爱的情感底色；梁鸿《中国在梁庄》与《出梁庄记》同样表现为叙述者情感的真切和叙述者自我的袒露，文本中的人情味动人心魄。

在《出梁庄记》后记中，作家以动情的话语交代了写作意图："我试图发现梁庄的哀痛，哀痛的自我。说得更确切一些，我想知道，我的福伯、五奶奶、我的堂叔堂婶、堂哥堂弟和堂侄，我的吴镇老乡，那一家家人，一个个人，他们怎么生活？我想细致而具体地去观察、体验和感受他们的所思所做。我想把他们眼睛的每一次眨动，他们表情的每一次变化，他们躯体的每一次摇晃，他们呼吸的每一次震颤，他们在城市的居住地、工作地、日常所走过的路和所度过的每一分每一秒都记录下来。从那些新闻和画面里，我看不到这些。我们不知道梁庄发生了什么。"同时坦然承认："对于我这样一个并不坚定的调查者而言，每每离开他们的打工场地和出租屋，我都夹杂着一种略带卑劣的如释重负感，无法掩饰的轻松。任务终于完成了，然后，既无限羞愧又心安理得地开始城市的生活。这种多重的矛盾是我必须面对的问题，必须解决的心理障碍。还有羞耻，你无法不感到羞耻。"[1]

在新闻领域，情感参与力度的增强也使非虚构作品的审美价值得以提升。彭增军认为，虽然各种各样的新闻在主张和形式上各不相同，一个总的共同点是更加重视新闻人的主观能动性，包括情感在新闻中的地位和作用。这些立足于新的媒介生态环境，重视生活体验和情感关怀的新闻实践，被学术界总结为感性新闻转向。[2]

---

① 梁鸿：《出梁庄记》，广州：花城出版社2013年，第310-311页。
② 彭增军：《新闻的情商：数码时代新闻的情感转向》，《新闻记者》2019年第4期，第38-42页。

《华盛顿邮报》记者布朗在《第一人称，有时就是写你自己》一文中曾指出："描写人，描写他们的生活，描写他们的人性——不管他们是谁，住在哪里，有多少钱，属于什么社会阶层。这意味着给予人和故事尊严，意味着在叙述和写作中要以以下的主题来触及人类的主题：失败、悲伤、爱、孤独、快乐、痛苦、悔恨、信仰、平静以及绝望。""作为记者，我们的工作是重塑一组群体对另一组群体的看法。我们必须比模式化的观念挖得更深。"[1] 写作者以悲悯之心书写一个个鲜活的小人物，哀而不伤，注重表现人性光辉，体现出鲜明的价值取向，悲剧意味使得作品具有沉思之美，起到净化心灵、陶冶情操的作用。

如何能抓住故事的情感内核？如何帮助受众建立个体与时代的联系？这就需要掌握非虚构写作的策略，依赖一定的洞察力及叙事结构，以鲜明的人物形象、引人入胜的场景、深层事实、情感、观点交织形成丰富的文本。在新闻事件、现象中探寻具有普遍意义的人性、情感、道德、伦理等因素，为受众提供有关社会环境的详细图景及对人物心理的洞察。

《阿尔伯特在江城》（《人物》杂志微信公众号2019-10-08）是一篇很有特点的非虚构作品。阿尔伯特是生活在涪陵的大学教师，本名李雪顺，这个人物并不是媒介青睐的采写对象，作为《江城》的译者，既没有明显激烈的冲突，又没有奇特之处，讲述他的故事有什么意义？记者杨宙也曾焦虑困惑，后来她想通了——"真实是永恒的。文学这个东西并不一定是说非要让李雪顺提高生活地位或者跳出这个环境，而是区别日常生活中的琐碎和条理，不那么为生活所累，我觉得就够了。"[2] 一个在五线城市默默耕耘的老师，坚持着自己的理想和信念，正是这篇看来平平淡淡的报道，让很多读者产生了一种撞击人心的感

---

① ［美］马克·克雷默、温迪·考尔：《哈佛非虚构写作课：怎样讲好一个故事》，王宇光等译，北京：中国文史出版社2014年，第117、119页。

② 参见《公益报道，如何拒绝廉价的感动》，谷雨计划-腾讯新闻公众号2019-12-25，https：//mp.weixin.qq.com/s/_Whp78EkgE2flGuHAEHxFg。

受，这些日常生活中最真实的东西正是共情的基础，同时也以润物细无声的方式实现了"载道"。

乔纳森·H. 特纳说，情感是人际关系的维持者，是对宏观社会结构及其文化生成的承担者，也是一种能够分裂社会的力量。因此，情感在所有的层面上，从面对面的人际交往到构成现代社会的大规模的系统，都是推动社会现实的关键力量。① 情感是把人们联系在一起的"黏合剂"，可生成对广义的社会与文化结构的承诺。从本质上来讲，情感不仅使社会结构和文化符号系统成为可能，而且情感也能够导致人与人彼此疏离，动员人们打破社会结构，挑战社会文化传统。因此，经验、行为、互动、组织与情感的运动和表达便联系起来。人类的独特特征之一就是在形成社会纽带和建构复杂社会结构时对情感的依赖。②

第二节　非虚构写作与"国家梦"的传播

"国家梦"的传播本质是一种以凝聚共识、了解国情、动员建设为根本目的的宣传活动，③ "国家梦"的传播离不开宏大叙事与崇高话语。美国哲学家理查德·罗蒂认为，如果一个国家想在政治筹划方面富于想象力和创造力，那么，每个公民都应该在感情上同自己的国家休戚与共……那些希望自己的国家有所作为的人必须告诉人们，应该以什么而自豪，为什么而耻辱。他们必须讲述富有启迪性的故事，叙说自己民族过去的历史事件和英雄人物——任何国家都必须忠于自己的过去和历史

---

① ［美］乔纳森·特纳、简·斯戴兹：《情感社会学》，孙俊才等译，上海：上海人民出版社 2007 年，中文版序言。
② 同上，第 1 页。
③ 赵光怀：《"中国梦"话语结构与传播叙事》，《编辑之友》2016 年第 10 期，第 71-75 页。

上的英雄人物。① 习近平总书记将中国梦定义为"实现中华民族伟大复兴，就是中华民族近代以来最伟大梦想"，也就是说要实现中国梦必须弘扬以爱国主义为核心的民族精神，以改革创新为核心的时代精神，这种精神是凝心聚力的兴国之魂、强国之魂。

王斑在《历史的崇高形象：二十世纪中国的美学与政治》一书中也指出："崇高的作用是召回主体，让主体作为历史的创造者与动力的历史使命充满神圣感。为了使其政治统治与意识形态霸权合法化，政党国家需要招募有坚定信仰的主体。""正统崇高美学激励个人努力寻求历史的崇高主体性，以伟大的革命英雄为榜样。"②

1931 年，美国历史学家詹姆斯·亚当斯在《美国史诗》第一次提出"美国梦"概念："美国梦是在一个每个人生活得更好、更富裕、更充实的国家里的梦，根据其能力或业绩，每个人都享有选择机会。"从此之后，它成为全世界民众向往移民至美国奋斗、追求成功的支撑。

"中国梦"与"美国梦"的联系与区别何在？习近平总书记 2013 年 6 月 7 日与奥巴马会谈时说："中国梦要实现国家富强、民族复兴、人民幸福，是和平、发展、合作、共赢的梦，与包括美国梦在内的世界各国人民的美好梦想相通。"这是中国官方对两者关系最正式的表达。但，相比美国梦的个人富裕、个人成功、个体自由和快乐、个性张扬，中国梦有更为纵深宽广的内涵。"中国梦"不仅强调中国人民生活幸福之梦，还强调中国的国家富强之梦、伟大复兴之梦。因此，"深入挖掘'中国梦'中蕴含的由个体到群体、由自我到国家民族的价值意义，可以极大地提升'中国梦'的张力，提升这一话语与国际受众的关

---

① ［美］理查德·罗蒂：《筑就我们的国家：20 世纪美国左派思想》，北京：生活·读书·新知三联书店 2014 年，第 1 页。

② ［美］王斑：《历史的崇高形象：二十世纪中国的美学与政治》，孟祥春译，上海：上海三联书店 2008 年，第 189 页、193 页。

联度。"①

无论是国内还是国际话语体系中的中国梦传播，都有必要在硬宣传之外，借助非虚构写作，在对内传播中达成共识，对外传播中完成自我身份构建，建构国际认同。面向多变的国际格局与异质文化的隔阂，中国寻求用"故事"替代"口号"，尝试以生动立体的叙述形式消解文化间的疏离，"讲好中国故事"已成为我国跨文化传播的创新转向。②

一、宏大叙事与国家认同

"宏大叙事"是法国思想家利奥塔在《后现代状况：关于知识的报告》中提出的一个关键概念，这一概念除了在"政治的解放叙事"和"哲学的思辨叙事"两个层面被运用外，"还常被看作一种以历史事件、社会实践为主要叙述对象，以相关的历史意识和社会意识为叙事目的的叙事规范。在这种叙事模式中，叙述人以'上帝'或'代言人'的全知视角形式出现，以群体抽象为基础，强调意识形态。这类叙事在形式上往往追求题材的宏大、主体的一致和结构的完整，在内涵上侧重表现总体性、普遍性、宏观理论和共识"。③

20 世纪 90 年代，宏大叙事的合理性遭到质疑，叙事方式开始转向个人化叙事，个人化叙述达到巅峰，但同时也消解了作品的内涵与意义，导致深度与公共经验的缺乏。非虚构叙事调和了两者之间的矛盾，以一种个人化的叙述传达出了宏大叙事的内涵，达成了个人话语与公共话语的对话。

近年来新自由主义、"普世价值"、民主社会主义等社会思潮，特别是历史虚无主义在我国意识形态领域频频冒头，甚至以"还历史本

---

① 高金萍：《中国国际传播的故事思维转向》，《中国编辑》2022 年第 1 期，第 10—14 页。
② 徐明华、李丹妮：《情感畛域的消解与融通："中国故事"跨文化传播的沟通介质和认同路径》，《现代传播》2019 年第 3 期，第 38—42 页。
③ 参见汪民安：《文化研究关键词》，南京：江苏人民出版社 2007 年，第 107—109 页。

来面目""重新评价"等名义,歪曲、颠倒、编造史实。2019 年 11 月,习近平总书记在考察上海时专门指出,要"引导广大党员、干部深入学习党史、新中国史、改革开放史,让初心薪火相传,把使命勇担在肩"。2020 年 1 月 8 日,习近平再次强调,要把学习贯彻党的创新理论同学习党史、新中国史、改革开放史、社会主义发展史结合起来。加强四史教育,非虚构写作承担着重要使命。

近几年不少非虚构作品恢复宏大叙事传统,以高度的社会责任感书写中国,凸显"大时代"的崇高感,积极建构英雄形象。其现实关怀指向社会进步、政治清明、经济发展、国家富强,在创作实践中具有强烈的使命意识,对弘扬主旋律、倡导社会主义核心价值观、筑牢社会理想信念等方面具有不可替代的重要作用。

比如为普通基层党员立传的《见证——中国乡村红色群落传奇》(人民文学出版社 2016 年版),该书以纪实手法记录了新中国成立前农村老党员的生平事迹,战争年代,他们是支前模范、妇救会长、民兵、老战士;和平年代,他们躬耕田间、坚守信仰,本色不变。作者的"抢救式"采访为年轻人展现了一部原生态红色传奇历史,具有强烈的现实意义、史料意义和教育意义。

为改革时代立传的非虚构力作《中关村笔记》(北京十月文艺出版社 2017 年版)同样是非虚构作品中的主旋律书写。中关村是中国第一个国家级高新技术产业开发区,第一个国家自主创新示范区,第一个"国家级"人才特区,是我国体制机制创新的试验田,是改革开放的窗口,也被誉为"中国的硅谷"。可以说,中关村是改革开放的缩影,其发展史就是一部中国人的现代创业史。作为包含中华民族在信息时代自发崛起的符号,要写中关村,必定得描述群像。

宁肯是纯文学作家,他花了两年的时间穿梭于北京中关村的大街小巷,拜访众多知名科学家和企业家。最终,宁肯用十九个段落、十九篇手记,塑造了一个个性格鲜明、血肉丰满的时代俊杰。第一部分讲冯康院士等科学家的事迹，第二部分讲中关村初创先驱的事迹，第三部分则是讲现在风华正茂的互联网企业。宁肯以"沉默的基石"描绘以冯康为代表的中科院科学家，默默无闻坚固如同大地岩层的基石，不求名利，甚至不以幕后英雄自居。"陈春先的一小步，是中国科技改革的一大步"，被称为"中关村第一人"的中科院物理所专家陈春先义无反顾引领创新变革，以顽强的行动力与人格操守推动改革巨石。

通过描写中关村不同时代成就卓著的代表人物，展现他们怀抱理想、搏击奋斗的艰辛历程，并着重书写他们身上的人性光芒、民族自信心与创新勇气，他们的奋斗史展现出一代人的中国梦如何一步步成为现实。之所以选择冯康、王选等人，是因为他们构成并推动了历史，在历史发展过程中，还起到了地标性的作用，一部中关村发展史由此展开。微观人物故事与宏观层面的时代发展进程并叙，个体与社会的风云激荡交织，共同组构出中国改革开放四十年的发展变迁。该书入选"2017中国好书"，评论家白烨称赞此书是对当代中国"史诗般的变化"的近距离观察，也是对"中华民族新史诗"的倾情抒写。

作家徐则臣在新书分享会上说："（中关村）它是一个非常恰当的中国社会的标本，是一个袖珍的中国。把中关村作为一个研究对象，无论对于非虚构写作还是虚构写作都是非常难得的素材。宁肯发现了一个新的中关村，书中的很多人，比如冯康、柳传志、陈春先……相较于当下，其实宁肯写的都特别具有历史感。这个历史感，并不是说非写到过去明朝、清朝的事才叫有历史感，而是透过鲜活人物的当下见出历史感，比如他的内心活动、生活经历、创业故事……一个好的作家、一个好的非虚构写作者，只有到了相当高的层次上，提笔才有历史感。我们可以把当下写的活色生香，但是却很难深入下去，尤其是由现在达到过去，这个难度是极大的。"①

---

① 参见《中关村笔记》新书分享会：他们的故事平静而闪光，新浪网，http://book. sina. com. cn/news/zjdt/2017-08-10/doc-ifyixhyw6463938. shtml。

现实故事与历史记忆交相辉映，这些科技精英正是中关村的内核与灵魂，当科技之思与报国之合二为一，他们的崇高信念、高远志向凝成的民族风骨构成"中华民族新史诗"，在此意义上，《中关村笔记》以非虚构的方式完成了对"中国梦"的书写。

除了人物群像，还有对城镇街道基层的宏观书写，如《布吉记忆：奇迹与光荣》（人民日报出版社 2019 年版）布吉是深圳代表性镇街，该书采用口述历史、社会调查和非虚构写作等多种方式，以时间为线索展开专题化研究型创作，力求在历史背影中准确捕捉到关键镜像，注重呈现布吉人置身改革开放中的微观叙事和真实记录。

二、政治话语的情感化传播

情感是人际关系的维持者，是对宏观社会结构及其文化生成的承担者，也是一种能够分裂社会的力量。因此，情感在所有的层面上，从面对面的人际交往到构成现代社会的大规模的组织系统，都是推动社会现实的关键力量。[1]

（一）数字媒体时代的情感转向

有论者认为，数字媒介塑造了一个情感易激的媒介实践环境，其中流通的内容本身就是一种情感。新型数字媒体产品旨在唤起情感，而非仅传递信息。[2] 主观、感性化的叙事风格成为当下新闻传播特征之一，主流媒体近年来不断创新理念、内容，革新方法与手段，优化传播效果，提升新闻宣传工作的针对性与实效性，正面宣传也出现了情感化、轻悦化转向，流量及好评双赢的优秀作品频频问世。在此类作品中，受众的关注点并非获取信息，而主要在于寻求一种情感上、精神上的更深

---

[1] ［美］乔纳森·特纳、简·斯戴兹：《情感社会学》，孙俊才、文军译，上海：上海人民出版社 2007 年，中文版序言。

[2] 自国天然：《情之所向：数字媒介实践的情感维度》，《新闻记者》2020 年第 5 期，第 41-49 页。

层次的体验，这在一定程度上反映出数字媒体时代新闻内涵与外延的变化，这种情感化传播现象引起了业界与学界的共同关注。

在当下的社会语境中，正面宣传要入耳入脑入心，走进传播对象的内心，实现内化认同，这一目标的实现离不开对传播对象心理诉求和情感需要的把握及满足。成伯清将情感体制按工作、消费与交往三个领域分为三种类型，其中在消费领域居于支配地位的"体验体制"，主导性的规范情感是快乐愉悦。① 情感或情绪被调动起来消费，成为媒介融合语境的一大特点，用户或信息消费者偏向于感兴趣的、期待的、新颖的文本，而不再仅是事实性信息，相比"知晓"，"体验"似乎更为重要。媒体适时而动，生产情感化故事、设置轻松有趣的话题，这些内容已经超越了传统意义上的新闻范畴，其主要目的在于培育生产者与用户之间的情感关联关系。

主流新闻媒体将社会主义核心价值观作为具有情感传播属性的新闻报道的选题标准，从情感传播的角度，探索社会主义核心价值观在新闻报道实践当中的更多可能，以情感传播的方式，推动社会主义核心价值观深入人心。

《红色气质》《新中国密码：15665，611612！》等融媒体叙事作品可以说是政治话语、意识形态情感化传播的经典案例。2019年，紧扣庆祝新中国成立70周年主题，新华社推出微纪录片《新中国密码：15665，611612！》，以《没有共产党就没有新中国》为主线，讲述中国革命、建设、改革等历史时期一个个鲜为人知而又感人至深的故事，引导观众读懂中国共产党的初心和使命，人物故事细腻有张力，历史场景壮丽动人。纪录片以平静温柔的语言讲述着一个个惊心动魄的故事，短短13分14秒中有太多燃点，上线后在亿万网民中产生强烈共鸣，网友纷纷留言："看得热泪盈眶。"该纪录片获第三十届中国新闻奖媒体融

---

① 成伯清：《当代情感体制的社会学探析》，《中国社会科学》2017年第5期，第83-101页。

合奖项特别奖。

时间跨度长的重大政治题材纪录片的情感化传播获得成功，其共同的秘诀首先在于情感线索的梳理，"读懂父亲要从这首歌开始"，纪录片以歌曲作者曹火星女儿的讲述贯穿始终，史料与文献中占据重要地位的历史事件和政治风云淡化为背景。其次在于挖掘出人性内涵，比如1935年红军长征途中只为迎接一个新生命的一场特殊战斗，红五军团军团长董振堂认为共产党闹革命为的是人民，因此不惜"打出一个生孩子的时间"；被筑进桥墩的无名英雄以及为他鸣笛致敬的官兵们……第三是精心选择最能传达情感的采访对象，96岁的老红军余粮元让观众印象深刻，纵使时隔多年，老红军记忆依然清晰。当他口述狼牙山反扫荡战斗的惨烈说到"最后只剩我一个人"时，手中的拐杖不断敲击地面，那一刻，让人动容。第四是创意手法，视觉展示以及音乐效果更好地烘托了人物故事，曲谱特效的意象运用富有冲击力，融合创新极大强化了情感认同，在此基础上也积极建构了政治文化认同建构。

（二）引发共鸣、建构认同：情感化传播的价值与意义

毋庸讳言，个体化、情感化的表征对故事的传播有着积极的作用，也是"看不见的宣传"常用的手法。学者李志毓认为意识形态问题不是一个由上至下"灌输"的问题，其核心是"同意"，它需要人主动地去接受。政治要得人心，首先要能把人当"人"来看待。①

当前政治传播情感化趋势明显，媒体注重传播内容和用户在体验和情感方面的贴近性，避免过去主题宣传中一味说教和宏大叙事造成的疏离感，多以微观叙事手法，讲述普通人眼里的身边事，在内容情感方面突出自豪感、认同感，同时具有较高情感浓度，这种"代入感"吻合了数字媒体时代的新变化。众所周知，互联网催生了新的生活方式，引发媒介变革，更多个体极大地释放情感以寻求实现高效交往、表达及心

---

① 钟源、彭珊珊：《情感史①：情感是历史的一部分，但难以被文字完整传递》，澎湃新闻2020-07-27，https://www.thepaper.cn/newsDetail_forward_8401114。

理认同，情感在互联网语境中已逐渐占据显要地位，情感化传播的价值与意义就在于引发共情共鸣，建构认同的力量。

社交媒体的运用放大了情感化传播的效果，当网友纷纷刷屏同一张海报，共同在场的仪式感强化了认同、增强了共鸣。情感仪式理论有助于我们理解这一现象，涂尔干是第一个认识到通过情感唤醒仪式的社会学家，他认为，人们共同在场的仪式生成"兴奋"，从而导致节奏化的快乐、高度的情感唤醒以及对群体象征的注意集中。[1]

所有的文化产品根本上都是在讲故事。通过故事教化人、引导人、雕刻人的心灵，提升一个种群或一个民族的文化认同和文化水平。新闻故事中潜藏的情感力量滋养受众的同理心，反映真实的人性需求，对人类境况和人类情感进行真实描述，起到建设性作用。比如致力于发现身边的美、传播正能量的暖新闻，一方面，暖新闻因其报道的故事简单质朴，受众更愿意相信其故事的真实性，不会带着质疑的心态去阅读新闻，在信任的基础上，更好地进行情感的连接。另一方面，暖新闻报道的是我们日常生活中的人和事，因为话题日常化、大众化，非常贴近受众的生活，传达的感动和价值理念更能让受众接受并产生共鸣。相较于传统典型人物的高大形象，暖新闻故事主人公离受众更加贴近，不需要我们去仰望或是悲悯，而是产生感同身受的心理，他们跟普通人一样会遇到生活中的问题和挑战，激发了受众的情感共鸣之后，给予他们面对困难和挑战的勇气，更易促使受众在生活中产生向善和向上的动力。

暖新闻增强了受众的认同感，人们愿意分享的东西是建立在对其认可的基础上。美国宾夕法尼亚大学沃顿商学院教授乔纳·伯格对受众在《纽约时报》网站上的阅读和分享行为进行了长期的观察，他发现，《纽约时报》的读者群体更加倾向于分享那些令人兴奋喜悦的文章，而

---

① ［美］乔纳森·特纳、简·斯戴兹：《情感社会学》，孙俊才、文军译，上海人民出版社 2007 年，第 244 页。

不是那些让他们觉得沮丧不安的内容。①

　　数字媒体时代，网友们对信息的消费着眼点不仅在于事实本身，更多的是趣味性、轻松好玩等情感化内容。于是，我们看到意识形态娱乐化成为抢占意识形态高地、参与理念竞争的新手段。"强调个体体验和情感满足的娱乐作为基调，正在成为一种长期的、具有渗透性、弥漫性和知觉性的背景式存在"。②

　　（三）反思与启示

　　情感消费时代，身体的在场、情感的融入极大地增强了传授的融合度，情感叙事一方面既能优化主流意识形态传播效果，同时也在一定程度上存在表演的性质，且易陷入模式化困境，长远来看会削减深度，并由此引发非理性、情绪化乃至极端化等现象。

　　当下，青年亚文化与二次元的破壁、出圈及其与主流价值观嫁接的可能引起了宣传部门的重视，主流媒体也试图通过语言的挪用赢得年轻一代的好感，但情感化传播策略中的轻悦化和萌化过度使用无形中会影响思想性和深度。

　　普通大众对戏剧感、冲突感强烈的故事通常都缺乏免疫力，因此，此类文本容易收获流量，但要警惕的是，故事之外，我们是否能看到更为宏大的背景、观念与逻辑？故事并非终极目标，而只是呈现观念与意义的工具，能否通过故事拓展新知、提升理解力才是根本。在快节奏的现代生活中，普通人悲欢喜乐固然能满足受众的好奇心与情感需求，但在公共意义与建设性方面尚有欠缺，正面宣传如何让更多的人参与到社会公共议题探讨中来？这一议题值得我们思考。

　　疫情中的英雄叙事与主旋律情感化传播特色鲜明，"感人""感动"

---

① 参见史安斌，廖鲽尔：《西方媒体争做"好新闻"的启示——新媒体语境下"正面报道"的社会功能与商业价值》，《青年记者》2014年第34期，第76-77页。

② 殷乐：《新闻和娱乐之间：概念群的出现及变迁》，《新闻与传播研究》2017年第6期，第105-116页。

"泪目""心疼""太好哭了"等词汇高频出现，情感化传播的确带来了传播效果的最大化，但过于依赖情感传播会带来负面效应。层出不穷的"泪目""泪奔""感动""帅呆了""震撼""惊叹""超甜""超燃""超暖""痛心""揪心"导致审美疲劳。"度"的把握尤为重要，过界易引起反感，当过多的修饰性内容填满我们的信息通道，真实也会变得虚幻起来。正如德国新生代思想家韩炳哲所说，图像不仅仅是映像，它也是偶像。而"在当下这个时代，照片比人更生动""已经普及化了的想象成了我们生活的榜样"，据此，韩炳哲认为数字媒体有助于实现精准的情感传输同时也具有去真实性特点。①

此外，对医护人员的报道绝大部分都是表现他们为战"疫"牺牲小我、和家人亲友分开的事迹，歌颂他们的集体主义和英雄主义精神。这种对医护人员奉献精神过度拔高的模式化操作，使用户沉浸在媒体营造的"赞美和歌颂"的单向度空间，也使用户无法了解一线医护人员的真实工作环境和状态，在一定程度上反映了媒体对生命权的漠视。②

有学者在论及政治仪式与政治认同议题时指出：对严肃感、责任感和使命感的疏离，促使娱乐文化和消费文化占据了大多数人的内心世界，反传统的批判性导致不确定性成为后现代社会重要的文化特征。比如，大多数百姓习惯称国庆节为"黄金周"，称"端午"为"粽子节"，称"劳动节"为小长假，在这些本应当最具国家认同的符号化政治仪式面前，消费主义和娱乐至上的价值观念却能够轻松瓦解其与生俱来的严肃性与庄重性。③ 这种现象应引起警惕。

---

① ［德］韩炳哲：《在群中：数字媒体时代的大众心理学》，中信出版集团 2019 年，第41 页。

② 田维钢、温莫寒：《价值认同与情感归属：主流媒体疫情报道的短视频生产》，《现代传播》2020 年第 12 期，第 9-14 页。

③ 刘骄阳：《后现代社会的政治仪式何以可能》，《探索与争鸣》2018 年第 2 期，第50-52 页。

三、纪录片中的国家梦

相比文字作品，影像非虚构在视频化时代发挥着更重要的作用。纪录片作为承载社会主流价值观、塑造国家形象的影像传达方式，是新时代阐释、传播"中国梦"的有效载体，对民族文化认同的形成与巩固有着重要的作用。近年来，《舌尖上的中国》《我在故宫修文物》《大国外交》等热播纪录片被认为是讲述中国故事、弘扬中国精神、展示中国力量、传递中国价值的最真实、最直观、最具震撼力的影像载体。

张同道在《纪录片：纪实影像里的中国》一文对 2020 年进行盘点，《为了和平》《英雄儿女》《抗美援朝保家卫国》《英雄》《不朽的丰碑》《刀锋》等以抗美援朝战争历程为叙事主线，讲述了中共中央的艰难决策、志愿军秘密赴朝、历次重大战役、朝鲜停战谈判、志愿军凯旋等重大历史事件，首次披露了一些相关资料和战争内幕，弘扬了中华民族的风骨和血性。《掬水月在手》《伟大的诗人——杜甫》《文学的故乡》《文学的日常》等文学纪录片是 2020 年度具有风向标意义的文化事件。历史文化纪录片《中国》以 12 集篇幅讲述了从春秋到唐代的文明演进历程，着力于制度、文化、经济与民族，突出中华文明绵延至今的主体脉络，从老子孔子、诸子百家到独尊儒术、佛教东渐、文明融合。相比此前《中华文明》《中国通史》过于偏重政治和战争的模式，这是一种调整和修复。①

（一）纪录片发展概况

《中国纪录片发展研究报告 2020》显示：中国纪录电影现实题材增多，呈现了当代社会文化的丰富性与复杂性。《四个春天》讲述一个家庭的悲欢离合；《零零后》彰显国际化语境里的中国教育现状；《大河唱》《尺八·一声一世》讲述民族音乐的故事；群像电影《变化中的中

---

① 张同道：《纪录片：纪实影像里的中国》，《文艺报》2021-01-20 第 4 版。

国·生活因你而火热》《燃点》展示了中国社会的凡人素描。

《中国纪录片发展研究报告 2021》显示：与国际纪录片相比，2020 年中国纪录片更突出现实色彩，脱贫攻坚和抗美援朝成为两大主题。而从 2012 至 2020 年广电总局评优纪录片题材分布来看，历史人文类纪录片获奖比例最高，八年累计占比高达 40%。

国家广播电视总局近年持续开展"弘扬社会主义核心价值观　共筑中国梦"主题原创网络视听节目征集推选和展播活动，入选节目共同的特点是聚焦中国梦伟大征程，聚焦广大人民对美好生活的向往和追求，聚焦现实生活与时代精神，聚焦时代楷模、道德模范、最美人物、身边好人，聚焦中华优秀传统文化，讲述以人为主的、具有鲜明特色、体现中国智慧的故事。总体来看，下面几类纪录片担当了主旋律传播重任。

第一大类是历史人文纪录片。作为重要的国家形象载体，在中华文明、中国故事的跨文化讲述中人文片起着不可替代的作用。相比其他类型纪录片，更能用细腻的情感、丰富的人物、动人的故事塑造国家形象。比如大型历史文化纪录片《中国》（第一季），作为国家广播电视总局 2019 年重点纪录片选题及湖南卫视 2020 年重点纪录片项目，《中国》选题庞大，但主创团队独辟蹊径对人物与事件进行精心选择，对标现实，捕捉历史之河中的瞬间，故事性强，通过生动饱满的人物形象追寻源远流长的中国精神，沉淀历久弥新的中国价值，因此极易引起共情与共鸣。

纪录片还尝试转换视角，比如《我在故宫六百年》，与此前的故宫主题纪录片或关注国宝华光、或关注历史掌故不同，该纪录片以故宫古建筑为主体，着重呈现古建筑保护者的日常工作，带领观众重新认识故宫，既拍出古建筑之美，又将焦点对准一个个具体的人。导演萧寒两次将目光聚焦在中国手艺人身上，一是《我在故宫修文物》，故宫修复珍贵文物的高大上与工匠们的日常故事碰撞使之成为爆款，二是《一百年很长吗》，剧组历经一年，行走十万公里寻找古老的手艺和手艺人，拍摄有百年历史的手艺传承。在导演的镜头中，观众会发现每个人都有自己的困境。为钱发愁，为命挣扎，但每个人都以自己的方式迎战生活。他们窘迫，也曾得意，哭过，却还没有丧失笑的能力。中国人向来有一种坚韧的品格，能历经磨难而坚持自立，从而才有了源远流长的历史，星星之火成就燎原之势，这就是民族的风骨。

人文纪录片市场涌现出了一大批弘扬社会主义核心价值观、充满正能量的纪录片精品。它们或从历史宏观主题入手，或从个体人物故事着眼，细数了新中国数十年的发展变化，描摹了一幅有宏观、有细节的生动的中国，展现了新中国历史与现实的沧桑巨变。比如《重生》重温1921 到 1949 年中国共产党历史；十集纪录片《河西走廊》（2015）堪称"半部中国史"。

除了历史题材，人文纪录片也聚焦社会热点触碰社会现实，具有思想深度和艺术高度的作品层出不穷：《人间世》系列聚焦医患双方面临病痛、生死考验时的重大选择，刻画生命的价值和深度；《生门》镜头对准了高度浓缩了滚滚红尘的妇产科，集结了生死、挣扎与矛盾；《可以跟你回家吗》记录城市夜归人，聆听陌生人的故事。

与此同时展现中华文化和风土人情的纪录片正沿着多元化、规模化、精品化轨道方向发展，《本草中华》掀起"本草"的热潮，不仅向世界展示中医药之神奇底蕴，更是从草药出发思考最原始的人生哲学；《锦绣纪》从 0.02 毫米的蚕丝里看中国人的大智慧，记录丝织工匠的技艺。

第二大类是主旋律纪录片。主旋律是主流价值与社会对话的话语模式，作为主流价值的载体，它不仅仅是虚拟的，作为强大的意识形态机器，可以对一国之民的思想认识和道德规范、一个社会的话语体系和价值选择、一个国家的文化软实力和综合实力产生强大的影响。主旋律叙事通常指以讴歌社会主流价值为主线，对社会精神起到正面促进作用而进行的叙事。[①] 2014 年，中央电视台推出大型电视政论纪录片《百年潮·中国梦》，以国家梦和民族梦为基点，从百年追梦、中国道路、中国精神、中国力量、筑梦天下五个方面阐释中国梦的精神内涵。

2018 年是庆祝改革开放 40 周年，2019 年是中华人民共和国成立 70 周年，2020 年是中国人民志愿军抗美援朝出征作战 70 周年，2021 年是中国共产党成立 100 周年，诸多媒体平台纷纷推出主题纪录片，运用从情感认同到国家认同的影像策略，在故事讲述中凸显爱国主义、集体主义、国家情怀等思想内核，充当着意识形态表述的功能与实践，较好地实现了国家文化形象建构与"中国梦"的表达。比如《英雄儿女》《抗美援朝保家卫国》《为了和平》等抗美援朝献礼片。

比如改革故事，作为最能体现中国特色和时代风貌的故事类型，深圳故事就是中国故事的一个缩影，充满民族性和历史感。纪录片《深圳故事》将传统文化、革命文化和先进文化汇聚成一股合力，凸显深圳故事的人文艺术魅力。故事题材大到国家的兴衰存亡，小到区域的放权革新，人物访谈上到政府官员，下到平凡百姓，共同串联成一个个因改革而生的精彩故事，容易让受众群体产生情感共鸣。[②] 互联网商业平台机构无不踊跃参与，优酷参与制作《激荡中国》《做客中国——遇见美好生活》《最美中国》，芒果 TV、优酷、爱奇艺、腾讯视频 4 家视频网站联合出品了更加明确呼应主旋律的微纪录视频《见证初心和使命的"十一书"》。二更聚焦精准扶贫、国庆庆典等大主题，和快手共同推出了《新留守青年》等新纪实系列影像，记录了 8 个不同地区的年轻人通过互联网创业，改变自己命运并带领村民改变命运的奋斗故事。

此外，还有重大成就纪录片，其中科技类题材的有《创新中国》

---

① 陈淑兰：《新媒体语境下的主旋律短视频叙事策略研究》，南昌大学 2020 年。
② 黄海静：《用文化自信讲好新时代的改革故事——以纪录片〈深圳故事〉为例》，《青年记者》2019 年第 32 期，第 83-85 页。

《超级工程》《运行中国》等，讲述我国各个领域的最新前沿科技成就，用鲜活的故事展现重大的科学突破和最新潮的科技热点；重大工程类纪录片如《港珠澳大桥》，从建设者的角度记录中国桥梁建设者们自力更生、艰苦卓绝的奋斗故事，激发豪迈之情与高度的国家认同感。

第三类是人物传记纪录片。上海广播电视台纪录片中心制作推出《理想照耀中国》（第二季），以人物传记的形式刻画了方志敏、赵一曼、江竹筠等数十位共产党人的光辉形象，平静叙述中蕴含撼人心魄的情感，真实的历史细节映射出共产党员人性的光辉。

（二）对外传播的问题与反思

习近平提出中国应有四个形象：文明大国、东方大国、负责任大国、社会主义大国。这为中国的国家形象建构指明了方向。纪录片担负着记录、见证、反思、对话及沟通的文化使命，但因文化、制度、社会现实上的差异以及语言上的障碍，跨文化语境中的海外传播需要付出巨大精力、智力与心力。随着中国综合国力不断提升，什么样的作品才能反映出中国社会历史性的变化？中国经验如何书写并予以激活和深化？如何把本土故事讲成国际故事？

"中国梦"的视觉传播要围绕不同受众的背景、需求和喜好，有的放矢，不断提高传播的针对性和实效性。一方面，必须立足本土国情社情，坚持中国立场、讲好中国故事、传播好中国声音。

在对外传播领域，有两种极端表现：一是"大国小民"心态，内心普遍没有真正的母族文化认同感，总在下意识地寻求西方学者的认同和首肯；二是过于自信乃至自负，攻击性太强，传播效果适得其反。史安斌曾指出国内思想界关于"中国梦"的论述大多是自说自话，一味强调民族复兴，国家崛起，很少提及中国应当承担的国际责任，也未能有效回应全球社会对中国的期待。在他看来，这些论述都不容易被国际主流舆论和民意所接纳，因此也产生了上述的"帝国梦""威权梦"

"敛富梦"等有意或无意的误读。①

曾有学者对英、美、印主流媒体关于中国梦、一带一路、命运共同体的报道进行实证分析，发现在一定程度上存在负面态度，甚至严重曲解这些概念的内涵。比如认为中国梦所追求的是一种军事霸权，具有民族主义倾向；"一带一路"是战略地缘政治的野心，是军事扩张的图谋；命运共同体是中国追求统治世界的愿景，是一种朝贡制度。②

这正像陈旭光对新型主流电影的批评：爱国情感的表达常常太过直接、煽情，电影可以表达民族主义情绪、国家意识，但更要有全人类意识、世界情怀和共同价值观。③ 从整体上来看，纪录片在对外传播中仍然存在局限，主流媒体建构出的中国故事往往集中于强调中国行动给世界带来的积极影响以及突出贡献，有意将中国建构为一个正在崛起的富裕、强大的国家形象。而这一叙事逻辑容易遭到海外受众情绪上的抵制，导致适得其反的传播效果。以近几年脱贫攻坚主题纪录片为例，国内主流媒体在讲述中国脱贫攻坚故事上进行了很多积极有益的探索，微观叙事与宏大主题是常见的模式，比如人民日报社出品的《中国扶贫在路上》，该片分《减贫之路》《扶贫智慧》和《志启未来》三个篇章，从全国近 1000 个扶贫典型中筛选出 21 个典型案例，影片以权威的史料文献、真实的扶贫案例，生动地呈现出中国扶贫事业的伟大历程，记录下人类社会里程碑式的成就。但在故事化叙事上，依然带有较浓重的"中国式"纪录片特点。有学者建议纪录片应调整叙事焦点，适度降低中国贡献话语的曝光度，将叙事重心转移到扶贫策略与脱贫经验

---

① 史安斌：《中国梦：提升对外传播内容与效果的新契机》，《对外传播》2013 年第 7 期，第 13-14 页。

② 胡开宝、张晨夏：《中国当代外交话语核心概念对外传播的现状、问题与策略》，《浙江大学学报》（人文社科版）2021 年第 5 期，第 99-109 页。

③ 陈旭光：《新主流大片〈战狼 2〉："类型加强"、国家形象建构与"中国梦"表达》，《影博·影响》2017 年第 5 期，第 70-72 页。

上来。①

　　相比之下，一些获得受众追捧的纪录片在故事讲述上有自己的独到之处，比如 2019 年开播的《从〈中国〉到中国》，聚焦国家变化，紧扣时代脉搏，以四部记录中国时代气息的影像为载体，对比当下新时代的中国样貌，发起一场跨越 40 余年的时空对话：20 世纪 70 年代初期，中国政府邀请世界知名导演用摄像机真实记录当时中国的社会百态，《中国》《愚公移山》《从毛泽东到莫扎特》和《上海新风》由此成为世界了解中国面貌的重要影像，塑造了海外观众对中国的印象。《从〈中国〉到中国》选择了 4 位与上一代导演有渊源的"寻访者"，重访40 年前纪录片中的故地、故人，观众得以在系列纪录片《寻找中国》《又见愚公》《中国有知音》《似是故人来》中重新发现和记录中国。

　　作为献礼纪录片，在讲述历史和国家发展的宏大主题下，《从〈中国〉到中国》最大的亮点在于朴实而动人的个人温情，拜访者和被拜访者都在尘封又重启的影像里找寻着关于家族家人和个人的情感与记忆，正所谓"普通人脸上有国家的光"，讲好了百姓故事，中国故事也就讲好了。

　　"'自我陈述'在国际传播中存在讲述者'自信'乃至'自负'之嫌，尽管讲述者以客观及谦恭的姿态进行事实的讲述，'自我陈述'也被认为是带有讲述的'滤镜'以及精神的'美颜'，是对讲述对象的理想化叙事以及'超我'的显现。"② 而上述纪录片叙事视点由"自我"转化为"他者"，这对中国故事的讲述更具有说服力，也减少了攻击性。

　　除了视点的转换，有学者还注意到了"小叙事"的转向及审美日

---

① 罗坤瑾、周杨梅：《中国脱贫攻坚故事的对外话语策略》，《对外传播》2020 年第 12
　　期，第 38-42 页。
② 王鑫：《从自我陈述到他者叙事：中国题材纪录片国际传播的困境与契机》，《现代
　　传播》2018 年第 8 期，第 119-123 页。

常生活化与宏大叙事的辩证统一,① 李子柒就是典型案例。她拍摄的系列中国乡村生活短视频在海外收获几百万粉丝并获得高度评价,其成功在于一方面展示了中华优秀传统文化的魅力,增强民族文化的认同感,一方面又展现了当代中国年轻人真实、立体的生活方式,使不同国家和地区的观众看到了一个活泼有趣的中国,实现了跨文化传播的良性效果,共青团中央、央视等主流媒体都将其视为中国软实力传播的优秀案例。

学者史安斌曾就李子柒的持续走红提出"情感市场"这一概念,建议将博大精深的中华文化用人格化传播的方式转化为体现人类共同价值的"符号资产",从而开创后疫情时代国家形象传播的新局面。②

(三)新媒体时代纪录片的创新表达

新媒体时代,纪录片发展空间日益扩大,创新力度增强。

近几年业界提出"泛纪录片"概念,首先是指题材上更宽泛地开拓,比如对潮流文化的开发另外则指更丰富的表现形式,比如和综艺节目结合的、具有交互性的。纪录片的边界在逐渐模糊,创作的空间范围在扩大,产业日趋成熟的时候,不同的元素、方式都可以供给内容的生产,更宽泛的纪录片内容体量将在这个市场上占据更大的比率。③

以轻松有趣的娱乐年轻态方式传播中国传统文化艺术受到追捧,比如《此画怎讲》《书简阅中国》,《此画怎讲》让"古画活起来"的形式兼具趣味性和知识性;《书简阅中国》以 30 封古人书信为主线,从书信中挖掘人物故事和历史细节,借此展现个体与时代的沉浮及先贤智慧。

---

① 赵宴群、杨嵘均:《网络图像时代的文化传播:李子柒视频走红的文化传播理论分析》,《学海》2020 年第 5 期,第 199-206 页。

② 史安斌:《尊重传播规律,开掘"情感市场"》,《环球时报》2021-02-09 第 15 版。

③ 赵谦、张思远:《时代感、IP 化与全媒体联动:中国新媒体纪录片研究》,《艺术评论》2020 年第 9 期,第 29-43 页。

此外，在渠道上增强互动交流能扩大作品传播效果，B站等社区平台的发展，给处在低迷期的纪录片行业带来了新的转机，比如B站弹幕服务为受众提供了平台，让他们可以尽情表达自己的观点，可以说，弹幕正是他们选择在B站观看视频的主要原因。当受众被视频中某一帧画面、某一句台词感动到或刺激到，并且激发起他们发送弹幕的欲望时；当他们停留在那一帧画面，然后发现同一画面有数条甚至数十条弹幕掠过时，每当这种情况下，弹幕就可以给受众一种正在与同样在观看这个视频的群体进行交流的错觉，营造出一种"虚拟的真实"。① 在这种虚拟交流下，受众受到触动的概率比一个人单纯看视频来得大，例如2016年7月《我在故宫修文物》在电视上播出后反响平平。该片被视频制作组工作人员上传至B站，至今已有37.7万条弹幕，播放量超过1000万。在传统渠道没有获得关注，在B站却迅速走红，成为话题。互联网社区对纪录片的推进与渗透，正在逐步改变纪录片的原来处境。视频播放过程中，就有不少弹幕对文物及其历史进行科普，甚至有不少网友声称要学考古、古建筑修复、文物修复等专业。正如学者所言：即便是在高度原子化社会中，陪伴与认同依然是人的基本社会心理需求。在集体主义意识形态式微的条件下，任何带有标签感的文化传播行为，例如点赞和弹幕，都可以带来这种陪伴和认同感，甚至是短暂的强烈归属感，即便当事人并没有自主地意识到这种补偿机制。②

应充分激发各类传播主体的参与热情，全民传播时代，需要整合政府、企业、媒体、民众等多元传播力量，增强中国梦的对外传播辐射力和针对性，改变过去政府外宣部门和国家主流媒体的单一渠道。各类新兴数字平台拥有独特的传播优势和国际影响力，每日上传的非虚构影像具有跨越沟通障碍的通约性，早已成为提升文化影响力、传播中国梦的

---

① 张林：《"微时代"青年政治社会化的嬗变及规制》，《当代青年研究》2016年第1期，第22-27页。

② 郁喆隽：《"单通道社会"中的暧昧抵抗——对"佛系"现象的宗教社会学考察》，《探索与争鸣》2008年第4期，第56-58页。

重要平台。用户自发生产的内容以个体视角呈现"中国梦"思想蕴含的内涵价值,这种区别于官方政治宣传的传播正日益获得青睐,大大丰富了中国故事的讲述。

第三节 非虚构写作与"民族梦"的传播

"中国梦"包含民族振兴的理念,是凝聚民族力量的共识性内容,其背后是对中华民族伟大梦想的传承。值得强调的是,作为政治价值的"中国梦"渗透着深层次的文化意识与理念,"民族梦"的传播主要是凝聚民族共识、强化文化认同的文化传播活动,这就需要构筑中华民族共有的文化和精神家园,并建构多元一体的中华民族共同体意识。信仰、仪式、价值、民族文化符号需要借助叙事不断强化,非虚构写作在呈现历史情怀与集体记忆方面具有一定优势,在建构文化认同过程中,引发国民对本土文化的认同感和归属感,提升民族凝聚力,坚定文化自信。

一、家园叙事与"民族梦"的阐释与传播

张艳梅指出,非虚构文学中的现实中国、历史中国、文化中国、自然中国为读者提供了看取社会、历史、文化的多重视角和多种可能。[①]谁也无法否认,文学作品在中华民族审美体系的形成、中国精神的确立等文化品格形成的过程中起到了重要作用。

的确,盘点近年的非虚构作品,除了个体叙事外,不少非虚构写作者注重建构家园感、历史意识与民族文化精神。小到一桥一路,大到一城一地,"还乡"式或民俗民情类非虚构写作,既是对家园的书写,又

---

① 张艳梅:《现实主义的边界与可能》,参见付秀莹编《新时代与现实主义》,作家出版社 2019 年,第 187 页。

是一种积极的文化构建。无论是地方史书写的民间集体记忆，还是家族记忆，都有着重建乡土伦理、文化中国的自觉与担当。非虚构写作的价值与意义在于以朴素的笔法表现民族传统文化、书写本土经验、建构集体记忆进而塑造主流价值观。

有资料记载：美国联邦作家协会曾资助了一个自 1935 年至 1941 年完成的大型写作项目。该项目邀请作家、记者、编辑等通过调查，写作美国各地的历史、文化、民族、传记等，以重新确立美国的价值观，作为美国各州的介绍。当前，国内有地方政府也有意识地发起反映经济发展、挖掘历史文化等主题的非虚构写作，相比媒体的日常报道，更为厚重。

以民族志纪录片为例，虽然在中国非虚构影视的宏观历史架构中并非主流，但其影响力不容忽视。其中，影音文献式的民族志纪录片更多地承担起文化传承与思想传递的庄严使命，成为记录文化遗产、见证当下社会与存续知识火种的文明档案。当下逐步发展的民族志纪录片，以更真实的生命记录，打破成见，承载着国家、民族与个人的历史记忆。从主题来看，在边疆、边民、传统社会文化等之外，城市文化、社会变迁、前沿文化等议题均得到体现，除此之外，民族志纪录片还成为民族民间社区自我表达与文化传承的有效媒介。①

中华优秀传统文化是中华民族的"根"和"魂"，是中华民族最基本的文化基因。非虚构写作如何进入历史，书写文化，表达当下人对历史文化的想象与理解？阿来的《瞻对：两百年康巴传奇》提供了成功的样本。作家借助清代官方档案文书、地方笔记、方志、民间故事等材料，利用田野调查等民族志考察方式梳理两百年来一个川属藏民居住地的变迁，带领读者重新认识历史。《人民文学》授予该书非虚构作品大奖的颁奖词是"作者站在人类文明的高度去反思和重申历史，并在叙述

① 朱靖江：《文化表达与影像新潮：中国民族志纪录片十年经验及反思》，《民族艺术研究》2020 年第 6 期，第 60—68 页。

中融入了文学的意蕴和情怀"。在中国多民族的共融共和背景下如何去处理文明与野蛮的冲突，是这部作品的魂。学者郑少雄注意到了阿来身份认同的变化，2008年以后倾向于强调中华民族乃至人类命运共同体。阿来曾说过写作该书的核心目的之一，是要揭示并防止内部（族裔性）民族主义的兴起导致削弱多民族共同的国家意识。①

而历史非虚构写作则通过重返历史现场，以强烈的责任感、信史之使命，彰显事实本身的力量，对民族文化精神的塑造有深远的影响。近年来，以宏大叙事、豪迈壮阔为特色的报告文学特别是军事题材报告文学在"中国梦"的时代底色下，传达着民众的声音和国家意识，进而增强了对本民族精神文化的认同。比如王树增"战争三部曲"《长征》《解放战争》《抗日战争》在引领读者理解历史的同时寻找支撑中华民族的精神价值。相较于宏大叙事的历史题材作品，龚云的《大清黄坑》的小历史叙事则"以淳厚的生命情怀书写出对家乡的缱绻深情"并"唤醒读者对故园的集体记忆，在寻根的旅途中浸润中华的文化传统，回归人性温暖的精神家园。"②

二、集体记忆建构与文化自信

"民族是一个灵魂，是一种精神的原则。人不是一夜之间被创造的。民族和个体一样，是一种长期的努力、牺牲、献身的历史的积累。一种英雄式的过去、伟大的人物、荣光等，这些都是民族观念建基于其上的社会资本。"③ 近年来，中国社会一个显著的变化就是民族主义的崛起。人类学教授阎云翔认为：民族主义虽然不能解决个体的衣食住行

---

① 郑少雄：《〈瞻对〉：关于非虚构文本的人类学见解》，《文艺报》2020-10-28第7版。

② 唐冰炎：《小历史叙事中的民间书写——试论〈大清黄坑〉的非虚构写作》，《新余学院学报》2018年第6期，第82-84页。

③ 阿莱达·阿斯曼：《个体记忆、社会记忆、集体记忆与文化记忆》，陶东风译，《文化研究》2020年第3期，第64-81页。

问题，但可以使得个体与他人建立一种公共性纽带，大家共同再入嵌到现代民族-国家这个超大共同体之中，获得精神上的安全感和满足感。老百姓普遍对国家、民族的大前景充满希望，强烈感受到中国崛起带来的兴奋和荣誉，并因此而进一步增强对于国家民族的认同感。[①]

集体记忆在对过去的真实描述的基础上对公众的身份认同起到了最有用和最持久的塑造作用。但另一方面，"近代以来急速的社会变迁，使年轻一代判断生活意义的价值观发生了改变甚至颠覆，导致集体记忆的重构日渐成为一种勉为其难的社会工程"。[②] 历史非虚构写作可以将个体的叙事或记忆转化为集体记忆，使历史叙事与当下的价值观或信仰体系吻合，并得以传承或延续。

历史题材非虚构写作致力于打捞民间史，主要表现为民间当代史书写。史学家高华认为，民间书写可视为对长达几十年的一元体制下的国家化历史写作的反弹，他曾将有无民间的视角和民间的价值取向作为为官方史和民间史的区分标准。集体和个人的记忆往往存在巨大的差别。对个体经验的关注，是非虚构写作发展历程上的一个重要转变。过去一般认为，如果不是具有重要历史地位的大人物与名人，那么，其个人回忆就没有价值可言。但真正的历史却是由无数人生活的细节汇合成的河流，个体独特的生命体验弥足珍贵。包括个人笔记、日记、随笔、口述史、回忆录等在内的个人叙事，极大地丰富了历史叙事。新闻亲历者的个人回忆从自身经历出发，以人为本位，讲述最平凡的个人经历，不求大而全，只讲个人所见所感，但是更宏大的历史也往往从中显现。

历史学者罗新认为，历史学在一个很高的层面也可以理解为一个或许多个故事，而思索和探究故事背后的意义，才是历史学的大关怀。当前，整个社会已拥有规模很大的、高质量的读者群，这就为好看的、通

---

① 阎云翔：《从新家庭主义到中国个体化的 2.0 版本》，澎湃思想市场 2021-08-03，https：//mp. weixin. qq. com/s/tCJqJO-usJ29qG5JhVqbVg。

② 周晓虹：《口述历史与集体记忆的社会建构》，《天津社会科学》2020 年第 4 期，第 137-146 页。

俗的历史作品市场提供了土壤，历史非虚构写作领域，学术圈外的人将来会扮演主要角色，发挥主要作用，比如那些能够及时消化专业研究者工作又擅长写作的历史爱好者。①

在作家蒋蓝看来，非虚构写作者应该成为真实与真相、历史与文学的福尔摩斯，写历史之所以要坚持非虚构立场，是因为"要通过历史解决一些能够解决的问题"，所以"作品要有现实针对性，必须留下这个时代的痕迹"。② 真实触碰和体验具象的流动，把握历史与现实的规律，形成话语图景，并从中提炼精神样本与反思意识，这正是历史非虚构写作的意义所在。陈徒手长年累月流连于档案馆，搜集众多中国知识分子的思想总结与汇报材料，其《故国人们有所思》一书围绕俞平伯、马寅初、陈垣、冯友兰等20世纪中国文史哲领域学者教授，书写他们在特殊年代的精神踌躇与思想起伏。虽然陈徒手的作品以资料的翔实可靠著称，但在信实而严密的史料中，同样透露作者遴选和编排的用心，并且从中传达出文本深处凝重的主体意识。③

《重走：在公路、河流和驿道上寻找西南联大》（上海文艺出版社2021年版）就是通过史料与实地探访完成的跨时间对话。抗日战争爆发后，北京大学、清华大学、南开大学三校迁到长沙，成立了长沙临时大学。1938年2月，国立长沙临时大学湘黔滇旅行团开始西迁之路，闻一多、黄钰生、袁复礼、李继侗、曾昭抡、穆旦、杨式德、任继愈、刘兆吉、林振述等师生300余人，历时68天横越中国西南腹地三千余里，抵达昆明。

80年后，媒体人杨潇徒步穿越长沙、湘西、贵州最后到达昆明，

---

① 罗新：《我们该怎样与过去对话？》，镜相工作室2019-11-04，https：//mp. weixin. qq. com/s/Rp19XlGK4ZCDKfh4UF97QOw。

② 参见《蒋蓝：十年踪迹十年心》，中国作家网2015-09-18，http：//www. chinawriter. com. cn/talk/2015/2015-09-18/253671. html。

③ 曾攀：《物·知识·非虚构——当代中国文学的"向外转"》，《南方文坛》2019年第3期，第31-36页。

用 40 天时间重走西迁路，追溯西南联大的人和事。作者广泛收集包括档案、口述、地方文史与民国报刊在内的各种史料，并对当事人及后代进行采访。他在《重走》的前言中写道："这所学校是如何在战乱中点滴成形的？迢迢长路，他们又是如何抵达昆明的？"这些疑问促使他通过行走和阅读返回抗战初期那个属于中国人的"寻路之年"，去发现当时中国青年学子与知识分子的迷惘与坚定。

他以地理写历史，以空间写时间，"和路上偶遇的人们对话，也和史料、日记、回忆录中的人物对话"。杨潇说："特稿记者重要的技能之一就是根据采访与资料重建现场，我一路都在重建西南的城池，但比城池更要紧的，恐怕是依据神交重建的虚拟社群。这个社群构成了我理解这段历史的基础，并为'非虚构的想象力'提供了起降平台。"① 现实考察与历史记忆互相对照，又不断回旋，使其作品兼具公路文学与历史非虚构特征。

读者盛赞其行走的勇气，作家本人从 2010 年起开始把跨国采访、徒步漫游和非虚构写作结合起来，尝试一种融合时事、历史、智识讨论与人文地理的叙事文体。依靠海量的史料储备，带着强大的问题意识，杨潇重走这条先贤们曾走过的道路，以第一视角叙述沿途听见的鸟叫与虫鸣，看到的牛羊、花草、河流、岩壁、古桥，与沿途的各类人群交谈，领略中国西南的人文风光。作家得以与遥远的动荡时代"神交"，并借此打通过去与当下两个不确定的年代。杨潇的转型在西方记者群体中较为常见，比如行走美国多个乡镇的美国记者帕克，其《下沉年代》被誉为"《光荣与梦想》之后的美国新史，一部定义我们时代的史诗"。

2012 年成立的国家图书馆中国记忆项目以中国现当代重大历史事件、重要人物为专题，依托传统文献，采制和收集以口述文献、影音文献为代表的新类型文献及散藏于民间的个人文献等记忆资源。成立当年

---

① 杨潇：《神交的朋友们——〈西南三千里〉创作谈》，《收获》微信公众号 2021-04-13，https://mp.weixin.qq.com/s/CdEpxQ0W-n6UFMztmcdowQ。

启动了"东北抗日联军专题"口述史采访工作，这一项目也是中国记忆项目建设中开展时间最长、口述史受访人最多、收集文献载体形态最为多样的一个专题。最终完成了对全部 25 位已知健在的东北抗联老战士和 60 位抗联后代，以及相关历史的亲历者、研究者的口述史访问、影音文献采集，获得 240 小时的口述史料及大量照片、手稿、音像资料等文献。在此基础上编写成共计约 3 万字的口述史文章，在《中国文化报》开辟专栏"中国记忆·东北抗联专题"，连续刊出 7 期。这是国内媒体首次以口述史文章形式集中报道东北抗日联军的战斗生活。2012年 9 月 18 日，国家图书馆网站开辟"中国记忆"专题网页，发布 15 位东北抗联老战士及战士后代的 38 段口述史视频、100 多幅历史照片，以及东北抗日联军文献目录等。"中国记忆丛书"东北抗联系列图书三种也由中信出版集团正式出版。

历史叙事对文化认同的建构非常重要，因为"我们对个体或集体过去知道得越多越好，因为对过去知道得越多，我们的身份就越是清楚，我们的个体或集体行动就能变得越充分。我们能够（或不能）忘记我们过去的某一部分的确是我们身份的一部分，是我们所是的那种人的一部分"。① 文化认同，就是指对人们之间或个人同群体之间的共同文化的确认。使用相同的文化符号、遵循共同的文化理念、秉承共有的思维模式和行为规范，是文化认同的依据。文化认同的核心是价值认同和价值观认同。文化认同是一种群体文化认同的感觉，是一种个体被群体的文化影响的感觉。②

非虚构写作除了展现为具体的写作理念与方法外，还通过历史回顾表达现实关切，并成为媒介记忆的构建者、传播者与守护者，进而打捞历史记忆，建构文化认同。相比历史学家的叙事，非虚构叙事对集体记

---

① ［荷］安克斯密特：《崇高的历史经验》，杨军译，上海：东方出版中心 2011 年，第 334 页。

② 傅守祥：《外国文学经典生成与传播研究》，北京：北京大学出版社 2019 年，第 69 页。

忆的打捞显然更有具象的感染力。

《记住乡愁》2021 年播出第 7 季，前六季 340 集，观众达 170 亿人次。中宣部部长黄坤明赞誉它为"弘扬社会主义核心价值观最接地气的精品力作"。节目被写入"十三五"文学成就、列入"十四五"文学规划。郭文斌认为，节目以电视方式总结历史规律、揭示历史趋势，是从历史根基、当代价值、国际视野、人类高度故事化地审视中华优秀传统文化，是对习近平总书记"四个讲清楚"的生动回应，是为推进社会主义文化强国建设提供精神力量，是中华民族电视版的"四库全书"，是以电视方式进行中华优秀传统文化、革命文化、时代文化的价值对接，从百姓日常层面为人类解决现代性问题做出探索。[①]

"媒介记忆是人类记忆的高级形态，是人类一切记忆研究的核心和纽带，更是人类历史发展、文明传承的基础和条件……因此，科学、合理的媒介记忆系统是衡量一个民族和国家的精神面貌、历史传统和文明程度的重要标尺。"[②] 近年来，构成媒介记忆的还有现象级纪录片《舌尖上的中国》，该片在美食题材上进行大胆突破创新，表面上是讲各地传统饮食制作，实际落脚点是与美食相关的人物故事，更主要的是呈现个体命运背后处于剧烈变革中的中国叙事，成功地将"乡愁"这一绵延千年的朴素情感与中国人特有的人生况味和时代感喟勾连起来，引发了集体民族记忆，建构了文化身份认同。

我们还可以海外华文书写为例来看非虚构对集体记忆的建构及对民族心灵的书写。海外华文作家横跨东西，国际化视野与家国情怀赋予他们强烈的民族意识，比如华文作家周励六次前往南北极，探访南极长城站和中国冰岛联合北极考察站，在北纬九十度的北冰洋冰泳，试图追寻百年前南极探险家的足迹，并将探险经历写成了《穿越百年，行走南

---

① 郭文斌：《〈记住乡愁〉"进城了"》，《文艺报》2021-01-25 第 4 版。

② 邵鹏：《媒介记忆理论：人类一切记忆研究的核心与纽带》，杭州：浙江大学出版社 2016 年，第 4 页。

北极》《攀登马特洪峰》《极光照耀雪龙英雄》等20余篇纪实散文，陆续在《文汇报》上发表，向海内外同胞讲述中国科考队员们令人动容的"南极精神"，周励以自强不息的心态书写的非虚构作品同样令人敬仰。

汤俏曾论及海外华文写作的转向，认为表现中国故事和中国经验的"中国书写"成为当下大部分作家的选择。① 对移民史、战争史、家族史等的回溯与呈现使其叙事风貌区别于国内作家聚焦于乡土题材、底层书写的非虚构写作。如非虚构作品《百世门风——历史变革中的沈陶家族》以沈钧儒和陶希圣两家的家族谱牒为线索，从家人的角度记载两个家族的青年投身抗日战争的功绩，挖掘家国之间的历史渊源与身份认同。

坚定文化自信，是事关国运兴衰、事关文化安全、事关民族精神独立性的大问题。习近平总书记明确指出："中国特色社会主义文化，源自中华民族5000多年文明历史所孕育的中华优秀传统文化，熔铸于党领导人民在革命、建设、改革中创造的革命文化和社会主义先进文化，植根于中国特色社会主义伟大实践。"也就是说，文化自信源自中华民族的优秀传统文化，居安思危的忧患意识，天下兴亡、匹夫有责的家国情怀，"己所不欲，勿施于人"的道德楷模等构成我们文化自信的坚实基石……文化除了对国家经济发展及促使政治稳定方面具有重大作用之外，更是已经上升成为实现国家民族复兴的灵魂。② 以优秀的非虚构经典作品阐释文化自信，以有思想、有温度、有情感、有品质的文本传播民族精神力量，是当前非虚构写作的重任。

---

① 汤俏：《从历史叙事看海外华文文学的非虚构倾向》，《当代文坛》2019年第5期，第97-103页。
② 肖文燕、罗春喜：《习近平关于"四史"学习重要论述的精神实质》，《江西财经大学学报》2020年第6期，第11-19页。

三、传记中的民族文化精神

传记和回忆录一直是非虚构类畅销书。传记是记载人物生平事迹的作品，一般由别人记叙，早期被归入历史范畴，20世纪后半期成为独立文类。它既有别于自传，也有别于虚构的小说。传记的核心是真实。传记家约翰逊曾说：每一个故事的价值依赖于它的真实性。一个故事要么是一幅个人的画像，要么是一幅普遍人性的画像。如果它是假的，那么它就分文不值。从某种意义上说，传记是介于以客观历史事实为主要书写对象的史学和以想象虚构为本质特征的纯文学之间的一种杂交性质的文类。

优秀的传记作品一方面再现历史的真实，一方面反映了传记作家的个性、修养与精神追求。传记的目的是认知，传记也有纪念和教诲的价值。[①] 忧国忧民、兼济天下、志存高远是中国传统文人突出的人格特征和价值追求，崇高博大的文化精神要靠具体的人格和行为来体现，这正是传记的魅力所在。在大力提倡弘扬优秀传统文化的今天，从传统文化人格的优秀品质中汲取养分，以铸造和滋养现代文化人格，是对传统文化精神的深层传续。一部优秀的传记作品，不仅要写人物"做什么"，还要写"怎么做"——怎样以他（她）自己的独特方式从事富有历史意义的社会活动，也要揭示人物行为背后的思想动因和历史动因，写出人物丰富的精神世界。

20世纪30年代自传文学光彩夺目，如沈从文《从文自传》、胡适《四十自述》、瞿秋白《多余的话》等。20世纪80年代，传记文学在文学复苏大背景下异军突起。怀人录和回忆录大量涌现。巴金的《怀念萧珊》，回忆录中如萧乾的《"文革"杂忆》、梅志《往事如烟》……当代文学史家，用历史的记忆、学者散文、文化随笔等分类法来消解传

[①] 周凌枫：《传记的"真实"及其他——读贾英华〈怎样写好人物传记〉的随想》，《现代传记研究》2015年第3期，第213-219页。

记文学。年谱式、大事记式或者是传主经历事迹解说等在写法上较为呆板，流水账式写作真实性虽然有保证，但可读性与艺术性太弱。

不掺杂任何想象的同时能否实现文学性的追求？《剑魂箫韵——龚自珍传》（作家出版社 2016 年版）获得好评，作者陈歆耕历时 4 年，实地走访天都庙、云阳书院、翁山墓地等历史遗存，一步步搜集考证、爬梳开掘，掌握了真实的历史背景、历史事件、历史细节。在此之上充分发挥自身优势，用多年跑新闻的"慧眼"，敏锐捕捉历史掩映的足迹线索，从中体悟传主的人生境遇和精神思想；用多年写文章的"妙笔"，传神塑造人物情态，生动讲述历史故事；用多年搞批评的"锋芒"，鞭辟入里地剖析人物、点评事件，别具一格地阐释传主的思想脉络、艺术成就和生平形迹，让我们看到了一个有血有肉、真实鲜活的龚自珍。他的实，除体现在案头功夫，还体现在田野调查。陈歆耕曾到龚自珍留下踪迹的重要地点做实地考察。①

2018 年 12 月 18 日庆祝改革开放 40 周年大会上，"文物有效保护的探索者"樊锦诗作为 100 名"改革先锋"之一受到表彰，2019 年 9 月 17 日，国家主席习近平签署主席令，授予 42 人国家勋章和国家荣誉称号，樊锦诗获得"文物保护杰出贡献者"国家荣誉称号。《我心归处是敦煌：樊锦诗自述》在此背景下出版，讲述"敦煌的女儿"的人生故事，梳理其亲历的敦煌考古、学术研究和文物保护等风雨历程，展示其素朴而高远的人生境界，赢得大众关注和社会赞誉。该书既是个人史，但又不止于此。撰写人顾春芳在后记里也如此认为：这本书也不仅是樊锦诗个人的传记，书的内容涉及对几代敦煌人的回忆，这既是樊锦诗个人的奋斗史，也照应着敦煌研究院的发展史，是守望莫高窟的一份历史见证。② 在笔者看来，这本非虚构历史叙事也是建构中国当代知识分子

---

① 郝雨、杨欣怡：《历史叙事的当下困境与突围——陈歆耕"〈龚自珍传〉及非虚构创作"研讨会综述》，《文艺报》2016-07-01 第 8 版。

② 顾春芳：《我心归处是敦煌：樊锦诗自述》，上海：译林出版社 2019 年。

集体记忆的文化自觉，一代一代敦煌人坚守大漠、勇于担当、甘于奉献、开拓进取，他们的风骨、良知，他们以一己之力担负所有的使命意识正是中华民族精神的内核。

樊锦诗并不是生而伟大的神，而是一个有过动摇，有过挣扎，在家庭和事业的天平上不断摇摆，却最终为了热爱而留下的普通人，该书既是文物保护史，也是心灵史。

> 但是，应该如何生活下去呢？如何在这样一个荒漠之地，继续走下去？常书鸿先生当年为了敦煌，从巴黎来到大西北，付出了家庭离散的惨痛代价。段文杰先生同样有着无法承受的伤痛。如今同样的命运也落在我的身上，这也许就是莫高窟人的宿命。这样伤痛的人生，不是我樊锦诗一人经历过。凡是历史上为一大事而来的人，无人可以幸免。
>
> 有人问我，人生的幸福在哪里？我觉得就在人的本性要求他所做的事情里。一个人找到了自己活着的理由，有意义地活着的理由，以及促成他所有爱好行为来源的那个根本性的力量。正是这种力量，可以让他面对所有困难，让他最终可以坦然地面对时间，面对生活，面对死亡。所有的一切必然离去，而真正的幸福，就是在自己的心灵的召唤下，成为真正意义上的那个自我。①

在谈及守护敦煌的究极意义时，樊锦诗说：我觉得世界上有永恒，那就是一种精神。她将敦煌人对事业的执着追求与佛教徒的信仰相联系，敦煌事业超越世俗的名利，在困境中保持从容，是为"布施"；敦煌人肩负文化的使命，需要很高的修养，有为有不为，是为"持戒"；敦煌人坚守大漠，期间还可能受到指责，有时还可能要应对不公正和不合理的待遇，是为"忍辱"；凡是对莫高窟有利的工作，当仁不让，尽

---

① 顾春芳：《我心归处是敦煌：樊锦诗自述》，上海：译林出版社 2019 年，第 139 页。

力去做，是为"精进"；画家们几十年如一日地临摹壁画，专注于线条和笔触，以守一不移的心态应对快速发展的世界和外界的诱惑，是为"禅定"；博览群书、提升学识、涵养心性、磨炼心智、度化方便、圆通万事，从个体人生的无明和烦恼中走向智慧和觉悟的人生，是为"般若"。

叶朗先生在《我心归处是敦煌》座谈会上对此书进行了高度评价："贯穿这本书的就是这种对于永恒价值的精神追求。有了这种精神追求，心灵就得到了安顿。这种精神追求为人生注入了一种神圣性。这种精神照亮了这本书每个读者的心灵。"①

上述充满家国情怀的文化记忆深深根植于士大夫的文化信仰和中国先哲的人文精神，其核心要素是"修身齐家治国平天下"的人生理想。集体（文化）记忆立足当下反思过去，同时建构身份认同。它既有民心向背的广度，又有历史纵深的厚度。因此，要调动、引导舆论，勾连社会记忆、历史记忆是一条便捷有效的途径。②

第四节　经典案例解读

当前，政治传播模式早已由直接说教灌输转变为间接渲染烘托，非虚构写作如何阐释"个人梦""国家梦""民族梦"？本节选择个案探讨非虚构在个体叙事与情感共鸣、国家叙事、民族记忆与认同建构方面的有效传播。

一、袁凌《寂静的孩子》

对何伟、阿列克谢耶维奇等西方身兼多重社会身份的作家来说，他

---

① 叶朗：《带有永恒价值的精神追求》，《中华读书报》2019-11-20 第 9 版。
② 曾庆香、李秀莉、吴晓虹：《永恒故事：社会记忆对新闻框架和舆论爆点的形塑》，《新闻与传播研究》2020 年第 1 期，第 21-37 页。

们的"非虚构"作品如他们的身份一样，可以说是新闻与文学的复合体，作品的最终指向都是被裹挟进大历史时代里的个体面对的困境和选择，超越了时空、地域、种族、文化，是精英的写作，是直达人类和人性层面的拷问。①《寻路中国》《江城》《长乐路》等国外作家关于中国的非虚构写作受欢迎的主要原因在于写作者以"新人"的姿态全身心沉浸在日常生活中，突破语言、文化、生活环境的障碍，他们旁观并观察记录生活，强烈的在场感赋予作品鲜活的生命力，也从不掩饰情感的外露，他们既是当事人又是旁观者。以《长乐路》为例，长乐路位于上海市中心地标人民广场的西南角，全长约 3.2 公里，在长乐路住了 6年的美国国家公共电台驻上海记者史明智，身处其中，又拉开距离，为我们一一描绘普通人的生活群像，这一部真实的中国社会生活史中，既有寻找自我价值的故事，也有与命运抗衡的故事，长周期、高密度的观察和接触保证了作者将人物塑造得如同全体中国人的缩影。

与来自异域的他者叙述相比，中国作者如何讲述中国人？

（一）袁凌非虚构创作概况

袁凌生于陕西平利，青少年时期生活在当地农村和县城，媒体工作经历丰富，先后在重庆晚报、新京报、《财经》杂志、新浪网、《凤凰周刊》、《博客天下》、真实故事计划等机构担任记者、编辑和主笔，以调查报道和特稿写作成名的他是国内非虚构领域的第一批写作者，具有极强的代表性。他脚踏实地，以有限的经验书写日常，讲述各种各样小的普通人的生活，关注人的普遍性境况，正所谓"在人世的经验中安放人性、探索人性。"②

2017 年新京报、腾讯网共同致敬八本"华文好书"，袁凌的《青苔不会消失》在列，他同时还获评"年度青年作家"，颁奖词称赞他是

---

① 许智博：《两个维度和三个层次的"非虚构"》，《文学报》2018-07-26 第 21 版。

② 参见何晶：《袁凌：在人世的经验中安放人性、探索人性》，《文学报》2016-11-24第 5 版。

"苦行僧般的写作者"，致敬他"对贫穷、疾病、冤屈、苦难和死亡持久的凝视与追问"。袁凌坚持公共写作，但并不放弃私人表达，他从个人视角出发将人和更广泛的东西连接起来。《我的九十九次死亡》《从出生地开始》等致力于书写普通人生存状态与命运的作品均获得不错的市场反响。

凭借《寂静的孩子》（中信出版集团2019年版），袁凌在单向街书店文学奖获评2019年度青年作家。与《青苔不会消失》一样，袁凌以其一贯的内敛、克制，表达了一个温情的旁观者对人的生存状态、主体生命价值的关注及对乡土的眷恋，作品中弥漫着批判的抒情，以情感结构概念来呈现情感与现实、文本与社会普遍形式的同构性。袁凌的另一本书写普通底层边缘小人物的非虚构故事合集《生死课》同样是以平等的眼光，着眼于记录他们在世的生存经验，保存对时代和人性的记录并传达他们心灵的温度。该书获2020收获文学榜长篇非虚构榜第三名。

有人认为，在中国作者的非虚构作品中，"我"的面目很模糊，往往只在观察自然环境这样的很客观事物时才露面，而观察对象转换为人时就取消在场资格，即使对人物生存景况细致入微的描写和剖析，总之，"我"的隐蔽被中国作者视为非虚构创作至高无上的原则，似乎只有"我"的后退才能为笔下人物腾出活动空间，并确保叙事的客观准确。[1] 这种看法有一定道理，但也有点绝对。许智博曾将国内不同文体、不同面目的非虚构写作按照作者身份分为三个层次：第一是政治诉求的体制内精英，第二层次是带有社会改良诉求的知识分子，而移动互联网时代去中心化的普通个体表达诉求构成了第三种层次，这一层次是"非虚构"写作的金字塔塔基。[2] 袁凌无疑属于第二层次。他以进入者的姿态，深描不同群体的生存状态与意义结构，关切人类命运，体现出

---

① 尹月：《他们更懂中国？外国作者关于中国的非虚构写作》，《界面文化》微信公众号2018-09-27，https：//mp. weixin. qq. com/s/P4QfO7lKRI5Xj4fH-HJ8jw。

② 同上。

"守望者"的终极关怀。

（二）讲故事的理念与方法

1. 关切人类命运，坚守人文价值立场

美国非虚构作家艾吉带着敬意看待一户消极而充满挫败感的佃农家庭的生活，对他们的描述极为细致。但他因一种沉重的自我意识、一种对罪责的认知而痛苦，以至于他不得不以一种谦卑的态度来描写这一家。他曾谴责自己和同事：一个新闻机构，密切地窥探着一群毫无防备且受到了骇人听闻的伤害的人，窥探着这样一户无知而无助的农民家庭，目的只是……以"诚实报道"的名义、以人性的名义、以无惧社交的名义，为了钱，为一个改革运动的好名声，而在另一群人面前展示这些人生活中的赤裸、缺陷和屈辱。①

的确，当下有的非虚构写作停留在展现社会生活悲惨现状，但是却不能引发足够的思考与辨析，这样一来，沦为供人随意翻翻通过消遣别人苦难获得自足的猎奇读物。作为中国首部关注当下孩童生存境况的非虚构作品，以留守、随迁、失学、单亲、孤儿等为关键词，全书分为异乡、阴影、大病、留守、单亲、远方六辑，共讲述了 36 个故事。在他笔下，儿童群体不仅仅只是各类社会问题的样本，而是鲜活的生命，他们各有各的生命感受，各有各的生命美感，而不是被动麻木的存在。在人物故事讲述中，袁凌提供对话交流的可能，包容、理解、尊重、平等是其核心意义。

"我写这本书不是为了解决什么问题。我不是要去提供一个解答、一种探究。我感受到的只是这些孩子本身的状态，他们需要我们去倾听，去理解。因为各种各样的社会态势，我们平时可能听不到他们的声音，看到的只是各种概念，如今我有这么一个机会，去接触他们，写下他们，每个孩子都有各自的生活、故事、状态，我觉得这就是我的写作

---

① ［加］罗伯特·弗尔福德：《叙事的胜利：在大众文化时代讲故事》，李磊译，南京：南京大学出版社 2020 年，第 121 页。

目的。"在袁凌看来文学作品应该是有人文性的,而不是把文章写得足够精致就可以。文章需要有思考性、对社会现实有关切性,对于我们真实的生活场域要有关联性。①

袁凌曾坦诚写作之初面临"意义的困惑",即不知道如何确定主题,不知道这种书写是否有价值。最终,袁凌"在走访的艰辛之余,领会到了孩子们生存的质地,和他们如何挣扎着摆脱地面,在阳光下开出灿烂花朵的勇气"。贫穷、痛苦、无奈的命运,尽管面临这些在常人看来难以想象的黑暗,袁凌的笔下,人之为人的尊严与精神光芒依然闪现,而这正是作品的坚实内核。这些孩子的故事,陆续在"腾讯大家""网易人间""真实故事计划"等新媒体平台刊发,2018年大型文学杂志《收获》冬卷首次刊登长篇专业非虚构作品,首选作品即是《寂静的孩子》中的8个故事。

相比成人,孩子无疑是没有掌握话语权的弱势群体。国内与儿童有关的各种社会课题停留在观念层次上的居多,很少有人去真正接近和倾听他们,有厚度的非虚构作品几乎没有。印象中以孩子们为主角的作品是张以庆的纪录片《幼儿园》,该片从筹拍到正式拍摄结束历时两年。2016年《南方周末》在专题报道策划基础上曾出版《在一起:中国留守儿童报告》(中信出版社2016年版),该书在直面留守儿童生存现状的同时,提出了政策解决之道及社会关爱之路,是难得的系统、全面又贴近这一群体现状的调查报告。

2. 浸入式采访,深入人物情感内核

作者突破现有新闻生产模式,将民族志与新闻实务进行整合,"让新闻拥有更大的取材空间与叙事可能。"在后现代知识转型背景下,民族志新闻试图通过对记者与采访对象关系及视角的反思以重建更为均衡

---

① 参见余雅琴:《作家袁凌:非虚构写作,从来没有成为一门显学》,《新京报书评周刊》2020-01-04B02版。

的叙事格局，恢复被遮蔽的多元性和差异性，让新闻释放更多平等的意义。①

袁凌为描写当下中国儿童生存和心灵状态，跑遍 21 个省份和自治区，探访了 140 多个孩子，既是一个安静的观察者，在探访中又与孩子们自然相处，在他笔下，采访对象不再只是被解剖分析的社会样本。袁凌以民族志田野调查的方法呈现当代儿童的生存与生活，在探访过程中注重群体多样性，从留守到随迁、从底层到中层均有反映，乡村和城市的留守儿童，乡村饱受大病折磨的孩子及家人，城市中产阶层家庭孩子精神层面遭遇的困境都得到了关注，在群体对象选择上，更有代表性。

《寂静的孩子》选题最初来自和公益组织的联系，袁凌跟随探访了几次儿童，后来变成为期一年半的系列儿童探访，最后变成跨度几年的长线项目，在此过程中，袁凌每月有一半左右的时间下乡，与对象同吃同住，这种深度体验保证了原生态的真实，当然也意味着艰辛。在接受媒体采访时袁凌曾提到，偏远山区缺水缺食物是常态，有时没有床，要睡在木板或草堆上。在新疆，他要走八九个小时的山路，翻过雪山才能抵达探访地。长达四年的深度探访，经受来自身体与精神两个层面的双重考验，这种苦行僧式的主动选择让人肃然起敬，体现出一个非虚构写作者的担当。

这让我们想起美国非虚构写作代表人物盖伊·特立斯，他为了采写修桥工人，花了 4 年时间深入工地，走访工棚，和工人一起回家，挖掘他们生活的细枝末节，最后写出了《大桥》系列。这群默默无闻的普通人冒着生命危险，建成了美国无数大桥和摩天高楼，但"他们把所有地方都连接了起来，但他们自己的生活却永远孤独、飘零"。特立斯以旁观者的角度看待所报道的人物，追求一种比传统新闻报道简单罗列事实更广泛的真实性。于是，读者得以通过修桥工人支离破碎的生活，

---

① 孙起：《瞬间现象与田野传统：民族志新闻的意义与前提》，《国际新闻界》2017 年第 6 期，第 100-113 页。

了解他们对正义、勇气、专业、人情的定义，进入并理解属于他们的独特世界观。

借鉴成熟的非虚构写作技巧，袁凌在长时间的浸入式采访中，没有先入为主地替自己的文字定下某种基调，而是忠于他的采访对象，把自己放在一个无声的状态，像在场的器物一样，让孩子们的存在自行传达，自行沉淀，这种采访理念帮助他抓住鲜活的细节、精彩的对话，把握人物个性特点，进而找到故事的情感核心。

《到灯塔去》中的少年李大钦面对患有脑瘫的双胞胎弟妹，说"会有些自卑，因为有这样的弟妹"，而妹妹李春风也"不大喜欢"哥哥，"因为他老是跟别的人玩"。但哥哥仍会带弟妹到被弃的船上游戏，并且"坐在船帮，像在灯塔基座上那样眺望，偶尔回头看看仰卧的弟妹，眼神露出一丝忧郁"。下船时，弟弟仍旧由哥哥抱着，"他的脸上有一种少见的安静，像在父亲的怀抱中，神经和肌肉的痉挛消失了"。这三个孩子对外部世界的向往如此明显，"少年踩着布满蜂窝的岩石向上爬"，哥哥李大钦总是爬上灯塔向远方眺望，有一种急切地想要摆脱的愿望，"海风猎猎。小弟弟在前奔跑，海风刮掉他的衣服……他过于兴奋，不停地跌倒，狠狠地用拳头捶击地面，像是扑向岸边的潮水，被凝固的码头生生阻遏"。而"浪潮涌动到咫尺仍是无声的，只有那些在垛堞高处摔碎的浪花，发出了不甘心的命运回响"。

3. 忠实纪录、精彩表达，还原生活本真

第一，限知视角，揭示"真相"。

非虚构在写作上的两个突出特点一是注重白描，展示对象的原生态和"真实"状态，一是追求带有个人情感的、内心体验的观察，偏向于讲述作者有深刻体会或深有感触的经历。袁凌在作品中尽量搁置叙事主体个人因素，作为叙事者，"我"是隐身的，但无处不在，这为本书提供了鲜活的在场感，孩子们不是隔离与封闭在某个空间的简单符号或标签，每个故事都很好地展现了各种关系：孩子与孩子之间的相处，孩子与成人的相处，孩子与自然的相处，乃至孩子的自我内在矛盾等。袁凌认为与采访对象生活打成一片并不够，还需开放自己的内心，并强调要放下成人的俯视，真正理解和认同孩子的内心世界。这样的写作态度，使得孩子的真实生存状态得以展现。

《寂静的孩子》叙事微小，着眼于日常状态的记录。看似疏离，实则保持了客观，对度的把握较好。跟随袁凌，读者仿佛也到达李万薇家：

> 这是广西大瑶山深处，溪谷安静得出奇，似乎只有这家人户。狗嗡嗡地叫起来，大狗的吠声融合着小狗的呜咽，带着对主人归来的喜悦，两只顶小的已经缭绕在李万薇脚腕上。

> 在这一带，狗是家里重要的成员，大门下专门留着供它们出入的小洞。打开木门，屋里已经黑暗，南方的冬天仍旧潜藏一丝清冷，不过柴火将很快生起来。

> 柴火就在地上，像一朵花开起来，火边一圈人和动物的蕊。哥哥在的时候，花蕊就齐全了，只是少了妈妈。

> ……

> 吃饭的时候，狗也是重要成员。不仅寻常和李万薇共同进食的小狗，安分沉默的大狗也有待遇。父亲在案板上切肉之后，唤过来等在一旁的大狗，提起案板让它细细舔净残余的肉末，再拿去冲洗，虽然这条狗舌头多数的场合，是在天井另一头的茅厕寻找口福。

> 洗脚也在火边，一人一个木桶，锅里烧的热水泡脚，洗脸倒是附属，用一条毛巾在泡着脚的盆里蘸水擦脸，像是方才在狗和人的舌头之间，不在意高下之分。

> ——《红泥小屋的炉火》

如此压抑的没有出路的生活状态，我们看它很难不带着猎奇的心理，哪怕背后不乏同情与善意，都是不平等的俯视。但是袁凌很难得的是他用一种举重若轻的写法消解了表面的猎奇，用平常的语言写出了生活的两面。短短几段，自然环境、家庭境况、日常生活细节跃然纸上，《寂静的孩子》整本书都在如实记录深度介入后所观察到的陌生世界，没有主题先行，没有消费底层，没有道德的优越感，没有俯视的同情。他只是写出了一种存在状态，让读者看到人如何与自己所处的环境共存，形成一个真实交流的场域。正是这种零度叙述，引发读者共情。

在袁凌看来，由于个人经验有限，非虚构写作中一定不能使用全知视角，通过隐喻和象征影射乡土中国或魔幻都市是一种不够真诚的非虚构写作。在作品中，他擅长将人物置于场景和环境中，让人物对话，通过有局限的视角去揭示"真相"。袁凌曾坦言对特稿的质疑："特稿有一定局限性。问题就在于，它的视角明明是有限的，却想传达很多东西……我现在就想写人的生存经验、存在经验，不追求后面的意义了。"① 所以，袁凌不强行通过文本进行象征和隐喻，在每一个孩子的故事当中，《寂静的孩子》不刻意追寻戏剧性冲突、主题和焦点，而是忠实记录有意味的生活细节。

这一点在《大峡谷的八兄妹》中也得到体现，在平淡克制的叙事中，一家人相互守望的感觉贯穿全文，爷爷爸爸的努力持家、妈妈的耐心与慈爱让孩子有所依靠，这样的生存虽然有点脆弱，但不乏温暖。

袁凌的节制叙事与梁鸿在《出梁庄记》中的过度卷入及情感外露形成鲜明的对比。笔者随机抽选书中第二章中的两个片段：

> 葬礼的执事像玩笑一样，看到我照相，对着我，摆弄着姿势，又以夸张、表演式的声调喊着各种口号。年轻一辈有低着头不好意思看人的，有四处张望的，有相互交谈的，很少专注于葬礼本身。

---

① 参见白杏钰：《袁凌：穿透纪实与虚构的旅程》，《北京日报》2018-11-09 第37版。

唯有那个中年妇女扶着桌子在认真而悲怆地流泪。在城市的车水马龙和机器的嘈杂声中，葬礼变得轻浮、陈腐，毫无尊严。没有大地、原野的背景，这些仪式成为无源之水。[1]

这个叫民中的年轻人，他恨梦幻商场，恨那梦幻的又与他无关的一切。他恨我，他一瞥而来的眼神，那仇恨、那隔膜，让我意识到我们之间无比宽阔的鸿沟。

他为他的职业和劳动而羞耻。他羞耻于父辈们的自嘲与欢乐，他拒绝这样的放松、自轻自贱，因为它意味着他所坚守的某一个地方必须被摧毁，它也意味着他们的现在就必须是他的将来。他不愿意重复他们的路。"农民""三轮车夫"这些称号对这个年轻人来说，是羞耻的标志。在城市的街道上他们被追赶、打倒、驱逐，他愤恨他也要成为这样的形象。

羞耻是什么？它是人感受到自身存在的一种非合法性和公开的被羞辱。他们的存在和形象本身就是羞耻，他们被贴上了标签。

但同时，羞耻又是他们唯一能够被公众接受和重视的一种方式，也几乎是他们唯一可以争取到权利的方式。媒体为那些矿难所选的照片，每一张都带有巨大的观赏性和符号性：呼天抢地的号啕，破旧、土气的衣服，乞怜、绝望的表情和姿态，满面的灰尘，这些图片、表情都是羞耻的标签。河南矽肺工人不得不"开胸验肺"，虽然现代医学早已能够通过化验来证明矽肺。可是一而再、再而三的投诉失败，使他明白，为了得到自己的权利，他必须选择羞耻的方式，必须如此羞辱、破坏、贬损自己的身体。否则，他得不到公正。

他们作假、偷窃、吵架，他们肮脏、贫穷、无赖，他们做最没有尊严的事情，他们愿意出卖身体，只要能得到一些钱。他们顶着这一"羞耻"的名头走出去，因为只有借助于这羞耻，他们才能

---

[1] 梁鸿：《出梁庄记》，广州：花城出版社2013年，第45页。

够存在。

直到有一天，这个年轻人，像他的父辈一样，拼命抱着那即将被交警拖走的三轮车，不顾一切地哭、骂、哀求，或者向着围观的人群如祥林嫂般倾诉。那时，他的人生一课基本完成。他克服了他的羞耻，而成为"羞耻"本身。他靠这"羞耻"存活。①

上述段落中，我们不难看到作家情感的直接流露和思想的直接表达，比如由民中对"我"的态度而引发的关于"羞耻"的大段论述，全书中类似情真意切、悲悯深切或者愤懑不平等话语较为多见。这种叙事上的差异与作家的创作意图有关，也与作家身份有关。作为学者，梁鸿有意识地运用了社会学、新闻学、历史学、思想政治学等跨学科的内容与方法，因此，"梁庄"系列作品在文本上融合了社会学的田野调查、纪实性散文、口述实录等多种表现形式。

这种差别也许与女性特质有关。丁燕也常常在叙事中嵌入非叙事性话语，表现出积极的干预性。梁鸿曾在《出梁庄记》后记中坦言自己是有意将一种"哀痛"的情感体验注入作品之中以"对抗遗忘"，"梁庄"系列中可以明显地感觉到这种女性特质情感的流露。

第二，叙事简洁，意象丰富。

袁凌在记录孩子们的故事时笔调是平淡乃至琐碎的，《缝纫机和大富翁》开头写的是大年初二晚上小公园过春节的场景，不动声色中显示出反差：上海的春节对于蒋政宇与妈妈来说，是安静甚至冷清到连年夜饭也忽略掉的日子，而且即使这样的不热闹也将远离，因为户籍的问题，读五年级的蒋政宇必须要回老家上学。这是一个积极向上、对相依为命的妈妈充满温柔与爱意的孩子：周末在商城找机会练英语，蹭网络看英文动画片，学电视主题歌，还经常去英语辅导机构蹭课。爱好广泛的他心疼在上海做裁缝的妈妈，认识陌生人时总是推销妈妈的手艺，邀

---

① 梁鸿：《出梁庄记》，广州：花城出版社 2013 年，第 54 页。

请她们去店里看看。在孩子的世界中，生活就是这样在琐碎中持续前行，并没有什么大事发生，也没有命运的跌宕起伏。

《寂静的孩子》语言简洁优美，意象丰富。流畅的叙事技巧更增添了作品的感染力。《破碎的蛛网》《寻找回来的温润》《到灯塔去》《屋檐下的冰》《红泥小屋的炉火》《针脚编织的时光》《河西走廊的月光》《热带的忧郁》《带我到山顶》等抒情意味的标题直指故事主旨。书中有很多描写自然的段落，往往会带给人一些独特的感受：

> 草场上各种无名野花，宝安大多不认识。傍晚割过的草场上蚱蜢密层层展翅，一片嚯嚯声响。仰头是匀净白云，极目起伏山岭，几处露出微红，草场绵延无边，景色无比安闲，似可安放一生，却又无端寂寞。
>
> ——《不敢骑马的牧羊少年》
>
> 黎明极端纯净，凝冻的白色云层，悬垂在远方靛色山岭的边际线，清冷透入了屋子。这个世界储存的气息，仍旧没有变动。
>
> ——《学前班的十七岁少年》
>
> 雷声渐歇，屋后岩石滴水，像是一头牲口在用心啃啮难得的骨殖，持续整夜。八兄妹仍旧在三张床上各自睡着了，和同在屋顶下的家畜一起。这处屋顶下的生灵，都已熟悉这样的雷电之夜。
>
> 这是贵州毕节深山之中，一家八兄妹的夜晚，和世上别处无关。这座独处大峡谷的土屋，最近的一户邻居在两里路开外，许多事情需要自己承受，像屋檐下一家人的生活。
>
> ——《大峡谷的八兄妹》

作者的赤子之心与终极关怀就在这样节省而诗化的叙事中清晰可见，乡野大地空旷辽远、亘古长存，乡民的生存静默而坚忍，悲凉中又见出努力，现实的残酷与家庭成员之间的温情交织在一起，这一切看起来既美好又孤清，具有多重审美意蕴。

笔者认为，袁凌的非虚构写作为"中国故事"的讲述提供了启示。"讲好中国故事"已成为跨文化传播的创新转向，当然，故事的讲述不仅仅是为了呈现真相，它能帮助人们更加深刻地理解话题，而"正是意义、情感和启迪，构成了主题"。[①] 非虚构写作如何讲好中国故事，完成对个体、人性、历史、时代与社会的真实书写？

这首先有赖于写作者长期的参与式观察采访及沉浸式体验。梁鸿、袁凌等人都以这种看似笨拙的方式获得鲜活的素材，贡献出佳作。可以说，正是创作态度与责任意识决定了对真相挖掘的深浅程度。

袁凌曾多次表露自己不喜欢"宏大叙事"，他认为"在这个时代唯一能做的，就是把微不足道的东西记录下来。因为恰恰是这些被边缘化的东西，能保留一点个性和真实"。在他看来，优秀的非虚构写作就是让事物本身敞开，作者可能有自己情感的一个融合，但不会在人物、情节上做更多的加工。

其次是文学性技巧，如精心设计的结构、场景再现、丰富的对话、细节的展示、多种视角的运用等。依靠这些讲故事的策略，叙事的张力得以体现。如果没有区别于常规性新闻报道的写作技巧，难以让读者获得完美的阅读体验，也会削减文本价值。

以袁凌为例，他所写的非虚构故事大多比较平淡，离奇的情节很少，但文学意味却较为浓厚。一是上述技巧的运用，二是他对人和人性本身的关注，而不是将其当作新闻事件或是社会学课题，这种与"实用"功利拉开距离的审美意味提升了文本的感染力。

再次是意义构建，如果只有事实的堆砌或炫技，没有意义的生成，没有情感内核，故事只能是苍白无力的，意义是故事的本质。

---

① ［美］杰克·哈特：《故事技巧：叙事性非虚构文学写作指南》，叶青、曾轶峰译，北京：中国人民大学出版社 2012 年，第 140 页。

（三）为卑微者立书的社会意义

在对《寂静的孩子》的阅读中，总让笔者想起前文提及的《中关村笔记》一书，作家宁肯以高度的社会责任感书写中国，在田野调查与深入思考的基础上描绘中国科技史，完成了献礼纪念改革开放40周年的宏大叙事，其吸引人目光之处在于作家以人文笔调书写不同阶段中关村的典型人物故事，展现每个人物怀抱理想、搏击奋斗的艰辛历程，并着重书写他们身上的人性光芒、民族自信心与创新勇气。

相比"英雄""传奇""民族骄傲"串联起的波澜壮阔，《寂静的孩子》聚焦于普通孩子，无疑算是底层写作。两本有深度、厚度的非虚构作品同时阅读的过程中有种奇怪而陌生的体验。厚度并不是说两本书的页码多，而是跨度大，前者是时间的跨度，后者是空间的延展。深度则在于作者的立意与主旨，前者决不打算写成一般性的主旋律报告文学，后者也摒弃了常见的苦难叙事。只写底层苦难并不是非虚构写作的伦理正义，也无法想象中国故事中只有成功者与显著者的声名与传奇。这是如此迥异的两个世界：一端是"以天下为己任""兼济天下"的崇高感与社会责任感，一端是喘息压抑中不灭的生存抗争，不同的维度，不同的叙事，但都是对真实中国的书写，都致力于描摹鲜活的个体生存体验，都在向生命尊严致敬，无论哪一种情感脉动，哪一种生活方式，都有其价值与意义。

优秀的写作者绝对不是只会讲故事的人，讲故事的目的是讲出中国人与中华民族的精神与气质，非虚构写作者应该将之视为创作的最大价值和意义。无论是小人物的书写还是民族脊梁的讴歌，无论是历史叙事还是现实记录，非虚构写作都不缺乏对时代的关注、对历史的省思、对文化的审视、对世相的洞察。

二、何建明式的国家叙事

报告文学以题材和内容划分，主要有记事、写人和作史、立传等四大类型，其中包括事件纪实（含灾难纪实、重大工程纪实）、人物纪传和史志史录等，题材无禁区，国家社会事件比如矿难地震疫情，或者是小到个人疾病、亲人的死亡等，写自己也是写社会，写社会更不排斥写个体。无论是现场写作还是历史写作，无论是沉重的题材还是轻盈的题材，无论是个人化写作还是社会化写作，直面现实的有用性与指向灵魂的审美性，都凝结大爱与家国情怀。

（一）何建明创作概况

何建明作品数量多，类型多样。在每一个重大的时间节点，他都有一部或几部作品创作发表，曾三次获鲁迅文学奖，五次获中宣部"五个一工程"奖，四次获得徐迟报告文学奖。在报告文学领域，何建明具有极强的典型性，其作品与创作历程都值得探讨和研究。

何建明尤其关注国家政治历程、国计民生和民心所向，擅长大题材大主题，将书写当代中国经验、呈现新时代中国社会巨变视为自己的责任。其作品以歌颂主题为主，且作品题目偏好运用"国家""共和国""中国""时代""东方""史诗"等大词，有鲜明的国家叙事意旨，如体现党的"三个代表"重要思想政治主旨的《根本利益》《为了弱者的尊严》；生态文明建设的《那山，那水》；脱贫攻坚主题《时代大决战》《诗在远方——闽宁模式纪事》；乡村振兴社会治理的样本"德清经验"的《德清清地流》；关注重大工程建设的《国家行动：三峡大移民》《大桥》（粤港澳大桥）；史志史录类有《浦东史诗》《革命者》；非典、汶川地震等重大突发事件纪实作品有《北京保卫战》《生命第一：5·12大地震现场纪实》《爆炸现场》等。另有关切热点焦点议题的"中国教育三部曲"《落泪是金》《中国高考报告》《恐惧无爱》及揭露矿难内幕的《共和国告急》。

（二）"中国梦"的坚定书写者

被称为"中国纪实第一支笔"的何建明具有鲜明的国家意识、党性观念和主旋律追求，钟爱弘扬时代主旋律的重大题材，可以看作是一种具有突出政治性选择的创作。丁晓原称他形成了"何建明式"的"国家叙事"特色，其作品堪称记录时代行旅和脉搏的新"史记"。①

在《我的国家史》一书序言《四十年，我为国家精致地做"笔录"》中，他骄傲地自陈：

> 没有哪一种文体的使用者和信徒，能够像我一样几乎将生命中的全部时间和精力专注于一件事：与国家同步前行，并以自己的视野和笔力，去细致地观察和记录这个国家正在发生的每一个重大事件和那些让人民感到幸福的事情。……到现在为止，还没有第二人可以同样对过去四十年的国家发展如此用心、如此用情地去认真记录，详尽书写——我坚信没有第二人，中国没有，世界更不会有！②

的确，作为实打实地用双脚和双眼去进行"非虚构"创作的作家，何建明的泛政治化叙事早已成为论者共识。他以坚定的中国立场，坚持宏大叙事，反映社会主流，关注大事件，写人记事、作史立传，为时代描绘生活画卷，为民族存留历史图谱，为国家保存珍贵记忆，其多年的书写一直围绕"国家梦"展开，在深入现实的社会人生中观察、发现、思考，表现出独特的个性风格，突显了干预社会、承担道义为己任的人文精神。

在他看来，相比文学价值，社会价值和历史价值更为重要，由此而形成特有的"何建明现象"，其作品直接参与并推动着中国社会改革的进程：《落泪是金》引发了全国性的关爱贫困生热潮；《中国高考报告》掀起了中国教育改革的浪潮；《共和国告急》引起国家决策层的重视。

---

① 何建明、丁晓原：《何来今天的蔚为壮观——关于报告文学的对话》，《文艺报》2021-06-30 第 5 版。

② 何建明：《我的国家史》，济南：山东文艺出版社 2018 年，序言。

2013年，长篇纪实《江边中国》通过对江苏张家港市永联村数十年翻天覆地变革进程的书写，通过长江边一个小村庄的变化来揭示中国梦、小康梦是如何在实干得力的改革带头人的引领下，变成现实的过程。他的短篇纪实作品《让大海告诉你》反映辽宁省沿海经济带的改革巨变，《心声》则表现改革在全面趋进深水区之后人们的热切心愿与期待。

2018年纪念改革开放四十周年之际，《浦东史诗》出版后获得高度评价，作品以生动的笔触塑造了改革开放建设者的形象，展现了共产党人不忘初心的坚定信仰和情怀。作品以人物串联史实，抒写宏伟、讴歌历史，做到了史与人、人与事的综合书写，被誉为"当代浦东的创业史""当代共产党人的精神史"。①

何建明强调：如果说《浦东史诗》在文本上有一点成功的话，是因为我在创造时清楚地意识到：浦东崛起与浦东模式的经验只属于我们中国的创造与创新，这样的中华民族的发展成果，如果用文学来表达，那么它也只能由我们民族自己的文体去写好它。……我自信，在已有的文学经典中不会找到像《浦东史诗》一样的文体。它只属于当代中国作家，就像我们的改革开放经验一样，别的国家或许能从中学到一二，但永远不可能学到全部和本质。②

2018年10月开通的港珠澳大桥建设创下多项世界之最，体现了我国的综合国力、自主创新能力和勇创世界一流的民族志气。何建明撰写的《大桥》成为新中国成立70周年的献礼之作。2021年是中国共产党建党100周年，何建明又奉献了新作《革命者》，发行量十几万册，因这本书他应邀到各地讲党史课，不到3个月时间讲了50多堂课。

（三）国家叙事的意义

何建明为主旋律报告文学开辟了一条成功的路径。众所周知，邀约

---

① 李晓晨：《〈浦东史诗〉真实再现浦东开放开发的伟大进程》，《文艺报》2019-01-14第1版。

② 何建明：《应当充分自信中国自己的文本书写》，《文艺报》2009-01-07第2版。

与组织化的创作多为歌颂、表扬类的主旋律创作，要想获得阅读市场难度很大。何建明、厉华的《忠诚与背叛——告诉你一个真实的红岩》是应重庆出版集团等单位约请创作的，但是因其紧扣当下社会信仰流失的严峻课题，销量超过二十万册。另外，其作品影视化改编后获得极大市场影响力，如《国家》改编为《战狼2》票房近60亿人民币。书写民族大气的《国家行动》一书中，何建明记录了两个地区争当拆迁第一户的故事：重庆市涪陵库区在人大会议决议前13天就开始动工了；屈原家乡秭归的老村支书韩永振在村民犹豫不决时带头拆了自家的新房子，获得"三峡坝区移民第一户"的牌匾。在这些故事中，集体荣誉感在移民拆迁的动力中发挥着关键的作用，百姓对实际经济损失的估量往往来不及或者还没有能力计算，在国家工程面前就已经一马当先。作品动情讴歌中国人民的伟大精神，崇高主题赋予作品巨大的力量。

《大桥》也是如此，该书揭秘港珠澳大桥及世界上最长的海底沉管隧道是如何建成的，讲述大桥修建过程中林鸣等工程师攻坚克难的故事，通过一系列深入采访的一手资料和不为人知的生动细节，彰显中国人民在实现中华民族伟大复兴中国梦进程中的自信、拼搏、智慧和创新。

高产创作的同时，何建明作品的局限性也暴露出来，其中媚俗性、重复性、商业化等叙事缺陷应引起警醒与批判。① 以《时代大决战》为例：

> 在贵州毕节扶贫前线采访的每一天，我都被一些东西感动着；我的思想感情的潮水，在放纵奔流着；我想把一切东西都告诉给全国的朋友们。但我最急于告诉你们的，是我思想感情的一段重要经

---

① 王成军、刘畅：《论何建明纪实文学的叙事特征及其缺陷》，《中国现代文学论丛》2019年第1期，第139-145页。

历，这就是，我越来越深切地感受到，原来在我们这个新时代，也有当年魏巍先生在朝鲜战场上写下的"最可爱的人"！

在中国的新时代，谁是最可爱的人呢？当然是那些奋战在最艰苦的扶贫前线，做出巨大贡献的扶贫工作者。我感到他们是最可爱的人。更确切地说，在贵州就是那些不辞劳苦，跋涉在乌蒙山区的恒大集团扶贫队员们。

我说他们是新时代最可爱的人，是因为他们其实还都是些大孩子，可能刚刚走出大学校门，或者昨天还在父母身边被百般呵护，然而今天他们响应党的号召，听从许家印的一声号令，来到了乌蒙贫困山区……①

一切都是紧张的，一切都是高效的，一切都是以克敌制胜为目的的，叫"战"。战，为我得而敌失，我兴而敌衰，我存而敌亡。将贵智，兵贵精，力贵真，战贵速，此为制胜之道。古老的中国，是战争古国，是战学、战理和战术大行其道的国度，一部《孙子兵法》，包含了缜密的军事、哲学思想体系，变化无穷的战略战术……通常的攻坚战，是无情的。脱贫攻坚战，则是带着情感的一场强攻势战斗。②

《孙子兵法》中早有论断：用兵之法，"一曰道，二曰天，三曰地，四曰将，五曰法。……凡此五者，将莫不闻，知之者胜，不知者不胜"。扶贫济困，国之大道，天时、地利、人和诸事具备，于是"法"的作用格外突显，扶贫的战略战术成了关键之中的关键，成败在此一举。③

---

① 何建明：《时代大决战》，北京：人民出版社 2018 年，第 135 页。
② 同上，第 158 页。
③ 何建明：《时代大决战》，北京：人民出版社 2018 年，第 253-254 页。

如上述摘引的段落所示，何建明的作品中抒情和议论比重过多，且语言表述较为拖沓，有人为拉长、注水式写作之嫌。同时，我们也注意到，整体来看，报告文学长篇化、厚重化趋向明显，著作增多，短篇佳作极少，轻骑兵减少，承载新闻功能的报告文学以长篇居多显然有点不合时宜，而这与整个社会心态的浮躁有关。一些作者认为长篇才能充分表现社会生活，刻意追求报告文学的全景化，同时又因急于求成而疏于打磨、剪裁，导致冗长粗糙之作增多。

李春雷曾罗列中国故事的纪实书写的问题清单：虚多实少，大话连篇，高大全遮掩了真性情；长的多短的少，以宏大叙事名义掺沙掺水，实为豆腐渣工程；报告多文学少，堆砌成果数字或淹没在先进事迹中或罗列经验材料，有歌功颂德之词，无感人肺腑之情；热衷于抓重大题材，缺乏以小见大。①

《我们脱贫啦——第一书记镜头中的定坡村变迁》（广西美术出版社 2020 年版）为主旋律的书写提供了借鉴，广西百色市德保县东凌镇定坡是深度贫困村，该书重点展现定坡村脱贫攻坚战最后三年的抉择、变化和所思所想，在同类主题宣传作品中以纪实摄影和非虚构写作取胜。摄影主创是驻村第一书记苏志付，书中每一张照片都标注了拍摄日期，完整、真实地呈现出村民实实在在的变化。《南国早报》记者巫碧燕是文字主创，她与贫困村民同吃同住，零距离了解他们的内心想法。就这样，通过 3 年的沉浸式采访拍摄精选出 20 多个图文故事，这种褪去了导演摆拍痕迹的真实讲述，情感真诚，动人心魄，是主旋律作品的制胜法宝。

三、王树增"战争三部曲"

王晖将非虚构文学视为一个族群，将其分为"完全非虚构"和

---

① 李春雷：《书写新时代的"史记"》，《文艺报》2019-01-18 第 3 版。

"不完全非虚构"两种类型，前者包含报告文学、传记、口述实录体、新新闻报道、纪实性散文等，后者包含非虚构小说、纪实小说、新闻小说、历史小说、纪实性电影、电视剧剧本等。① 王树增的非虚构类历史纪实写作介于两者之间。

（一）王树增创作概况

王树增从 20 世纪 90 年代开始关注"非虚构"文学，1994 年开始进行创作的《朝鲜战争》（两卷本），于 2000 年首次发表，2006 年的《长征》（两卷本）、2009 的《解放战争》（两卷本）、2015 年的《抗日战争》（三卷本），共同组成了王树增的"中国革命史系列"，与他的《1901》等"中国近代史系列"一样，王树增都试图用非虚构类文学创作的形式，回顾历史上的人与事。《长征》自 2006 年出版以来，获奖无数，总销量已近 300 万册。

虽然《朝鲜战争》和《长征》分别荣获第二届和第四届鲁迅文学奖的报告文学奖项，但王树增认为自己的作品既不是报告文学，更不是纪实文学，而是"非虚构"文学。在他看来非虚构类作品有两个特质，第一，它是在史料占有的基础上，最大限度地尊重历史真实，不允许虚构。第二，非虚构类作品必须是文学。它和军事专家写的战史不一样，它必须是文学的表述。文学的表述包括三层意思，必须关注人和人的命运，必须有作家鲜明的、带个性的对历史的解读，必须是美文，是文学性的叙述。② 也就是说，作为非虚构类作品，要求作家在充分占有史料的基础上尽可能多地采访当事者，尽力还原历史的面貌。而且在以个人对历史的解读、认知引导读者的同时，还要保持文学表述的激情和可

---

① 王晖：《非虚构文学：影响、异议、正名与建构》，《中国作家》2006 年第 8 期，第 203-210 页。

② 张尉心：《非虚构写作，不是剪刀浆糊能完成的——专访解放战争作者王树增》，中国作家网，http://www.chinawriter.com.cn2010-03-02。

读性。

（二）民族精神的坚定讲述者

王树增说他为国家经济发展而精神价值体系构建滞后而忧虑，他的作品是为中国当代青年而写，为他们提供精神滋养。王树增对战争进行具有时代意识的解读，注重人，重视人的生存状态，其作品极具现实意义，即在引领读者理解历史的同时寻找支撑中华民族的精神价值。

王树增曾在接受记者采访时说：任何一个出息的民族，都必须在本民族的历史中去找一些精神的支撑点，把他们的英雄情结、英雄闪光点，作为本民族的精神支柱。"去哪寻找能够支撑我们这个民族的精神价值呢？我们只能从本民族的历史当中去寻找。所以我开始写中国革命战争史系列。我总想回答一个疑问，我们这个民族之所以繁衍、生存、发展到今天，是什么力量支撑这个民族走下去的？""长征路上我碰到很多青年人，大多是外国人。中国青年上哪去了？乌江边照个相，铁索桥边照个相，回家了。那些外国青年不远万里来到中国，很多都是富家子弟，他们蓬头垢面，背个破行囊，一点点地走，严格按照长征路线走。凭什么从头到尾走到底啊？人家是对新中国的红色历史感兴趣。为什么？我可以肯定地说，他在寻找一种精神的力量，用于证明他能够坚强地面对人生的理由。"① 关于这一点，他屡次论及：

中华民族的历史经历了太多的苦难和艰辛，经历了太多的失望和希望，这些无疑是一个伟大民族最可宝贵的精神财富。正是这些精神使我们这个民族最具生存韧力和生命活力。珍惜我们的民族这些宝贵的精神资源，在民族的往事中——无论是壮美的还是悲怆

① 乔林生：《在历史中寻找支撑我们民族的精神价值——著名军旅作家王树增和他的"战争三部曲"》，《解放军报》2010-01-13 第 8 版。

的——不断地汲取精神力量，是一个民族不断发展与进步的必须。① 我不是军事学家，不是历史学家，也算不上学者，作为从事非虚构文学写作的作家，我的战争系列和近代史系列作品，与其说是写历史，不如说是写一个民族的心灵史。《长征》可以用永不言败概括，《解放战争》写人民的力量，《抗日战争》在创作上我有一个强烈的动机，就是不屈的民族、不屈的性格，以及民族的顽强生命力原因何在。②

《抗日战争》是王树增革命战争系列写作的最后一部作品，也是最恢宏的一部，被誉为"一部属于全民族的抗战史"，它是一份珍贵的民族的精神"家谱"，今天我们谱写中华民族伟大复兴的中国梦，需要从中汲取无穷的精神力量。

个体生命对于信仰的追求、集体主义乐观精神以及在战争苦难中不屈的民族性格和民族自尊构成了王树增作品的情感底色，重新确立民族自豪感和自信心一直是他的写作初心。

（三）写作特点

李朝全曾在推荐《长征》一书时高度评价："作者将长征放在人类历史的长河中进行考察，竭力提取的是长征这一伟大行动所蕴涵和映射出的那一群人的不灭信念、坚定追求和永恒理想，从而使长征精神具有了"泛人类精神"的意味，也就使其具有了普适性。"笔者认为这一观点同样适用于其他作品。总体而言，王树增的系列作品为非虚构战争文学树立了标杆，其可贵之处在于细节、场景、人物形象、史料、历史观的高度统一。

---

① 王树增：《关于〈长征〉的写作》，《当代长篇小说选刊》2006 年第 6 期，第127页。
② 舒晋瑜：《王树增：揭秘不是我的写作追求》，《中华读书报》2015-08-15 第 11 版。

　　王树增的《长征》最引人注目的地方，在于他把视线彻底放在每一个战士身上、每一个细节上。他在那些普普通通的小战上身上倾注了大量的心血和精力，许多以前被忽视或者被遮蔽的小人物和细节得到了充分呈现。王树增曾说：“历史往往是群体的历史。长征是一个群体的英雄行为，每个战士都是历史的主角。”“我对这本书最满意的地方就是写了许多动人的小人物。他们没有什么文化，没有任何私利，在艰难困苦、艰苦卓绝的情况下仍然保持乐观，追求信仰，追求幸福，走向光明。”正是这些普通战士的乐观和勇敢铸就了长征的伟大胜利。从战士们的感人小事和丰富生动的细节我们可以窥见当时历史的波澜壮阔。红军战士的坚定信念、坚强意志和无与伦比的勇敢精神是我们民族最可宝贵的精神财富。①

　　王树增写作抗战，首先需要让自己进入历史，由历史的后来人转换成某种意义上的历史的“当事人”。写《长征》就要重走长征路，王树增一段不落地走完。在写作《抗日战争》之前，王树增用长达 7 年的写作时间，研读史料、走访人物、勘察史迹，收集足以支撑自己写作设计的海量史料。《抗日战争》第一卷正文 546 页，注释多达 37 页，共860 多条，堪称“注释性”写作，从中可见作者进入历史的努力和作品的基本品格。

　　王树增以写作严谨、吃苦著称。王树增曾在《长征》创作谈中提到，他为寻找那些为了理想献身的普通战士的往事尽了极大的努力。因为无论是正规的战史还是红军将领的回忆录中，都鲜见关于普通红军战士的史料。120 万字的《解放战争》从最初计划创作到书的出版花费了20 年的时间，王树增几乎重访了书中涉及的每处战场遗址。写作过程中，王树增曾用一个月的时间阅读红四方面军留存下的所有电报，试图

---

　　①　朱美华：《王树增谈纪实文学新作〈长征〉——从小人物看壮阔历史》，中国作家网，http：//www.chinawriter.com.cn2007-06-13。

用它们复原这支部队所经历的一切。有论者认为其叙事"最独特的价值首先在于它的全景呈现方式及其对客观真实的高度追求,其次在于它重塑民族精神的方式,即运用饱满生动的细节展开叙事的方式,运用多种资料如敌我双方的官方文件、电报、领袖讲话、将领回忆录、私人信件、遗书、日记、祭文、军歌、电影插曲、民谣等支撑叙述"。①

---

① 温华:《民族精神的重述与建构——王树增的非虚构抗战叙事》,《解放军艺术学院学报》2016 年第 3 期,第 54-59 页。

第三章 非虚构写作助推"中国梦"
传播的理念、路径与方法

正面宣传是党的新闻舆论工作的一个基础性、战略性抓手。随着我国宣传思想工作进入守正创新阶段，正面宣传应如何与时俱进、开新适变，已成为新闻舆论工作中的一个要害问题。政治传播范畴的"中国梦"如何入耳入脑入心？重大主题宣传在既有的新闻报道、政论专题等之外，能否在娱乐性、公共性、意识形态三方面达成平衡？

"非虚构"的特征并不仅仅只在于纪实或者写实，其"在场""体验"、讲述个体故事为主的写法，给主流意识形态传播带来了很多有益的启示。近年来，"中国梦"在宣传和阐释中，借助非虚构写作优势，打造了不少"入耳入脑入心"的爆款，真正做到了正能量充沛、主旋律高昂。本章重点分析非虚构叙事理念与策略如何有效推进"中国梦"传播。

第一节 传播理念：看不见的宣传

人类宣传史上，宣传理念、策略和技巧在不同社会语境下的表现特征不尽相同。从总体的趋势来看，宣传从粗糙走向精致，从显露走向隐蔽。①

习近平在全国宣传思想工作会议上的讲话指出："在宣传方面，西方国家是很有一套的。……做'看不见的宣传'。最好的宣传应该是能让被宣传的对象沿着你所希望的方向行进，而他们却认为是自己在选择方向。"②

这种变化也恰好与报告文学向非虚构写作的转变吻合。报告文学带有强烈意识形态色彩、充满二元意识形态对立，其创作地位在政治强化一元话语的时代超乎常规，这种"大词写作"在公共话语多元时代逐渐隐退于大众视野可以说是不争的事实。但非虚构写作在位置和态度上发生了根本性的变化，用梁鸿的话来说就是"放弃了想要提出总体问题的意图，而只是竭力于展示个人对生活的理解和观感"。③ 丁晓原也曾指出近年报告文学更多强调了题材题旨的重要，但缺失对于读者审美召唤力的满足，应努力将有价值的生活存在转化为具有审美性的非虚构作品。④ 可以说，非虚构写作理念给"中国梦"有效传播带来了有益的启示。

目前，我国正进入改革开放的深水区，做到"声入人心"，做好"看不见的宣传"，主流媒体才能在舆论场上取得主动权，进而有效传达施政理念，动员社会参与，树立良好的政府政党形象。互联网时代，我们要转换宣传观念，不仅仅从政治角度出发，还要考虑受众的心理特征与审美需求，从社会心理学领域等方面提升宣传效益，实现官方话语和民间话语的共振，共建共圆"中国梦"。

有学者曾对比 2008 年与 2022 年冬奥会对奥运精神的讲述差异，指

① 刘海龙：《宣传：观念、话语及其正当化》，北京：中国大百科全书出版社 2013 年，第 301 页。

② 方毅华：《广电离"看不见的宣传"有多远》，《中国广播电视学刊》2015 年第 1 期，第 8 页。

③ 梁鸿：《改革开放文学四十年：非虚构文学的兴起及辨析》，《江苏社会科学》，2019 年第 5 期，第 47—52 页。

④ 丁晓原、刘浏：《2019 年报告文学：时间的年轮》，《文艺报》2020-01-17 第 2 版。

出其叙事发生了从"举轻若重"到"举重若轻"的转变，并称之为"做了一次减法"。具体而言，2008 年夏季奥运会开幕式重点是中国，而 2022 年冬奥会则讲的是中国的故事。这些故事不光凝聚了中国人共同的经验与情感，也是中国在全球化语境中如何走向世界并发挥作用的故事，是中国人独特的经验情感不断与世界遭遇、求同存异的故事。①

　　曾被评为 2016 年度中国最具影响力十大纪录片的《奇域：探秘新丝路》邀请网络文化名人王小山、新生代作家蒋方舟为出镜主持人，以个人游记的形式记录发生在新丝路上普通民众的真实故事，对宏大主题以民间视角进行感性演绎，既有高度又接地气，在视频网站播放仅一周点击量就超过了千万次，而且几度成为微博热门话题，被称为网红人文地理类纪录片，这样的热度一定程度上得益于主持人在社交媒体上的影响力。

　　2020 年脱贫攻坚决战年，涌现出一批优秀非虚构作品，其中《贵州日报》记者彭芳蓉的《新黔边行》以新颖厚重的报道面选择及其朴素动人的讲述方式，引起社会各界的广泛关注。她循着该报两位前辈记者 1985 年"黔边行"的足迹，5 个月走遍黔边 31 个县（市、区），独立完成采写。作者跳出过去新闻通讯的写作思维，结合新闻、纪实散文及小说故事等写法，以真挚的语言，朴素地记录时代。《毕节市鸡鸣三省村：94 岁老人侯明扬的小人生与大历史》一文如此开头：

　　　　侯明扬趴在沙发上，从窗户探出头来，看到有人来了，咧嘴一笑，像个小孩。
　　　　"侯老，我们又来听你摆故事了！"
　　　　"快进来，快进来！"
　　　　我们刚走到门口，侯明扬已经站在那里迎接了，动作灵敏得也

---

① 于海渤等：《新时代的伟大精神与中国力量》，《体育与科学》2022 年第 3 期，第 44-49 页。

像个小孩，如果不是有些佝偻的背，和那笑起来没有牙齿的嘴，很难相信这位老人家已有 94 岁高龄。

108 篇系列文章没有刻意的煽情，也没有戏剧性的反转，没有剧烈跌宕起伏，没有过多矛盾冲突。以《毕节市鸡鸣三省村：一条寻常小路与一个不寻常的故事》为例，申时昭与陈稳芬两口子的故事在记者笔下不见传统的愁苦，多了几份诙谐：

> 申时昭认为自己是个时运不济的人，文化程度不高，只能靠打零工谋生，有时遇到"黑心"的老板，几个月不发工钱。2014 年建档立卡成为贫困户，日子过得紧巴巴。他和前妻育有一子，离婚后便到与毕节邻近的云南省曲靖市打工，儿子几乎全靠年迈的母亲照顾。

> 在曲靖打工时，申时昭经人介绍认识现在的妻子陈稳芬。陈稳芬先天下肢残疾，但为人乐观，说话总带着一脸笑意。"我是遭他骗来的哩！"在贵州生活 9 年，陈稳芬乡音未改，操着一口云南话给我们摆起自己"被骗"的经历。

"新黔边行"策划人李缨在开栏的话中说："当今的贵州已成为'中国之治''中国奇迹'的一个缩影，我们是如何做到的？这 35 年来到底发生了哪些实实在在的变化？个体命运在时代影响之下有何转变？有哪些动人故事能反映脱贫史的一个片段？"这些有血有肉、有情有趣的小人物故事很好地回答了这些问题，故事构建了黔边变迁的立体图景，故事也展现了贵州脱贫攻坚的成果，重大政治题材就这样以润物无声的方式得到了最好的宣传。

党的十九大报告提出，"推进国际传播能力建设，讲好中国故事，展现真实、立体、全面的中国，提高国家文化软实力"。对此，有学者给予了具体的阐释:"要讲好中国特色社会主义的故事,讲好中国梦的故事,讲好中国人的故事,讲好中华优秀文化的故事,讲好中国和平发展的故事。……把中国梦的宣传和阐释与当代中国价值观念紧密结合起来,从哲理、历史、文化、社会、生活等方面深入阐释中国梦。"①

定位"青春中国"的湖南卫视致力于守正创新,将青年精神与"新主流"融为一体,通过主题剧、主题综艺、主题节目、主题晚会等多种形式进行正面宣传的创新表达,以主流媒体姿态高扬社会主义核心价值观的旗帜,弘扬"共筑中国梦、奋进新征程"的主旋律,在娱乐的同时注重输出知识与文化,成为宣扬主流青年文化的"主心骨"和"风向标",为"中国梦"的传播打开了新的视角。比如2021年推出的三档节目《今天你也辛苦了》《再次见到你》《云上的小店》就获得了极大的成功。

《今天你也辛苦了》以每集10分钟的微型记录形式,讲述了48个普通小人物的故事,彰显不忘初心坚守岗位、为梦想努力拼搏、为民为国无私奉献等淳朴厚重的人性光辉,成功实现了"中国梦"的视觉表达;《再次见到你》作为跨时代人物回访暖综,选择48位大众熟悉的时代人物,用20分钟展现他们当下的工作生活故事,引发集体情感共鸣,启发青年对人生和梦想更多的思考。从中我们可以看出,在个人成长和国家命运融为一体的叙事中,隐性的思想教育也得以实现。这两个节目虽然分别定位为人文关怀类、情感类综艺,但站位高、立意高远。主创团队对标新时代党的创新理论、中央决策部署,传播社会主义核心价值观,为新青年立传,讲述新青年的生命体验,书写新时代的光明与美好,传递中国温度。融故事片的戏剧性、综艺片的趣味感及纪录片的真情实感于一体,在后典型时代通过榜样人物的感召力来传递社会主义核心价值观,实现了思想价值、社会价值、审美价值、娱乐价值的多方

---

① 余远来:《如何理解"推进国际传播能力建设"》,《解放军报》2017–11–27 第07版。

共赢，具有较强的文化意义。

《云上的小店》作为浸入式劳动实践真人秀，其别开生面的乡村场景、村民故事不但唤起了乡愁、促进了认同，更重要的是，它改变了过去"更倾向于对美丽中国的单纯展示"，而是"扎根泥土去发现和解决问题"①，直面乡村振兴过程中面临的困难与挑战，探讨社会主义新农村建设的新方法与新模式，这样的主题综艺节目立足公共生活、聚焦社会问题、促进社会治理，激发公众积极参与到公共事务改善进程中，其内在的建设性理念与中国特色社会主义新闻事业核心理念相符。

总体来看，上述节目与时代同行、与家国共振，主动设置乡村振兴、社会公益等具有公共价值的话题，成功升华青春叙事，弘扬主旋律、传播正能量，节目中的青春榜样、青春生态，让网友真切感受到了年轻一代的责任与担当。

第二节　传播路径：讲好人物故事

有学者曾总结出政治传播创新路径的三个层次，即仪式化传播、场景化传播、柔性化传播。其中，柔性传播主要表现在通过讲述故事实现政治传播意图和舆论引导效果。② 讲好一个故事是非虚构的核心要素，在"中国梦"的传播中，从题材选择到叙事技巧都体现出非虚构写作的理念与特点，具体表现为以多种形式讲述追梦人实现"个人梦"进而不断为"中国梦"奋斗的故事。

澎湃新闻的英文媒体"第六声"（Sixth Tone）自 2016 年创办以来，

---

① 王小溪、姜慧：《〈云上的小店〉小窗口大视野展现乡村之"变"》，国家广电智库公众号 2021 年 10 月 30 日，https://mp.weixin.qq.com/s/ujiSR1hMGbkYKgtaarhDOQ。

② 孙振虎、何慧敏：《媒介融合背景下政治传播的创新路径研究——以主流媒体新中国成立 70 周年报道为例》，《新闻与写作》2019 年第 10 期，第 41-47 页。

坚持"讲述普通中国人的日常故事"这一差异化的特色定位，将中国立场、中国视角、中国特色融入"有人情味的报道"中，区别于以宏观时政报道为主的中央外宣媒体，"第六声"着眼于普通中国人的思想、文化、生活方式，坚持"小而美"，以低调和"浸入式"的策略，避开意识形态鸿沟，让报道具有超越国界的穿透力和冲击力。的确，全媒体时代，每个人都是中国故事的传播者，要增强国际传播能力，就要与海外读者展开积极的互动，利用海外社交平台创造更多的交流机会。2021年"第六声"与上海外国语大学合作发起英文非虚构写作大赛，以此为开端启动平台计划，旨在聚合更多的普通中国人，打造一个由众多优质新闻媒体、自媒体、英文写作者入驻的内容集散地，最终让所有有英文讲述能力的受众，一起参与到国际传播中来。

蔡赴朝在2015年全国新闻出版广播影视工作会议上讲话指出："要创新方式方法，利用好宣传载体，坚持'三贴近'，深化'走转改'，多用群众语言、讲群众听得懂的话，精心打造接地气、有人气的好报道、好节目。"[1] 因此，用真实可感的"小"人物去承载"大"命题，往往更容易让观众产生共鸣，以及情感的深度代入。

以《人民日报》为例，有学者对2012—2019年该报"中国梦"报道进行了数据统计分析，从四大类报道主题来看，"不同主体对中国梦的践行"篇章数量仅次于"与中国梦相关的会议活动"，最少的则是"对中国梦的理论解读和思考"。[2]

该报以"普通人"为报道对象的栏目在2013年前后进入一个新的发展阶段，关于"中国梦"主题报道就有多个栏目，明显突出了讲好人物故事这一策略。2013年1月14日第14版推出"100个人的中国梦·传递基层正能量"栏目，"开栏的话"特意强调："国家好，民族

① 蔡赴朝：《在2015年全国新闻出版广播影视工作会议上的讲话（摘要）》，《中国广播电视学刊》2015年第2期，第5-10页。

② 强月新、刘亚：《"中国梦"的报道研究——基于〈人民日报〉2012-2019年相关报道内容分析》，《当代传播》2020年第2期，第24-28页。

好，大家才会好。每个人敢有梦想，中国梦才能成真。"2014 年 8 月 11 日，该栏目的名称扩展为"100 个人的中国梦·培育核心价值观 传递基层正能量"。

2013 年 3 月 18 日，"中国道路中国梦"推出后持续至 2019 年 7 月 5 日，并开创出"中国道路中国梦·新改革故事""中国道路中国梦·青春之声""中国道路中国梦·不凡五年""中国道路中国梦·逐梦新时代""中国道路中国梦·新职业新梦想""中国道路中国梦·生逢改革时""中国道路中国梦·在奋斗者身边""中国道路中国梦·奋战在基层一线"等一系列子栏目；2015 年 5 月 22 日，"逐梦英才"专栏开设；2016 年 1 月，讲述中国传统手工艺传承人故事的"追梦·传承"推出；2019 年 1 月 13 日，第 2 版新开"记录中国·我们都是追梦人"栏目。①

地方媒体也同样如此。自 2013 年"一带一路"倡议提出以来，围绕这一重大主题，主流媒体各显神通，精心策划了一批有深度、有影响的作品来阐释倡议的主要内容，解读相关规划、方案，报道"一带一路"的丰富内涵和建设成就。主旋律纪录片少不了从国家层面、宏观视角进行主流意识形态的宣传。但新媒体时代，受众不再是大众传播初期应声倒下的"靶子"，他们有着多元化的信息渠道以及能够对信息进行多种解读，要想获得良好的宣传效果，用户思维就显得尤为重要。越需要呈现出国家层面的战略、合作与抉择意义时，就越需要讲述普通人的故事。越是"大"的主题，越需要从"小"处切入。

在众多"一带一路"主题作品中，湖南卫视《我的青春在丝路》凭借清新鲜明的年轻化风格脱颖而出。这部主旋律纪录片，其题材涵盖文化、经济、农业、工业等诸多方面，讲述"一带一路"沿线国家追寻青春梦想的年轻人的故事，这也是中国主流媒体首次将镜头对准青年

---

① 张雷：《媒体融合背景下人民日报人物报道栏目创新研究》，河北大学 2020 年博士论文，第 170-174 页。

建设者们的一次全景式集中展现。该片传递出正向价值观，在青年一代中反响热烈，并带动"重大主题""年轻化表达""正能量"成为业界热议的话题。

节目自 2018 年 3 月播出后，仅在芒果 TV 一家网站的总点播人次突破 2000 万，新浪微博相关话题的阅读量高达 260 多万人次。同时，入选 2018 年第一批优秀国产纪录片，在首届中加电视节上，《我的青春在丝路·八月季》获最佳纪录片奖。在承载宏大主题的同时，让受众主动在网络平台搜索观看，做到"叫好又叫座"，节目微博主话题"我的青春在丝路"阅读量超过 2200 万次；微博话题"最帅考古小哥哥"引发 70 多家政务微博、权威媒体矩阵传播，覆盖人群 2.3 亿，累计视频播放量 500 万次。第二季在播放前在官方微博号对第一季内容进行回顾，单条浏览量均在一万以上。新浪微博同名话题讨论量超过 2000 万，"青春""一带一路"成为网络讨论热词，形成了备受期待、未播先热的态势。这部"青春系"主旋律纪录片在讲述人物故事方面有何过人之处？

1. 叙事有起伏

《我的青春在丝路》正片可以被分为三个视觉板块。首先，是一组高密度快节奏的快闪镜头集锦：极具异域风情的圆顶建筑、广场上振翅而飞的白鸽、车水马龙的街道、集市、神情各异的巴基斯坦居民、有民族特色的鼓舞、稻田……展示故事发生地风土人情、民俗文化、地域地貌，短短 20 秒内将观众迅速"传送"至事件发生地。第二个板块是展开纪实故事，运用多种景别来进行叙事。剪辑都以主人公遇上瓶颈、寻找解决方案、解决问题这样的线性叙事线索展开，内容紧凑。摒弃解说词配画面以及说教式旁白，转向现场的鲜活故事、生动细节和主人公自白。这样摄影记者不仅是记录者更是事件的参与者，给予最直接的呈现，让受众产生强烈的代入感。最后一个板块则是主人公的青春独白，让主人公阐述对青春理解。每集虽短小精悍，但整体内容丰富，完整的叙事能满足电视收视及 PC 端的观看。

2. 注重情节冲突

在报道理念上,《我的青春在丝路》拒绝"假、大、空""高、大、全"路线,以真实可感的个体故事切入"一带一路"的宏大主题,以"接地气"的小话题、小叙事展开,注重纪实感,不刻意拔高人物形象树立完美的典型,让政治隐于人物故事之后,让民众了解到"一带一路"建设与青年一代息息相关,与人类命运共同体建设紧密不可分割,最终达到多重宣传目的。

节目组聚焦能源、考古、种植、铁路、隧道等不同项目中的青年群体,考古科学家、中医师、工程师、文物修复师、跳水教练、商人……几近囊括了绝大多数工作种类,年龄多集中在 30 岁左右,而且至少在当地有两年的工作和生活经历。节目往往会在一定时长内,从人物从事的具体工作开始,介绍该工作对国家发展、人民生活水平提高的意义,紧接着切入主人公工作中遇到的难题,在协同各方寻求解决方案、克服困难中自然展开叙事,片尾再配合一段人物自白,讲述个人对青春的理解。青年遭遇困难、解决困难、收获成长的叙事结构,一方面因内含冲突元素而具有较高的新闻价值,让故事增强了看点,另一方面大团圆的结局又吻合主题宣传的主旨。

除了常规叙事结构以外,节目组还做出新尝试。比如,在《情定撒哈拉》中,采取两条叙事线索,让整个故事推进更显真实自然。一边是主人公张乐在撒哈拉忙碌的"发电"工作生活,另一条是他的准新娘摩洛哥姑娘卡丽玛独自准备着结婚所需的各种事情,两条线索的交织叙事,整体凸显出主人公张乐在工作上所付出的所有辛劳,以及在此过程中收获到的成长和爱情的美好结果。节目通过一个个青春励志故事,给目前正处于迷茫中的青年人价值层面的指引:最好的年华,需要做一些有担当、有意义的事情,才能做到不负青春不负己。

3. 彰显艺术之美

画面富有纪实美与艺术美。除了常规的大、中、特写镜头,还加入大量航拍、延时摄影使镜头多元化。《我的青春在丝路》善用常规中、特写镜头推动叙事，同时巧妙利用前景来提示故事背景。在《东帝汶玉米地的守望者》一集中，摄影团队大量使用中景镜头交代人物关系，徒弟发现播种机损坏，唤蒋敏明前来维修，两人围着播种机急得团团转，人物倚靠在墙上为急需修理的播种机发愁的画面，以仰视角度进行远景拍摄，选取播种机机身作为前景，瞬间就将人物内心的焦急和深感个人力量渺小的情感传达出来了。然后将维修时手部、额头上的汗珠等特写镜头穿插其中。中景镜头和特写镜头不断切换，把事情的前因后果交代得清清楚楚。航拍镜头则是"上帝视角"般的大全景、大远景，给观众一个整体感知。在《寻蜜吉尔吉斯斯坦》中，接连几个航拍镜头，扫过山峦、河流、牛群、森林、花田，向观众展示吉尔吉斯斯坦生产白蜜得天独厚的地理条件。这样一来，观众在了解故事发生地国家的同时也有了美的视觉体验。在《尼泊尔的诗与远方》中，航拍镜头展示了巴瑞巴贝引水隧道工程的浩大，而穿插的延时摄影如喜马拉雅山脉上的云彩变换，在视觉效果上极富艺术美。还有一些合成画面，通过后期合成以演示的方式介绍隧道掘进机的大小以及打通巴瑞河、巴贝河的意义，直观简洁。

在光线的使用上，团队也尽量做到细致把控，遵循纪实纪录片的拍摄原则，尽可能捕捉好动态光。在拍摄中，除了如实记录，积极进行道具光的尝试。在第三季中，摄影团队将逆光作为有力的表现手段。其中在《马达加斯加：聚集麻疹》《津巴布韦：大象守护者》等视频末尾人物独白部分大量使用逆光，通过拍摄主人公在夕阳下行走，得到对比强烈的剪影效果，很好地渲染了气氛。

清新鲜明的年轻化风格使得《我的青春在丝路》在其他大制作大框架的同类纪录片中独树一帜，在趋向多样化的纪录片市场中吸引到更多年轻受众。每季每集均采用动漫形式的片头。第一季一开始，随着满天飘飞的蒲公英种子，被风吹过驼队，吹过油田钻井平台，吹过建筑，工人们正在热火朝天地建设，吹过稻田，农民们正在播种，直到被吹到下一片泥土里，重新生长、繁殖。蒲公英种子，正如一个个远赴国外的青年，在另一片热土上生根发芽，开出美丽的花。第二、三季片头则是随着一组飞翔的鸟儿开始，急速前进的高铁、旋转风车、水电站水流瀑布、水滴滑过绿叶汇聚奔流入海，在动画中制作双重曝光效果，运用同类物体动态转场，让纪录片极富动感。选取的视觉符号蒲公英、水滴等，寓意隽永，营造出艺术感。

当主流意识形态话语卸下沉重而庄严的包袱，回归轻松和从容，在传播效果上远远超过传统的典型宣传。正如韩毓海教授所说："讲好中国故事，不是讲好中国概念，离开感性经验，就不能达到理性，而只能达到知性……因为真理是人人心里都有的，靠外面硬灌，那是灌不进去的。"①

第三节　传播方法：创意+互动

近年的重大主题宣传报道现象级作品频出，爆款的生成虽有平台特性、时机把握等因素，但都遵循了一些共同规律，比如由过去的单向传播向互动传播的转变，网友主动参与积极性增强等。正如非虚构写作者对叙事技巧的不断追求，"中国梦"的有效传播也离不开以创意与互动为核心的方法与手段。

在建党百年重大主题报道中，《人民日报》新媒体平台巧妙设计，摒弃俗套的宏大宣传，而是寻求小角度，以普通人更容易接受的形式反映建党百年来的风霜雪雨和成长蜕变。如微视频《刻度上的百年征程》以小见大，将建党百年来的重要时刻与成就浓缩于 22 个可以测量的长

---

① 韩毓海：《九年与百年》，中国青年出版总社公众号 2021 年 11 月 26 日，https://mp.weixin.qq.com/s/EPw6jh8Rf_eVt_IbuAaTWw。

度之中，从 1920 年《共产党宣言》中译本的厚度，到 2021 年"祝融号"火星车与地球的距离，时间由远及近，刻度由短到长，深刻反映了中国共产党从小到大、由弱到强，中国从落后到先进、从贫穷到富强的发展历程，凸显"征途漫漫、惟有奋斗"主题，全网阅读量超过6000 万次。

新媒体平台能够对社会热点事件起到舆论聚合和推波助澜的作用，在政治意义上，新媒体也发展成为引导和洞察社会舆论的重要窗口，在构建政治议题方面的作用日益凸显。新媒体的传播呈现出一种类似于滚雪球似的扩散、放大模式，不仅把信息传递出去，还可以利用平台再把信息反馈回来，然后再次传播。一旦借力新媒体平台进行正面宣传成功，再凭借其社交互动属性，形成裂变传播后的效益是巨大的。

《人民日报》在建党 100 周年宣传中生产了多个新媒体爆款，如"复兴大道 100 号"体验馆，通过实物展示和影音结合的形式重现百年历史，将报道内容同时代记忆巧妙结合。体验馆开放后，每天都有大量的当地居民进来参观，体验同一地点不同时代人们的生活形式和生活场景，让观众真切体验到时代的变化和发展，给予观众最真实的时代回忆和沉浸体验。

又比如互动微电影《抉择》，这是《人民日报》联合 B 站推出的作品，展现建党前后、新中国成立初期和当今时代三位青年的故事和心路历程，同时通过弹窗问答形式将观众带入人物，在一系列时间节点做出属于自己的选择。这种全新的互动式体验让观众深入感受到不同时期不同人物内心的真实情感，在学习党史的同时感受信仰的力量。

以往重大主题宣传过分强调政治站位、意识形态，往往使得主流媒体的话语方式刻板生硬，这样的报道让受众感到有距离感，亲和力弱、互动性差。宣传需要政治正确，但不是仅靠政治正确就可以全面解决问题的。①

---

① 张涛甫：《传播格局转型与新宣传》，《现代传播》2017 年第 7 期，第 1-6 页。

在党史学习教育外，如何对外宣传展现正面的中国和中国共产党形象是国内各大主流媒体的主攻方向，《人民日报》建党百年报道精准把握住了国外媒体对这一热点的好奇，利用多种形式展开宣传。如英文版选取建党百年来最具影响力和代表性的十位党员，进行艺术再创作推出原创漫画《党员英雄》。作品借鉴了国外影响力较强的超级英雄风格，构建了一系列平凡出身却做出常人难以想象英雄壮举的党员英雄形象，使得海外受众群体以一种更容易接受的形式了解了党的发展历史和坚毅的精神。纪录片《我是共产党员》则从不同职业的共产党员视角出发，用朴素的纪实风格展现中国广大基层党员最普通的生活，展现不平凡的精神力量，引起广大群众的共鸣，让海外受众更容易了解接受中国共产党的思想和理论，帮助他们认识到中国共产党的牺牲与奉献精神，从而打破西方媒体对中国和中国共产党的抹黑和曲解，在一定程度上占据网络舆论场。可以看出制作团队不再习惯性地从政治角度去理解宣传，而是采用情感进行导向，将政治导向隐于其后。

《人民日报》抖音号通过选择百年党史中的著名人物，通过截取真实影像或影视剧形象进行二次剪辑加工，通过声音与画面的双重引导将浓烈的情感融入一幅幅画面中，给观众带来最直接的情感冲击。如对国旗护卫队升旗手张自轩的报道，每天1300次的挥旗最终换来了建党百年庆祝大会升旗仪式的圆满，画面中张自轩坚毅的神情和被汗水打湿的军装让无数人为之感动，他们在评论区用朴实的文字表达了对祖国脊梁的赞叹和对党的热爱。这些微观视角的画面记录不仅仅是对事实的客观阐述，更多的是敬佩、赞扬、热爱、忠诚、感动、责任这些主观情感的表达，让更多人领会什么是责任与担当。

"'情感'被视为影响公共舆论的负面因素。但'情感转向'则使我们有机会重新看待公共舆论中情感的价值。"① 晓之以理，不如动之

---

① 袁光锋：《公共舆论中的"情感"政治：一个分析框架》，《南京社会科学》2018年第2期，第105-111页。

以情,要打造内容爆款,仅仅依靠新传播样态的加持还远远不够。在创作过程中,有选择地把新闻事实中的种种情绪传导给受众,以影响受众的情绪,引起受众的共鸣。

但同时也要注意避免在报道中出现情感偏差,要坚持新闻的客观公正原则。此外,不回避矛盾与冲突,积极回应问题。比如7集纪录片《海上丝绸之路》就直面其他国家的质疑与建设中存在的困难,从正反两方面用事实说话,积极传播中国声音,建构国家形象。

习近平总书记曾指出,要着力打造融通中外的新概念新范畴新表述,讲好中国故事,传播好中国声音。这对主旋律纪录片的题材选择、叙事语态等方面都提出了新要求。从形式上来看,短视频、微视频正在获得更多流量;在内容上则体现为"小切口"讲述"大故事",更"亲近"民间舆论场。主流媒体唯有不断更新观念,不断变革,在不断增强吸引力和传播力的前提下增强舆论的影响力和引导力,借力用户在网络社会中日益增长的分享和社交需求,助推重大主题报道的传播,进而提升宣传效益。

第四章　"中国梦"视域下非虚构写作展望

有学者指出应该通过改善中国梦的对外传播话语、增强中国梦的文化认同度、提高中国媒体的对外传播能力、实现对外传播主体多元化等，提高中国梦话语的解释力、感召力、竞争力、影响力和辐射力。①非虚构对中国问题的关切、对时代症候的把脉、对中国故事的讲述赋予其厚重的历史使命。十多年来，我国非虚构写作发展迅速，本部分将中国非虚构实践置于比较视野，在比较中探讨国内非虚构的不足以及未来发展趋势。

第一节　比较视野中的非虚构写作

一、国外非虚构写作：个体经验与历史事件的双重奏

约翰·霍洛韦尔在阐述《非虚构小说的写作》一书的主题时说："许多六十年代的畅销书显示出对社会问题日益增长的关系，并意识到个人与爆炸性的社会历史的关系。……新式写作的重要方向是趋向于纪实小说、目击者报告和忏悔录式的写法。某些小说家和新闻记者的作

---

① 任成金、王春雨：《文化认同视野下中国梦对外传播的现状、问题及策略》，《中国石油大学学报（社会科学版）》2021年第2期，第101-110页。

品，反映了一种不寻常的自我意识，即作家意识到自己在社会中的作用和在美国人生活里的独特角色。""它们反映了一个新趋势——倾向于纪实的形式，倾向于个人的坦白，倾向于调查和暴露公共问题。也许最重要的是，最好的作品已经不仅仅由新闻记者来写了，而是由小说家来写。他们暂时放弃了小说而去探索摆在我们面前的社会问题和道德困境。"①

欧美非虚构作品常年占据着畅销书排行榜的首位，总体来看，题材选择无禁区，既有宏大叙事，也有单纯的个体经验书写；从写作过程来看，优秀作品往往经历了几个月甚至几年的采访调研，扎实而厚重；而从作品呈现来看，格局较大。

（一）多样

题材有小有大，不设限；既有动态突发事件，也有现象观察类选题；所涉领域更是多样。

2018 年美国现象级的非虚构作品《你当像鸟飞往你的山》（原作名：*Educated：A Memoir*）有类似特点，作者塔拉·韦斯特弗 17 岁前从未踏入过教室，通过自学考上了大学，2009 年获剑桥大学哲学硕士学位，2014 年获剑桥大学历史学博士学位。因出版这本个人处女作成为风靡全球的畅销书作者。2019 年被《时代周刊》评为"年度影响力人物"。这本书并不是传统意义上的成功学自传，其对原生家庭及教育这一议题的思考引发全世界范围内的探讨。

普利策新闻奖获奖作品《面具后的男孩》的选题也很小，仅仅是讲述一个脸部患有肿瘤的小男孩故事，但经由记者深入的观察，让我们在文中读出人与人之间的偏见与理解，对人性的复杂有了进一步的体认。在中国的非虚构写作中，很少见到这种选题，即使选择病患儿童为对象，也会有一个大的社会议题框架。

---

① ［美］约翰·霍洛韦尔：《非虚构小说的写作》，仲大军、周友皋译，沈阳：春风文艺出版社 1988 年，第 3、12 页。

获 2012 年度美国国家杂志奖之最佳特稿写作奖的《风袭乔普林》（刊发于《时尚先生》杂志 2011 年 10 月刊），讲述了 23 个陌生人的故事：直径达 3/4 英里的龙卷风在密苏里州乔普林市肆虐狂飙 6 英里，160 人遇难。因为无从逃离，这 23 个人躲进了一个加油站的冷库，才得以死里逃生。冷库周遭的所有建筑、汽车与生物尽遭毁灭。美国"国家杂志奖"评委称该作品"绝妙重现绝望与勇气，收放有度"。

当然，普利策奖的传记、历史类等非虚构获奖作品的话题更多聚焦于现实问题，如近年获奖作品中，就有女权主义者玛格丽特·富勒的人生故事、癌症村案例、生物灭绝、种族隔离案件等。2020 普利策奖特稿写作奖是《纽约客》《关塔那摩最黑暗的秘密》（作者：本·塔布），他的报道呈现了一名被关押在关塔那摩湾拘押中心长达 10 年之久的男子的悲惨经历，描述他如何被绑架、遭受酷刑、自由被剥夺等遭遇，这篇实地报道结合饱含感情的笔法，用细致入微的视角呈现了美国更为广泛的反恐战争现状。《不死者：疼痛、脆弱、死亡、医学、艺术、时间、梦想、数据、疲惫、癌症和治疗》（作者：安妮·博伊尔）、《神话的终结：从前线到边界墙，在美国的心灵中》（作者：格雷格·格兰丁）获非虚构图书奖，前者是关于疾病的残酷和美国癌症治疗的资本主义运作机制的叙述，后者探讨了美国无限扩张的神话，并为思考当前的政治事件提供了令人信服的背景。

2019 年普利策奖非虚构类奖项获得者伊莱莎·格里斯沃德，《亲善与繁荣：一个家庭与美国的破裂》（*Amity and Prosperity：One Family and the Fracturing of America*）从斯泰西一家入手，用一个以卵击石的悲剧英雄故事揭开了后工业时代的环境保护与经济发展之困。从 2011 年发表长报道，到 2018 年出版该书，格里斯沃德耗时 7 年在这座位于阿巴拉契亚山脉的小镇进行调查。两本入围作品也着眼于全国及世界性挑战下的小人物故事。《一日之计：为全美最易受到性暴力的工人而斗争》（*In a Day's Work：the Fight to End Sexual Violence Against America's Most*

Vulnerable Workers）将视野延伸到名人和白领之外，揭露了农场女工、女侍者等穷苦工人在面临驱逐出境、孩子被害等威胁下遭遇性暴力的现象。《上升：来自美国新海岸的信札》（*Rising：Dispatches from the New American Shore*）则聚焦了正被全球变暖和海平面上升彻底改变的美国东西海岸线，为鲜为人知的社区发出了声音。

（二）厚重

回顾美国非虚构写作历史，不少作品因其扎实与厚重成为经典。杜鲁门·卡波特的《冷血》题材虽不大，但作家为这一起凶杀案一共采访了6年多的时间，跑遍了两名罪犯涉足的地方，去挖掘导致罪犯沦落的社会原因，最后写成20多万字的长篇。梅勒写《刽子手之歌》访问了几百名证人，查阅了全部审讯记录与诉讼原本，其助手帮他采集了15000页的素材。

李汉桥在比较中美如何讲述本国故事和非虚构写作时指出：国内的报告文学在真相的探索方面比美国的"非虚构"弱了一些，它更多地倾向于现象性的描述，而美国的"非虚构写作"往往关注一个事件，这个事件中有一种历史现象的探索。①

被公认为非虚构典范之作的《巴黎烧了吗?》（［美］拉莱·科林斯、［法］多米尼拉·拉皮埃尔著，董乐山译，译林出版社2013年版）和《光荣与梦想：1932-1972年美国叙事史》（四卷本，［美］威廉·曼彻斯特著，四川外国语大学翻译学院翻译组译，中信出版集团2015年版）提供了学习借鉴样板。前者用高超的叙事手法，将1944年8月的大事件讲述得惊心动魄，所有事实均有出处，高度还原了历史情境。两位记者为此翻阅了美法德三方军事档案，采访了800多位相关人士，掌握了海量素材和细节。最终在巴黎解放20周年后推出。而《光荣与梦想》这部经典作品更是启发新闻从业人无数。记者书写了40年间美

① 青屏：《非虚构与中国故事的讲述》，《长江文艺评论》2019年第9期，第69-82页。

国社会发展变迁，包括经济政治大事件、文化与社会图景乃至服饰潮流、热词变化在内，堪称全景式的"工笔"长卷，震撼了无数新闻人。

美国记者艾德里安·尼科尔·勒布朗曾在新闻报道基础上撰写了《无序之家：布朗克斯的爱情、毒品、烦恼和成年》，勒布朗以无情的中立立场，对毒品泛滥的南布朗克斯的生活进行了近距离观察，为此而耗费了大量心血。该书在 2003 出版后入选纽约时报书评年度十佳作品，被认为是"发挥了一部经典、大胆的纪录片魅力的书"，但有人批评勒布朗没有对采访对象未婚生子、靠福利生存或试图犯罪的倾向予以谴责，认为记者应该更像个社会批评家或政策分析师；还有人批评她用如此直接、无动于衷的方式刻画穷人。虽然"她所写的人最后都没想朝着更新、更好的生活努力，他们还是固守着疲惫的状态。"，"然而，她却能够让他们的故事吸引人"。①

（三）恢宏

与国内非虚构写作者形成鲜明对照的还有新闻行业出身的白俄作家阿列克谢耶维奇。她重视个体命运，擅长通过重大历史事件的口述记录呈现个体的情感世界。比如《切尔诺贝利的回忆：核灾难口述史》一书，作家采访了受难者代表并真实记录下他们的状况，没有任何主观感情的表达，都是受访者的话语、声音、灵魂构成了文本的灵魂。

《锌皮娃娃兵》译者高莽在《阿列克谢耶维奇和她的纪实文学》一文中提及阿列克谢耶维奇把这种融合新闻和文学的写作风格称为文献文学。② 其主要特色是纪实性，体现出鲜明的在场感，在表现形式上则像一部口述史。阿列克谢耶维奇的常规做法是先以记者身份搜集资料、采访个体，再以作家身份观察世界。她写的每部书都在采访当事人上下了

---

① ［美］罗伯特·博因顿：《新新新闻主义：美国顶尖非虚构作家写作技巧访谈录》，刘蒙之译，北京师范大学出版社 2018 年，第 194、196 页。
② ［白俄］阿列克谢耶维奇：《锌皮娃娃兵》，高莽译，北京：九州出版社 2015 年，第 313 页。

很大功夫:《切尔诺贝利的回忆:核灾难口述史》用了十年,写《战争中没有女性》用了四年,写《我是女兵,也是女人》用了三年……她与几百个采访对象的细致交流能够有效保证非虚构写作的纯粹性、深刻性。

她的作品不同于一般回忆录作品中由单一人物对事件进行口述还原,而是采访了各个领域有代表性的人群,每个领域的代表人物又不是一个人,而是一类人,口述者来自不同阶级,有着相异的身份与情感经历,他们通过对同一事件众说纷纭式的讲述,各抒己见地诉说着自己记忆中的真实,多声部地构建了一个整体的价值观。①

2015年诺贝尔文学奖颁奖词:"她的复调书写,是对我们时代的苦难和勇气的纪念。"巴赫金的"复调"这一术语具有多重含义。文学理论中,指的是小说结构上的一种特征;美学理论中,指的是艺术观照上的一种视界;哲学理论中,指的是拥有独立个性的不同主体之间"既不相融合也不相分割"而共同建构真理的一种状态;文化学理论中,指的是拥有主体权利的不同个性以各自独立的声音平等对话,在互证互识互动互补中共存共生的一种境界,或者说"和而不同"的一种理念。② 借巴赫金的这一关键词,我们认为,阿列克谢耶维奇的作品因其独特的复调性结构,乃至复调性气质、意识、境界赋予它极强的艺术魅力。也可以说,是"对话"而不是写作者的"独白"产生了意义。换句话说,阿列克谢耶维奇并不单单是记录枯燥的事件,而是在书写情感史、心灵史和思想史。

虽然同是写个体或群像,但国外的非虚构写作整体上格局更大。平民传记《安吉拉的骨灰》(1996)作,连续两年高居全美畅销书榜首并获1997年的普利策传记奖,曾入选20世纪美国百佳新闻作品。作者弗

① 高建华、曹爽:《阿列克谢耶维奇作品中的叙事策略及生命书写》,《俄罗斯文艺》2017年第3期,第77-84页。
② 赵一凡等:《西方文论关键词》,外语教学与研究出版社2006年,第145页。

兰克·麦克特是中学英语老师,1930 年出生于美国纽约。作为爱尔兰裔,4 岁举家迁回爱尔兰,在贫民窟度过苦难的童年,13 岁辍学。19 岁心怀"美国梦"只身重返纽约,做过酒店勤杂工、码头工人、打字员,当过兵,后来考入大学,毕业后成为一名教师。

他很单纯、很诚实地写下了与不开心的母亲和不负责任的父亲在一起度过的极端贫困的生活,没有抱怨,没有悲愤的诉说,没有洒狗血的渲染,也不是辛辣的批判,只有无穷无尽的生活本身。字里行间充满了苦难,但平和的叙述乃至轻松幽默的笔调,读起来不让人绝望,触动了很多读者。该书微观与宏观兼具,既写出了个人成长故事,也展现了爱尔兰的社会状况,一个家庭的生活也许是特例,而纵观全书却可以看到一个时代,更是一个独特的社会在一个独特时期的令人惊奇的心态与变化。超越了纯粹对个人或贫穷的描述,在人文关怀之上有着更为宽广的意义。

二、走向公共场域:国内非虚构写作的现实指向

十多年来,我国非虚构写作热潮不减,在市场追捧与学术争议的语境中不断前行,虽然经典作品的出产量还不够大,但从发展趋势上来看,我们对走向公共领域的非虚构写作抱有足够的信心。

(一)存在问题

相比历史悠久的欧美非虚构写作,国内的非虚构写作或者缺乏宏观的社会学视野导致深度的欠缺,如《穷时候,乱时候》;或者格局不够大失之正派大气的气度;或者缺乏更微观的生活细节而失之温度;或是体量较小而厚度不足,比如《我是范雨素》仅有一万多字;或是情感内核的不足,炫技成分较多。具体而言,存在如下问题:

1. 题旨的轻量化

丁晓原曾以《纽约时报》年度 50 本非虚构图书为对照,指出国内非虚构写作的题旨轻量化问题。如作品容量不足,分量不够,有的只是

现象叙写，有的偏向个人生活书写，缺少更多生活内涵和时代关联。①

轻量化还表现为写作停留在"揭秘""解密"等层面。慕容雪村曾"悲壮"卧底传销组织，表现出极强的行动力，其《中国少了一味药》就是这段经历的完整记录，其间穿插新闻报道及防骗技巧若干，但是当我们对其进行整体审视时，会发现该书基本上是浮光掠影地陈述传销洗脑的流程，其看点主要是解密、传奇和追踪元素，却缺乏对时代、文化、人性等的关注，作品所具有的工具性和猎奇性值得反思与警惕。《妇女闲聊录》《速求共眠》等都有消费底层的嫌疑，丁燕《到东莞去》对东莞城市的空间、工厂、消费、住宅、交通进行了细致的印象式描述，浮光掠影地罗列中更多的是表达对现代文明的失望、厌烦和无奈。

2020年8月，纪实作品《岂不怀归：三和青年调查》（田丰、林凯玄著，海豚出版社2020年版）的出版让"三和大神"继日本NHK纪录片、故事硬核记者杜强的系列报道后再次引发关注，与部分媒体以个体乃至极端案例为出发点不同，社会学者的研究基于群体性视角，力图拨开媒体猎奇化的迷雾，还原一个全面而真实的三和。但只有半年的田野调查，虽然面面俱到地记录了三和青年的衣食住行、工作方式乃至于各类活动。但三和青年群体的形成历史、三和青年的"性"、三和青年与故乡及原生家庭的关系等内容均未涉及。脱离了对中国社会乃至工人群体的长时段、跨地域观察，很难真正描摹出这样一个群体的处境，"探寻三和式底层社会成因，剖析中国社会转型期的种种发展问题"也就显得力不从心，材料不丰富容易导致叙述者主观臆断的俯视。

尽管作者尽量用"白描"手法来写调查报告，但还是在个别章节掺入了个人的价值判断，有时对三和青年的评价是接近主流价值观的，旁观视角明显，对个体经历的前因后果没有足够的记录。

至于新闻领域，同样存在上述不足。比如《人物》杂志刊发的

---

① 丁晓原：《非虚构文学的逻辑与伦理》，《当代文坛》2019年第5期，第90-96页。

《北京零点后》以形象化的数据、散淡的笔法呈现了另一个被忽视的北京，相比传统的特稿有特别新鲜的一面。但比之其借鉴的对象《纽约——一位猎奇者的足迹》，它的不足也很明显：画面感很强，对场景的建构很成功，但是缺少一种内在的东西，深层次的人性展开不够，也难以表现北京这座古城悠久的历史感。尽管记者王天挺为此稿蹲点采访了一个多月，对于非虚构写作而言，这种旁观与记录还远远不够。盖伊·特里斯的书影响了中国一代人的写作方式，国内对他的模仿者众多，以非常独特细微的方式观察城市、理解居民、关心人类。但是也出现了一些拙劣的模仿作品，初看让人惊艳但实质上破碎而毫无意义。

可以说，在新闻界内部，就特稿这一重要的非虚构写作体裁而言，与西方相比还存在着不小的差距，这也是南方周末组织编译非虚构作品译介项目丛书《美国最佳杂志写作：美国国家杂志奖获奖作品》的初衷，《南方周末》副总编辑朱强在译后记中提及：很多从事新闻行业的编辑记者都受到海外非虚构作品的影响，或多或少，或强或弱。在他们看来，这些作品显示了高超的叙事技巧、精妙的细节以及结构的完美性，其功能和意义已经超越了传统新闻文体所能承载的范畴，使新闻成为真正的"作品"，而非"消息"或者"通讯"。

作家邱华栋认为，新闻结束的地方，就是文学出发的地方。① 在他看来，国内非虚构写作面临两个问题：一是文学功底好的一些作家缺乏行动能力；一是某些有行动能力的记者文学功底差。

2. 过于追求"讲故事"

非虚构写作的对立面不一定是虚构文学、报告文学与纪实文学。实际上，任何时代的写作，包括非虚构写作，它们的对立面，一定是虚假写作，一定是错误、扭曲的现实与历史书写，违心、恶意的写作立场，

---

① 邱华栋：《阿列克谢耶维奇和"非虚构文学"写作》，《长江学术》2015 年第 4 期，第 5-11 页。

肤浅、无能的现实观察等。这样的写作，永远是写作的对立面。①

新闻领域非虚构写作大多从"爆款"逻辑出发选择关注具有情节推动力的案件与争议事件，关注底层边缘人物的复杂处境，多指向了个体与人性面临的困境，《少年杀母事件》《大兴安岭杀人事件》《太平洋大逃杀亲历者自述》等影响较大的作品无不类似，新闻文本表面上看似实现了对真相的追寻，但实际上在情节设计、悬念制造、戏剧张力等方面都有相对固定的结构性框架，而这种对叙事弧线的追求无疑在一定程度上消解了对深刻的探求。

国内将非虚构写作视为职业追求的媒体人只有极少数，某些浮躁的媒体人曲解"好莱坞编剧之父"罗伯特·麦基的编剧理论，将"非虚构"简单化为"讲故事"，追逐猎奇和刺激，陷入叙事奇观，不再强调对于时代、社会层面的责任和人文关怀，而很多基于几次采访或长谈而写出来的非虚构作品，在质量上自然也难以与欧美兼具媒体人与作家双重身份的作者的作品相比。

有学者曾以青年学子推崇的两篇非虚构"范文"（何瑫《喊麦之王》，《GQ》杂志 2016 年 9 月刊；王天挺《传奇古典谋杀的终结》，ONE 实验室 2017-5-19）为例，批评当前深度报道社会价值让位于优美叙事这一现象，这是两篇报道的开头：

> "这里从不缺乏一夜暴富的神话，也随时可见残酷血腥的帮派之争。"

> "写出一篇伟大的古典犯罪报道是我这种古典型记者的理想。谋杀案是我最喜欢的。发生谋杀，意味着我能摆脱讨厌的主编，展开一段冒险，辗转飞机、火车、客运和摩托车，去到一个本该终生难以涉足的地方。我从小就被那些恐怖的谋杀案件所吸引：白银连

---

① 许道军：《非虚构写作的兴起、假想敌与对立面》，《当代文坛》2019 年第 4 期，第 74-78 页。

环杀人案、南大碎尸案、白宝山连环杀人案或是杨新海连环杀人案。他们是一系列扑朔迷离、谣言四起、凶手被描述为杀人狂而警匪间原始角逐的故事。"

在曹立新看来，这种对暴富、帮派、谋杀等题材内容的偏好与对客观、冷峻、娱乐等叙事风格的追求正在成为新的典范，客观上引领了部分新闻人的新闻观和价值观，引发了他对此类"新故事"的隐忧。① 吕永林也认为，所谓完美的人物、跌宕的情节、淋漓尽致的叙事高潮、引人入胜的审美趣味、独特的语言风格，等等，有时候虽然重要，却都不是非虚构写作的存身之本。唯有与"事实"同进退且骨血相连的"事实感"，才是非虚构写作的灵魂所在。②

3. 题材的固化

《中国在梁庄》获得好评后，"梁庄"成了选题取材的模式。近年国内出现了大量以代言式书写模式对乡村进行挽歌式的消极写作，而这恰好对社会现实造成了新的遮蔽。沉迷于个体视角下的所谓人文关怀，执着于问题揭露，看不到正在发生的变化，有失平衡。感性叙事有余，对公共价值、公共问题的理性思考不足，缺乏建构意义。2015 年春节王磊光的《一位博士生的返乡笔记：春节回家到底看什么》，2016 春节黄灯的《一个农村儿媳眼中的乡村图景》，掀起了无数反思与讨论，焦点在于"是否客观""过于悲情"。③ 商业与资本语境中，追求流量而不自觉地陷入媒介景观陷阱，过于迷恋文字技巧，刻意营造感伤与唯美的氛围迎合受众，震惊效果有余，以赚取眼泪代替真正意义上的审美价值。

---

① 曹立新、余清楚：《主流媒体深度报道的价值与本质——由两篇非虚构报道引发的思考》，《新闻战线》2020 年第 17 期，第 42—45 页。

② 吕永林：《非虚构写作的弹药和阵地》，《文艺评论》2017 年第 5 期，第 25—31 页。

③ 项静：《村庄里的中国：城乡二元化结构中的"返乡"文学——以近年人文学者的非虚构写作为例》，《南方文坛》2016 年第 4 期，第 26—31 页。

比如曾广受关注、倡导文学改革的《天涯》杂志"民间语文"栏目，也在大量透支"文革"、反右、知青等话题后，落入满足读者窥探欲的陷阱。如《老公老婆宣言》（2002 年第六期）、《一个第三者的信》（2006 年第六期）、《同性恋者日记》（2007 年第一期）之类，就带有明显的诱导倾向。该栏目不时从民间生活帘幕后探头探脑，正经儿地"八卦"一番，江湖恩怨、红粉私情，高调制造一些情感"卖点"。①

一个非虚构写作者所应尊奉的不是"源于生活，又高于生活"的艺术理想，而是"通过事实，但不超过事实"的书写法则，因此所谓完美的人物、跌宕的情节、淋漓尽致的叙事高潮、引人入胜的审美趣味、独特的语言风格，等等，有时候虽然重要，却都不是非虚构写作的存身之本。无论是西方还是中国，非虚构的兴起都对应着一定的社会现实难题与危机，非虚构这种"危机叙事"方式向我们说明事实才是其焦点与力量所在。②

许道军认为非虚构写作提出了与报告文学不同的写作方式，并未解决问题，反而引出新的问题，具体表现为四个方面：对"非虚构"信誉的滥用，导致非虚构写作的泛化与庸俗化；在现实认识上的"个人视野""个人立场"和"个人真实"的局限性，导致了个人偏见、见识浅陋与视野狭窄现象。如近年来甚嚣尘上的农村破败叙事、乡愁叙事，有许多是以"个人真实"掩盖见识不足的煽情；由真实性之争导向门户之争，一味地"反其道而行之"，导致非虚构写作自我设限，将社会正面现象书写、国家叙事等当作禁区；对文学性的追求和虚构技巧的无限征用导致对自身的消解。③

当然，笔者要澄清的一点是，审美标准虽然不是存身之本，但也要

---

① 谭军武：《小"语文"姿态的大"民间"叙写——对《天涯》"民间语文"栏目的话语考察，《扬子江评论》2009 年第 3 期，第 40-46 页。

② 吕永林：《非虚构写作的弹药和阵地》，《文艺评论》2017 年第 5 期，第 25-31 页。

③ 许道年：《非虚构写作的兴起、假想敌与对立面》，《当代文坛》2019 年第 4 期，第 74-78 页。

警惕另一种问题，即类似于主题先行的问题优先书写，仿佛只要选择了现实问题，就获得了写作技巧上的豁免权。而这一局限在底层非虚构书写方面表现得较为突出。如郑小琼的《女工记》，以线性时间为序罗列34名女工的悲惨命运，亲历者的身份固然保证了写实，甚至严格体现了流水线工厂的操作流程，但从文学性来看，这种单调无变化的单一形式感，难以深入复杂的人性世界，停留在事物表面的罗列，审美性的缺失容易导致阅读疲劳。

除了上述叙事方面的困境与局限，还应看到国内非虚构写作平台在消费、资本、变现等语境中的虚热。这些平台既是直接与受众互动的场所与渠道，同时也是行动主体，在此过程中，不断通过榜单、大赛等活动反复强调对非虚构作品尤其是优质作品的"高级"属性，以此来吸引中上层读者的注意并获得认同，这固然有对品质的关切，但也无法否认市场利益的内在驱动。一旦被流量征用，在娱乐化社会语境中，就会成为商品纳入产品运营逻辑。因为"娱乐升华成为一种新式范例，一种新式世界及存在的形式。为了存在，为了成为这个世界的一部分，就必须要有娱乐性。只有具有娱乐性的事物才是实在的抑或现实的。……现实本身似乎就是娱乐的结果"。①

新媒体平台 UGC 生产模式让普通人掌握叙事能力、抒情能力，意义重大，用户的主体性得以彰显。但另一方面点击量等数据也会成为平台生产调节的指挥棒，容易导致选题上的跟风现象，如果某个选题的稿子阅读量较高，接下来同类投稿蜂拥而至。

在新媒体格局中，专业媒体内容由"唱片式"销售变为"单曲式"销售，每篇报道、每段视频要独自面对用户的检阅，因此10万+成了对记者编辑的最大褒赏。② 现实正是如此。全民写作强调普通人的记忆、

---

① ［德］韩炳哲：《娱乐何为》，关玉红译，北京：中信出版集团 2019 年，第 171 页。

② 转引自刘鹏：《用户新闻学：新传播格局下新闻学开启的另一扇门》，《新闻与传播研究》2019 年第 2 期，第 5–18 页、第 126 页。

个体叙事,无疑有着积极的意义。但是当个人的记忆和流量、收益捆绑在一起,当人人追求 10 万+,写作伦理就容易突破变形。快手、抖音、火山、西瓜等商业短视频平台的出现让普通人的内容生产也获得较平等的传播机会,比如频频引起关注的乡村原生态短视频。这类视频内容以个体视角为主,聚焦生活日常、田野风光、家长里短等,在题材与数量上都大大扩充了媒体对于中国乡村的书写。无数普通人通过自我展示获得关注,寻找自身价值与社会认同。但在算法、流量、资本的影响下,非虚构影像的表达也遭遇了危机,乡村真实的一面有时被遮蔽,影响了人们对中国乡村形象的完整认知。总而言之,传播大变局造就了非虚构写作的火爆,同时在一定程度上也导致了资本与流量对内容生产的控制。

非虚构写作的危险性在于,它非常善于辨认并挑选世俗意味上的苦难(亦即所谓的生存苦难),但稍有差池,文学便容易流于"立功"等功名事。本来是同情之事,如果受功名事诱惑,反会变成消费同情之事。对生存威胁最大的是贫困、饥荒、疾病、日常犯罪与战争等,从这里,挑选任何一种事实来书写,都会激起人道主义的义愤。①

(二)非虚构写作的建设性叙事与公共价值

近三年,现实世界的波澜带动着思想领域的激荡,"内卷化""996""过劳死""社会性死亡""社畜"等话语形式不断引发全民性的关注和讨论。特别是"内卷"一词,早已脱离其原始意义,而是泛指所有具有"过度竞争"特征的社会现象。有学者认为,此词的泛用在很大程度上是基于隐喻色彩所具有的强烈感染力,从汉语的字面意思而言,"内卷"其实兼有"内耗"与"席卷一切"的语义,此种心理图像切中了人们面对各种激烈的社会竞争时所感受到的焦虑与无力。② 这

① 胡传吉:《非虚构写作更改文学大势》,《北京日报》2015-10-22 第 18 版。
② 徐英瑾:《数字拜物教:"内卷化"的本质》,《探索与争鸣》2021 年第 3 期,第 57—65 页、第 178 页。

与十年前"神马都是浮云""你妈喊你回家吃饭"等纯娱乐性的网络流行语完全不同。这些网络热词与年轻人的生活状态息息相关，表明网友处于数字化深度生存时代，往往依赖人设搭建来勾勒自己的生存现状，建立身份认同，更重要的是，这些热词也意味着公众对社会大潮与个体命运的关切达到前所未有的程度，表达对未来的困惑和向往。于是我们看到这样一种矛盾的现象：随着国际社会各种"典范"的丧失和价值的破碎，青年人逐渐培养起了对于宏大叙事范畴上的"国家"未来的强大自信；然而与此同时，却对私人生活和个体概念上的"自我"未来报以前所未有的疑虑。①

美国学者贝克曾指出，"为自己而活"的愿望在当今西方世界几乎比任何其他一种愿望都要强烈。"我们可以毫不夸张地讲，每日为拥有自己的生活而努力奋斗，已经成为西方世界中的集体经验。它表达了我们共同情感中的残余部分。"而我们这个时代最重要的特征是"人们的选择和决定塑造着他们自身，个体成为自身生活的原作者，成为个体认同的创造者"。② 不独西方如此，自我中心主义的流行病也在中国青年群体中得到体现，相比公共事务，他们更加关注个人，在学习、工作之余通过社交媒体及网络社区记录生活、分享心情、宣泄情感，热衷于在网络平台展现另一个自我，以此获得外界的关注及内心的满足，日常生活、私人情感、消费、消遣等构成他们的"小时代"。2008 年《韦氏新世界词典》编辑票选"过度分享"为当年的年度风云词；2013 年牛津词典把"自拍"列为年度"风云词汇"。社交媒体爆炸性的增长提供了更多炫耀自己、迅速获得他人认可的空间，个体的自我价值实现可以通过点赞、留言等"指标"来体现。加拿大学者霍尔·涅兹维奇认为：

---

① 孔德罡：《弹钢琴的快递员和过劳的年轻人：从工人文化宫到"水晶宫"》，澎湃思想市场 2021-1-15，https：//mp. weixin. qq. com/s/a5773K_0hooF1VSHIgm9Kw。

② ［德］乌尔里希·贝克、伊丽莎白·贝克-格恩斯海姆：《个体化》，李荣山等译，北京大学出版社 2011 年，第 26-27 页。

我们展示自己，供人观赏评论，正是企图用自己的语言重申个体性。[①]
正是在这种环境中，当前的文化产品也呈现出主观化、个人化的情感表达，轻巧而讨好，很难看到既有历史纵深感、宽阔的时代感，又体现人的力量的作品，厚重、复杂、痛苦难以受到欢迎，因为我们已经习惯了以简短的文字来晒自己的生活。正如法国社会学者利波维茨基所说："这是一种非稳定化的、宽容的心理感受，它专注于自我的情感实现，醉心于青春、体育与音乐，它不在于生活上的成功，而在于内心层面上持续的自我完善。"[②]

针对西方状况，美国存在心理学家罗洛·梅指出相比 20 世纪 50 年代的缺乏认同问题，当前意义感丧失的危机更为突显，即：即使知道自己是谁，但认为作为一个个体产生不了什么影响，这种意义感丧失的危机导致责任感的削弱。而"当人们体验到他们作为个体的无意义感时，他们同样也会遭受一种作为人的责任感的削弱"。[③] 媒介化生存是当前青年面临的现实，而这也使得青年的角色定位和自我身份认同、文化认同、群体认同发生了深刻的变迁。

当前社交媒体的发展呈井喷趋势，但整体来看，网络对于公共议题的关注与影响仍然十分有限。频繁关注公共事务的网民比例相对来说很低，社交媒体的私语化特征非常突出，青年网民的微博微信 QQ 空间中充斥着大量闲言碎语，满足情感慰藉的同时却也削弱了网络交往的公共意义。青少年的碎片化思维和历史感断裂，形成对历史的忽视和对当下的强调的双重困境，对娱乐话题的讨论远远超过严肃话题的关注。更有甚者，公共事务有时等同于对公众人物私生活的关注，严肃议题出现八

---

① [加]霍尔·涅兹维奇：《我爱偷窥：为何我们爱上自我暴露和窥视他人》，黄玉华译，北京：世界图书出版公司 2015 年，第 31 页。

② [法]利波维茨基：《空虚时代：论当代个人主义》，方仁杰、倪复生译，北京：中国人民大学出版社 2007 年，序言第 10 页。

③ [美]罗洛·梅：《心理学与人类困境》，郭本禹、方红译，北京：中国人民大学出版社 2010 年，第 35、41 页。

卦猎奇走向。消费社会消解了严肃的事物和价值,让一切都以娱乐的方式呈现出来,不管是正能量还是负面消息,不管是政治、社会灾难还是明星八卦一经传播都被等量齐观。各种转发、评论满天飞,事实本身及具体解决路径等都不重要。在此背景下,认同危机问题越来越突显并呈现扩大化趋势。

与此同时,信息技术的发达使得把关人的作用被削弱,兴趣导向驱动下,社会新闻、娱乐休闲、保健养生、心灵鸡汤、段子笑话获得更多的传播和流通机会,看起来,信息消费者似乎有了个人的选择权,但同时也减少或丧失了获得"应该知道的信息"的机会。另外一个值得注意的现象是,当下千奇百怪的社会事件与包罗万象的跟帖、各种追求人物情节的游戏与层出不穷的网络文学等为代表的"泛文学"已足够满足青年群体对故事的需求。

技术的进步、视野的扩大,个体并未随之变得更加独立自主,越来越多的人选择躲在集体的背后。消费与占有成为建立个体认同的通道,个体与社会呈现向内卷的趋势。在消费语境中,新闻不再以追求唯一确切的真相为目标,而是转变为"一种被消费的大众文化,也就是说,没有情节,没有悬疑,没有趣味和没有温度的新闻就没有被关注和消费的价值"。①

个体化进程中的认同困境突显出非虚构写作的公共价值。党的十九大提出了社会治理的要求,即动员一切力量,形成共建共治共享的社会治理新格局,主流媒体更是担负着推进社会文明进步的重任。人人都是记者的网络时代,非虚构写作成为人们表达情感、传递思想、追求美好生活的文化形式。同时,在地方文化整理、非物质文化保护、生态理念传播、乡土价值守护等方面,非虚构写作因其公共性和社会性,发挥着中介和平台的功能。

---

① 胡翼青:《后真相时代的传播——兼论专业新闻业的当下危机》,《西北师大学报(社会科学版)》2017 第 6 期,第 28—35 页。

非虚构写作意义何在？从长远发展来看，它能否跳脱个体、小我的内向关注，向外拓展更广的可能性？李泽厚曾指出文艺史上经常有这样一种现象：一些作品以其艺术性审美性，装修着人类心灵千百年；另一些则以其思想性鼓动性，在当代及后世起重要的社会作用。是追求审美流传因而追求创作永垂不朽的"小"作品，还是面对现实写些尽管粗拙却当下能震撼人心的现实作品？① 国内近几年引发社会关注的非虚构作品，大都是"粗拙"但又"震撼人心"的，只有当写作主体不仅作为观察者、思考者，还成为行动者时，非虚构写作才能得以恢复文学书写参与和建构公共生活的活力。带着舶来品气息的非虚构写作，在事实上已经成为普遍的存在，国内的多元实践为这种存在赋予了新鲜的时代特征并提供了充足的发展空间。

非虚构写作具有包容、自由和平等的精神，本身也是一种不受职业、年龄、地域、学历等外在条件限制的写作方式，比如人们对故乡的书写。2016 年全国乡村话题大讨论就是由非虚构"返乡书写"引发的，其中成为现象级讨论作品的是黄灯的《一个农村儿媳眼中的乡村图景》，央视《新闻调查》还推出了专题节目《家在丰三村》，在此基础上黄灯出版了首部非虚构作品《大地上的亲人》。此后，黄灯发起2019年"故乡纪事·爱故乡非虚构写作大赛"征文活动，倡导写故乡人、讲故乡事、抒故乡情。在城市与乡村两个维度展开的"非虚构写作"，摒弃了在文本层面的过度雕琢，在克制、平实、不动声色的白描式勾勒中，通过内在的丰富细节与丰沛情感，完成对当代中国真实面貌的刻画。同时，中国从两个路线展开的"非虚构写作"，也正是在当下这个"虚拟时代"的语境中，现代科技中人的异化的时刻警惕。"非虚构写作"秉承关注现实的文学传统，通过文化力量统合科技力量，始终进

---

① 李泽厚：《中国思想史论》（下），合肥：安徽文艺出版社 1999 年，第 1088 页。

行着抵抗虚无、重构现实的上下求索。①

　　北京大学新闻与传播学院研究员张慧瑜曾以"倾听他人"为主题指导学生进行非虚构写作，他发现通过非虚构写作，写作者能够主动触摸历史，了解社会，从自我意识走向他者意识。"非虚构写作强调平民视角，可以启发作者观察人物、事件的角度与态度，进入更广阔的视野中，重新思考和建立自我与生活、与现实、与时代的关系，将自己与他者、家国、历史勾连起来。"不少读者将非虚构作品视为另一种形式的新闻，张慧瑜强调，非虚构文学不是新闻写作，也不是新闻报道，而是对生活的深度挖掘。在普通人有血有肉的故事中，去发现个体的历史性、时代性和传奇性，这需要写作者具有敏感的观察能力和社会分析能力。他希望非虚构写作能成为新闻教学的通识教育，改变专业化的新闻教育，打通新闻与社会的互动关系。通过非虚构写作，通过互为主体性的民族志理念，让更多人能够将视野放到自己的世界之外，去关注那些身边的"陌生人"。②

　　社会治理现代化背景下，媒体积极谋求转型，实现了新闻+服务、新闻+政务等功能转向。在公共政策、社会管理层面，新闻领域非虚构写作也表现出较强的干预功能，有利于促进社会公共治理尤其是基层治理。即使是市场化运作的媒体机构，同样表现出这一特质。比如《人物》杂志，该刊定位于非虚构故事的提供者，立志提供中文世界最好的人物报道。2012年改版后推出了大量创新性新闻文本，以特定的主题、大量文献阅读及扎实的采访获得文本创新标杆美誉。作为月刊，《人物》不追求时效性，更注重内容的深度与价值，坚持激发人性、鼓舞人心的编辑方针，发布鲜为人知的、有阅读价值的新闻，重视通过故

---

① 薛静：《大众文化语境下的"非虚构写作"》，《文艺评论》2017年第5期，第19-24页。

② 张慧瑜：《倾听他人：非虚构写作与新闻教育的结合》，《写作》2020年第1期，第17-22页。

事引发公众情感共鸣并构建同理心，折射人性光辉，以呈现世界积极美好的一面。借用一位读者的话来说：人物的文章安静又蕴含着巨大的力量。近几年《人物》杂志的非虚构写作表现出明显的建设性转向。

第一，报道立意高远，极具公共意义。

作为月刊，《人物》不追逐热点，主动设置有意义的话题，关注影响人类生活与未来发展图景的实际议题，在故事之上，直指社会治理不同层面的问题，吸引公众广泛参与讨论及社会行动。如《在长丰，女性向前一步》（2020-06-16）、《一个癌症科普博主和他梦想中的医院》（2020-12-30）、《互联网大厂的厕所难题》、《在中国，坐轮椅出行究竟有多难?》（2021-04-13）、《那些被忽略的癌症"照顾者们"》（2021-04-20）等等。

其中，2020年经由微信公众号推送的两篇稿件获得好评，一是《葬花词、打胶机与情书》（安小庆，2020年7月20日），一是《外卖骑手，困在系统里》（赖祐萱，2020年9月8日），选题迥异，但操作路径上具有相同的特点，且同时入围2020真实故事奖（注："真实故事奖"是首个为全球记者设置的奖项，旨在让记者的声音能够超越其祖国的国界，被整个世界听到，从而增加媒体所提供观察视角的多样性。"真实故事奖"由独立基金会授予以12种语言撰写报道的记者，以奖励他们深入细致的调查、优质的新闻报道，与深刻的社会现实性。）

前者关注的是一条社会暖闻：来自湖北54岁的农民工吴桂春因留言东莞图书馆而走红后，工作问题顺利得到解决。在记者安小庆看来，如果仅仅只是呈现热爱阅读的吴桂春的心灵史和生命史，那会是一篇单薄的稿子。她想要的是一张有景深效果的照片，是用人文社科的视角回望和辨析过的故事。最前面是这个人，第二层是行业层面即关于图书馆的价值与使命的探讨，第三层是社会环境即故事发生地珠三角的气质，三层递进中，文本的公共价值一步一步得以提升，最终落脚于个体生命故事背后"开放、包容、务实、温暖的物候和土壤"和"依旧鼓呼和实践公共价值观的行业"。该报道获得谷雨奖七月公益写作奖，评委杨潇认为：在舆论的一片感动声中，这篇特稿最大限度地挖掘了"农民工留言图书馆"事件的公共价值。

在笔者看来，这篇报道在独到的角度与精彩的文笔之外，更难能可贵的是其对"中国体验"的某种洞悉与具体描绘。周晓虹认为这一概念指向的是中国人民在宏观变迁的背景下发生的价值观和社会心态方面的微观变化，其中既包括积极的心理体验，如开放、流动、竞争、进取、平和、包容等，也包括消极的心理体验如物欲、拜金、浮躁、冷漠、缺乏诚信、仇富炫富等。可以说，人格的边际化或社会心态的两化是中国体验的最重要特点，也说明中国体验本身就是变迁的一种精神景观。① 北京大学信息管理系王子舟教授曾对留言形成新闻热点背后的含义进行分析："它呼应了人们对经济衰退、萧条带来的社会发展不确定性的焦虑，对工作、居住地变换或迁徙造成的生活质量下滑的担忧，对未来物质生活与精神生活能否相互达成平衡的迷茫等。"而记者对东莞图书馆的采访让人看到了人文主义和社会公正的暖光，珠三角温暖的物候与历史文化语境也在采访中逐一打开。入围评语也特别强调了其公共意义：中国仍然是一个农业人口占绝大多数的国家，但关于农业、乡镇、边缘地带及其打工人群的报道却始终在舆论的边缘。本文讲述了为了谋生去城市打工的一群农民，如何在一家小图书馆中得到看书的机会，并且通过阅读改变了自己看待世界的方式，获得精神生活。文章讲述了一个温暖的故事，补充了我们的认知盲区，也发现了一种改变社会结构、解决社会问题的途径。

《外卖骑手，困在系统里》（9月8日推送）是一篇具有社会学意义的研究性报道，聚焦外卖骑手的违章与交通事故的高发现象。记者通过

---

① 周晓虹：《中国体验：社会变迁的观景之窗》，《探索与争鸣》2012年第2期，第13—15页。

大量采访与数据统计指出在外卖系统的算法与数据驱动下，外卖骑手疲
于奔命，导致他们违反交规、与死神赛跑，外卖员成了高危职业。文末
列出了相关参考资料，导语反映出媒体强烈的社会关切：

> 一系列交警部门公布的数据背后，是"外卖员已成高危职业"
> 的讨论。
>
> 一个在某个领域制造了巨大价值的行业，为什么同时也是一个
> 社会问题的制造者？为了找到这个问题的答案，《人物》团队进行
> 了近半年的调查，通过与全国各地数十位外卖骑手、配送链条各环
> 节的参与者、社会学学者的交流，答案渐渐浮现。
>
> 文章很长，我们试图通过对一个系统的详细解读，让更多人一
> 起思考一个问题：数字经济的时代，算法究竟应该是一个怎样的
> 存在？

该文入围 2020 真实故事奖的评语称：这应该是 2020 年在中国公共
舆论中引发最大关注和讨论的一篇非虚构报道。作者用数月时间深入经
营食品外卖业务的互联网公司进行调研与采访，揭露出他们雇佣的外卖
骑手是如何被算法系统所剥削，并且承受了高强度、非人性的巨大压
力。中国的城市生活受惠于科技的高速发展，吃外卖也成了城市中国人
每日基本的生活方式，在这样的背景下，该报道提醒我们资本主义发展
过程中巨大的技术和道德陷阱。外卖员、快递员的职业困境和发展近年
引起人们关注，成为当下最受关注的社会议题之一。但是在此报道出现
之前，均没有独到的分析或是有影响的文学作品，反倒是非虚构写作发
挥了独有的优势。

报道刊发后迅速在各类新媒体平台刷屏，百度检索标题相关结果超
过一百万，大量关于外卖骑手工作生活困境、数字劳动关系以及零工经
济的讨论密集出现，成为当年在中国公共舆论中引发最大关注和讨论的

非虚构佳作。9 月 9 日，饿了么官方微博发文"你愿意多给我 5 分钟吗?"宣布将于近期发布新功能。美团官方微信推送《感谢大家的意见和关心，我们马上行动》声明，从优化系统、安全保障、改进骑手奖励模式、骑手关怀和倾听意见等角度，回应了公众关注。并称："没做好就是没做好，没有借口。系统的问题，终究需要系统背后的人来解决，我们责无旁贷。"有网友留言说：看完就知道那篇外卖骑手的文章为什么成了爆款，没有标题党，没有哗众取宠，而且投入足够的精力与耐心去交流、观察、搜集资料，思考更深层次的，具有人文与社会意义的内涵价值。这是今年看过非常好的一篇深度报道了。我曾经认为，调查新闻报道因为很多不可言说和可言说的因素，消失了。很高兴看到人物对社会命题开展严肃讨论，那种文以载道的传承还在。

从报道产生的影响来看，"让更多的人了解外卖员所处的生态系统，让平台给予底层劳动者更多的尊重。"这一目标得以达成。

第二，突出问题导向，追求"解决之道"。

关于解决方案（问题）新闻，《纽约时报》的专栏《解决》是追求"解决之道"理念的重要实践者，致力于探寻社会问题的解决方案及奏效的原因，促进读者产生积极情绪并采取行动，最终促成社会现实问题的解决。其联合创始人从三个方面阐述了"解决之道"新闻兴起的原因，一是企业、非营利组织和其他机构的激增，缓解了社会弊病的发生，二是网络信息的爆炸式增长，使得厌倦了负面新闻的人们，有了避开主流媒体的出路，三是记者们希望报道积极的社会变革，吸引更多的读者。[1] 至于恢复性叙事，则是"捕捉人们努力恢复或重建生活的事实，与传统新闻相比，它更强调力量、可能性、愈合及成长。"通常被认为"具有社区凝聚作用、赋予希望及有恢复能力的新闻报道"。[2]

---

[1] 唐绪军、殷乐：《建设性新闻实践：欧美案例》，北京：社会科学文献出版社 2019 年，第 218 页。

[2] 同上，第 296 页。

《人物》杂志提倡建设性与解决方案导向的报道思维，以展开建设性对话的方式探讨方案。采用以小见大的方式，以普通人视角切入阐述社会大问题并提供解决方案，其报道主旨与西方恢复性叙事较为接近。近年群像人物报道大都围绕社会议题展开，以展开建设性对话的方式探讨方案，提供可学习、参考借鉴的样本。《我们到底需要什么样的语文老师？》（2021-10-12）讲述的郭初阳和一群语文老师的故事就产生了上述影响。笔者曾将此文转发给多个从事语文教学的朋友，一位新教师说：仿佛经历了一场雨，洗刷了心中积压已久的不安与慌张。另一位朋友结合自己的教学实践与笔者分享了很多上课的想法，此文发表后引发了关于语文教学改革以及教育理念的讨论。

《第一批住进养老院的90后，后来怎么样了？》（2019-09-11）通过讲述一群20多岁的年轻人住进养老院的故事探讨养老院运营模式的多样可能。杭州阳光家园养老院招募年轻志愿者，要求大学毕业不超过7年、在杭州滨江区工作，且在杭州8城区无住房。福利是每月只花300元入住月租金2000元左右的朝南房间，义务是每月需服务老人不少于20小时。服务可以是陪伴，陪老人散步、聊天，也可以是教学，教老人一些技能。这种模式在一定程度上驱散了老人内心的孤单，也为刚毕业的年轻人节省租房成本，但在文本中，我们也能看到这种模式存在的一些弊端，如：年轻人不会永远留在这里，与孤独老人相处过久会影响自身情绪。这篇文章的刊发，让我们看到了养老院运营模式的一种新的可能性，也引发社会的广泛讨论，如何使养老更加科学，老人们更加快乐。

该刊刊发的《强制报告，为了我们的孩子》（2022-04-18）、《打开一个折叠的人》（2020-03-25）则可视为恢复性叙事的成功案例。

《强制报告，为了我们的孩子》关注儿童性侵这一重要社会问题，以未成年人强制报告实施背景为切入点，在全国范围内打捞资料，深入采访核心人物，文章很长，但记者笔触细腻，叙事有吸引力，让司法报道摆脱了晦涩枯燥。文中对关键人物的采访让我们看到，无数普通人以善良之心和责任感成为一项制度的推动者和执行者，对十读者来说，获得的不仅是思想认知上的启迪，更有行动上的指导，而这正是该文获评谷雨之选月度公益写作奖的理由。

《打开一个折叠的人》展现出医患之间彼此的信任与爱意的涌动，帮助社会重建信心。报道唤醒公众积极情绪，虽不是传统的典型报道，但崇高话语的建构非常成功，医疗团队彰显出的勇气和信任，患者本人的温和与力量，患者母亲的伟大与坚韧，无不让人生发出崇高感。网友在评论区激动不已："这不仅仅是一个医学高难案例，也不仅仅是一个优秀医生的使命传奇，更不仅仅是一个不幸却又幸运的坚强患者的故事，在案例的背后，在医生和患者之间，我们看到的是人与人之间的关系，信任与被信任，拯救与被拯救！""重新体验人间至美，即使伤痛在所难免也无所畏惧！""阅读每个文字心中的战栗，除了震撼别无他言，这世上是有神的。"

第三，讲述积极的人物故事，彰显新闻至善。

好的新闻报道充满力量与意义，折射出人性光辉，这些个体故事提供了一种示范，呈现了生活的另一种可能，对于很多人来说是一种莫大的鼓励与安慰，具有指引读者向上的力量，赋予他们坚持前行的勇气。《人物》杂志以人的发展、社会进步为出发点，在个体叙事方面，着重叙述如何在逆境中恢复和发展，更关注困境中的希望而不是渲染困境与绝望，传递一种积极的生活态度。杂志改版后开设的"一个世界"专栏可视为积极新闻的代表，"特写"与"短报道"栏目的积极故事更为集中。比如乐观坚毅、追寻自由的"春风奶奶"（《春风奶奶在地铁里拉琴》2021-03-12），对热爱和审美有着极致追求的滑冰爷爷（《冰上快乐，劳伦斯先生》2020-08-10）等报道，在老龄化社会语境中积极形象的塑造无疑发挥了示范鼓舞的作用。

获得谷雨公共写作奖的《佳木斯的老四，和他的朋友们》（2019-

12-17）收获了很多留言与肯定，在编辑赵涵漠看来，这篇稿子的使命就是让人知道在佳木斯生活着的中青年，他们当下的生活状态。赵涵漠是哈尔滨人，她认为老四这篇稿子是有使命的。她曾经写过有关东北下岗工人的特稿《失落的阶级》。如今，当历史伤痕鲜再提起，东北衰落叙事泛化了细微差异，老四的故事是对当下生活状态的展示，让东北重新发声。"当人们谈到东北的时候，东北是被泛化的，标签化的。看起来好像东北的方言、东北的幽默、东北的文化，是比较鲜明的，但实际上内部每一个区域细微的差异完全被模糊掉了。在刻板印象抹平了一切的基础之上，这篇稿子给我的最大感受是，让我看到了原来可以在文字中如此鲜明地表现一个城市的个性。佳木斯就是佳木斯，而不是其他什么地方。"①

在这些人物故事中，《人物》对女性的书写尤为动人。女性命运、经验、价值在很长一段时间被隐藏，她们似乎只与家庭、婚姻、家务捆绑在一起。随着女性话语权的提升，近几年女性的真实生存处境和精神力量逐渐进入大众视野，具有故事性、独特性和争议性的"她题材"得到媒体青睐，关于性别议题的社会讨论中，多元化解读和意义表达得到了较为充分的释放和回应。类似报道很多，共同特点是打破陈见，改变受众既有认知框架，颠覆刻板印象，带有主体解放的审美价值。

比如引发读者强烈共鸣的《平原上的娜拉》（2021-05-26），主人公是2002年曾微微高抬着下巴，在《半边天》节目中说出"我宁可痛苦，不要麻木"的农村女人刘小样：

> "人人都认为农民，特别是女人不需要有思想，她就做饭，她就洗衣服，她就看孩子，她就做家务，她就干地里活。然后她就去逛逛，她就这些，你说做这些要有什么思想，她不需要有思想。"

---

① 参见《对话荆欣雨、赵涵漠：像写李安一样写东北老四》，谷雨计划2020-06-30，https：//mp. weixin. qq. com/s/gCMKczVds_QOkMoI3SfwIw。

刘小样咬咬牙，"我不接受这个。"

刘小样只是一个普通的农村女性，她"出走"的欲望与顾家的矛盾，"宁可痛苦，不要麻木"而又进行着"自我消除计划"的强烈内心挣扎牵动了每一个读者的心。在碎片化时代，这位"平原上的娜拉"如何探求另一种人生路径的生命故事获得超高阅读量与评论量，刘小样成为让不同性别、不同阶层、不同年龄、不同地域的人共鸣共情的样本，在她身上充分体现出人之为人的丰富内涵，是对"人本质的表达。"

上述报道以有强度、有信念的叙事为读者带来希望，这样的写作无疑远远超越了一篇新闻报道的意义。大量网友留言中，唤醒、美好、安静、力量、希望等成为高频词：

> 网友企鹅：我真的真的真的好喜欢《人物》写的文章！好几次我整个人很down的时候读到你们的文章，就感觉自己的烦恼真的没什么大不了，好像又看到了光还有希望，因为在世界的每个角落有很多很多人都在努力又充实地用自己的方式活着，这很美好。
>
> 网友暖暖：有事没事总是喜欢翻看下《人物》，好像每篇文章都能让自己重新审视一下自己，听见自己的内心。因为生活而做的妥协，放弃的东西在这一刻被唤醒。虽然依然在一成不变的世界里麻木前行，但是因为有你，偶尔遇见隐藏在角落的自己。一切都会越来越好的，我们所有的人，希望……毕竟枯干上已经吐露新芽，花儿已经开满枝丫！

《人物》杂志微信公众号还特别擅长发起参与式新闻内容生产，激发网友分享真实故事。其话题选择通常与生活方式、消费方式、情感状态及社会心理变迁等年轻人关切的问题有关，比如 4 月 25 日"你经历过的那些'不好好说话'的时刻"、5 月 25 日的"那些被现代智能生活抛弃的时刻"、6 月 9 日的"当 90 后开始'吃苦'"、8 月 18 日设置的"你的 90 后空巢故事"等。2021 年新开设用户生产内容的栏目"The Moment",每到月末征集"最难忘的瞬间",网友踊跃参与,表达自我与记录生活的热情高涨,在忙碌、琐碎的日常世界里为读者营造了一个独特的诗意空间,从中不难见出普通人对社会对他人的善意与爱意。

在国内,一些市场化传播公司在商业经营的同时,追求新型城市智库的定位,如致力于政经类非虚构作品的策划与出版的"城势话语机构",其"基层中国研究计划"具有强烈的现实精神与公共关怀。新冠肺炎疫情暴发后,该机构启动《战"疫"中的基层中国》研究与传播项目,2020 年 2 月 10 日起面对全国各地基层公共单位和社会机构及个人征集案例、数据和真实故事。这类积极探求推进国家治理体系与治理能力现代化的非虚构写作以理性与建设性为特点,体现出跨学科、跨文体的发展趋势。

非虚构写作的建设性实践需要避免两种境况:一是成为从学术研究角度探讨的报道,这类写法因为缺乏故事与细节,很难得到很好的传播;二是停留在现象层面的体验式采访报道,此类写法细节丰富,并有一定体量的故事,但因缺乏深度而失去公共意义。

当然,前述好评度高的非虚构作品也被专业人士质疑,因为报道更多的是呈现困境,在解决困境上没有作为,对此,赵涵漠坦陈媒体与记者的功能十分有限,在她看来,"让非常多的人看到,受到触动,让人们对某一个群体的困境产生更具体的认识、产生共情,这是媒体的价值所在"。[①]

---

① 参见《对话荆欣雨、赵涵漠:像写李安一样写东北老四》,谷雨计划 2020-06-30,https://mp.weixin.qq.com/s/gCMKczVds_QOkMoI3SfwIw。

第二节 非虚构写作形态创新

一、影视化：非虚构文学写作形态创新

国外非虚构作品影视化改编有很多经典案例，最成功的当属《逃离德黑兰》（第85届奥斯卡最佳影片、最佳剪辑、最佳改编剧本奖），改编自《连线》杂志的非虚构特稿《大逃亡》。韩国高分电影《素媛》《熔炉》《黄海》《杀人回忆》等均改编自真实案件。国内近几年现实题材电影开始叫座，各大片方开始新一轮对真实事件改编和非虚构的争抢，这被视为非虚构作品的春天。

2019年可以称之为中国市场的"非虚构电影元年"，《烈火英雄》《中国机长》《我和我的祖国》等均有真实故事作为背景。大部分非虚构类电影都是直接改编自真实发生的案件（新闻），小部分改编自回忆录、报告文学与电视节目。

比如电影《烈火英雄》就改编自作家鲍尔吉·原野的长篇报告文学《最深的水是泪水》，原作由"大连新港7·16火灾"事件消防员的采访报道集结而成，自带歌颂体的文字风格诉诸影像，轻而易举地决定了影片偏"英模"式基调；影片《七十七天》以探险作家杨柳松77天孤身穿越羌塘无人区的帖子为蓝本进行剧本创作（后出版改名《北方的空地》），并在其中植入了感情线；电影《亲爱的》改编自2011年央视《新闻调查》及《看见》的两个专题报道《拐卖重伤》和《童年之殇》，编剧张冀以此形成剧本梗概，并在原型人物身上添加了更多戏剧化经历。关注社会议题、细节翔实、具备反思意义，这是非虚构作品进行改编的特质，但影视化道路却依然漫长。

自从2016年《时尚先生》的特稿《太平洋大逃杀》被乐视影业以

百万级价格买下，非虚构故事的商业化开始引发行业内外关注。最近几年，网易人间、真实故事计划、界面新闻特稿和正午、腾讯谷雨、故事硬核等等作为特稿和非虚构平台与电影机构进行 IP 交易，开启了该领域的早期商业化。根据自媒体"IP 价值观"对真实故事计划创始人雷磊的专访，2018 年真实故事计划通过 IP 版权变现收益几百万元，这个比例占到了总收益的 30%。然而 30% 这个数字只是上半年的乐观情况，下半年随着影视行业预冷，非虚构 IP 变现也开始变得困难。

IP 影视化改编有明显的优势，但真正意义上由非虚构文学作品或特稿故事改编的影视作品却非常少。非虚构写作强调严谨与作者立场，可以说是一种"精英式阅读"，但中国的非虚构类电影对标的是普通观众，强调的是娱乐，两者在创作理念上最开始就不同。

非虚构平台的商业模式主要有两种：版权售卖进行影视化改编及与品牌合作稿件。后者存在先天性的局限，品牌主的商业合作意愿与追求真实故事的平台定位之间存在明显的冲突。

比如"真实故事计划"就曾与麦当劳合作"寻找 25 个遗落在餐桌上的故事"，除此外，该平台还提供定制内容服务，对象主要是政府、公共机构和商业机构，由对方指定内容，团队作者撰写成稿并在平台上发布。无论是商业品牌还是政府机构一般都追求正能量的传播，这与非虚构故事的深刻复杂很难相协，或者牺牲合作方利益，或者平台形象受损，双赢几乎不太可能。关于影视 IP，业内也有不同意见。郭玉洁认为影视业和互联网创业对非虚构写作的冲击是毁灭性的，不健康的商业模式、一稿成名获取百万稿酬容易让写作者迷失方向。

二、交互与沉浸：新闻领域非虚构写作形态创新

非虚构写作回归个体最真实的感受，站在个人的角度去看待个人与社会的关系，在题材选择、情节构架、人物塑造、语言风格等体现出一定的主观、感性化风格，并形成鲜明的个性。文体解放让报道范式、修

辞风格日益多元，受众获得不同的美学体验。比如笔记体式、民族志式报道，就突破了以往的新闻范式，优秀的非虚构写作者常常在采访调查环节花费大量时间，沉浸式、密集式采访、田野调查等广受推崇，为一篇报道花费几个月时间变成常态。这种变革在《人物》等传统媒体及"故事硬核"等专事生产非虚构作品的公众号上较为常见。

比如大量出现的口述体，《我的太太得了产后抑郁症》通过一对普通夫妇的视角描述生活中无数琐碎的细节，没有故事链，没有知名主人公，没有强情节、高潮等，就像一个老朋友絮絮叨叨地说他面临的难题和痛苦，但流畅的叙述依然能给人带来触动。

更重要的是，基于技术的发展，强调在场、营造感官体验的音频、视频等多媒体交互呈现、慢直播、沉浸式新闻、VR 新闻得以问世，非虚构也因此在表现形态上日益多元丰富。

1. 漫画式文本

《冰点周刊》微信公众号 2019 年 11 月 8 日推送的《天黑了，请上车》首次尝试以漫画方式完成非虚构叙事，通过公交车夜车上的各种场景生动形象地体现出平凡生活中的艰辛、乐观与温情，相比纯文字报道，这种表现形式代入感更强。

《人物》杂志公众号也曾推出《回答不了 2017》《那些被叫作爸爸的男孩》《他们谈爱时不讲道理》《他们不谈爱时讲了一堆道理》等漫画式非虚构作品。作者匡扶自称"故事创作练习生"，认为自己是以漫画的形式进行叙事的创造练习，具体的内容其实还是在叙事、在讲故事。基于真实生活场景的叙事漫画在某种程度上拓宽了非虚构的外延，用一种新的讲故事方式，试图透过生活的镜像，去寻找本质的真实。这些稀缺性"采访对白式"清水漫画，话题性强，易引起共鸣，网友互动热烈。如"回答不了系列"《那些被叫作爸爸的男孩》等，内容上创新性与专业性兼具，多语言文字形式，画风新奇，且人物刻画细致传神，在脑洞开得无限大的"访谈"中嵌入对生活的深度思考。

2. 音视频交互叙事

2020 年 3 月,《纽约时报》出版了一本名为 *Answers to Your Coronavirus Questions* 的电子书,书中收集了一些关于新冠病毒的优质报道,系统性整合了各种常识,堪称一本疫情期间的"百科全书":从病毒感染和攻击人体细胞的机制,到怀疑自己得了新冠病毒应该怎么办;从如何与孩子们讨论疫情,到股票市场的走势;从疫情期间如何保护住在养老院的家人,到怎样正确地囤积食物……书里的服务性内容帮助了许多读者。一周时间内在 Apple Books 上被下载了 3 万次,成为免费书籍排行榜的第一名。[1]

如何更好地延伸新闻报道的生命力?播客、短视频、电视节目、电影、电子书等均是很好的尝试。

可视化,交互叙事、动漫等多媒体交互呈现,形成叙事流。谷雨实验室《新留洋时代:他们为何花上百万送孩子到美国上高中?》使用了包括动图、短视频、在线调查等多种交互叙事手法。文章在介绍2013—2016 年赴美留学高中生总数以及中国赴澳大利亚、美国、英国、加拿大四国的留学人数及占比时,把这一情形制作成了动图,直观地传递给了读者。

再比如与音频的融合,目前已出现的叙事型播客,被定义为"用声音纪录片讲述非虚构故事"。2020 年的普利策新闻奖首次设立音频报道奖。广播天然地适合讲故事,早在 20 世纪 80 年代,美国独立电台记者杰伊·阿利森就开始利用广播讲述社区的故事。2001 年,他在海角和岛屿又建立了新的公共广播站,选择 24 小时不间断地播报市民自己的故事,包括人物描写、口述历史、回忆录等,听众说这样的节目实际

---

[1] 尼曼研究:《〈纽约时报〉正在用电子书延长新闻报道生命力》,全媒派公众号 2020-04-28,https://mp.weixin.qq.com/s/4uxM3-RdTvlfrioMUAHPsg。

上构建了社区，并消除了隔阂。①

我们可以试想一下，非虚构写作中作者往往作为故事见证者之一成为故事的一部分，那么当故事被声音传递出来时，它的真实性无疑会进一步增强。因此，相比文字文本，声音文本有更高的亲密度，而听众也比读者更容易参与到对话与交流中。

当下，媒介技术的发展使新闻播客收获了各自的忠诚粉丝。在美国，除了访谈类与个人的独立播客，不少做播客内容的专业团队工业化生产叙事类、虚构类、真实犯罪类、新闻调查类等播客。

全媒派曾推文介绍国外罪案类非虚构节目 Serial、调查类播客节目 S-Town、Wrong Skin 等四档非虚构播客节目，认为这种将非虚构写作和音频融合的方式，是用声音来填补文字和情境之间的空白，会成为非虚构作品焕发生命力的绝佳机会。② 2014 年播出的 "Serial"（连载）节目组仅只有 5 人，却成为 iTunes 上最快拥有 500 万订阅的播客，并在2015 年 4 月获得播客类大奖，被多家媒体评为 "史上最好的播客"。③

2017 年《纽约时报》创建播客/音频产品 The Daily，内容上的核心竞争力与叙事能力使其成为数字新闻时代《纽约时报》的头版。据资料介绍，目前国外每日新闻播客主要有四种类型，最有代表性的是 "深潜"（Deep-dive），比如《纽约时报》的 The Daily 和《华盛顿邮报》的 Post Reports，倾向于大量使用声音设计和叙事技巧来制作；第二类是以 BBC 的 Newscast 和 Buzzfeed 的 News O'Clock 为代表的扩展对谈（Extended chat），一般以圆桌讨论的形式进行，非正式风格，形式

① 杰伊·阿利森：《公共广播：讲述社区的故事》，参见［美］马克·克雷默、温迪·考尔主编《哈佛非虚构写作课：怎样讲好一个故事》，王宇光译，中国文史出版社2015 年，第 132 页。
② 腾讯传媒：《当"非虚构"不再新鲜，海外播客如何用音频重新定义它？》，全媒派公众号 2019-11-19，https://mp.weixin.qq.com/s/7y7MPj3Nd5Nrgi41HRL5-g。
③ 刘滢、胡洁：《新闻播客：国外媒体转型的新动向》，《青年记者》2017 年第 10 期，第 86-88 页。

灵活，采取单个或多个主题，有时可进行长时间的独白；第三种是以BBC的Global Podcast为代表的新闻综述（News round-ups），在一天中特定的时间点以简洁的方式向人们介绍发生的事情，通常包括一系列的故事；最后一种是非常简短的新闻简报即微公告（Microbulletins），快速提供当天的新闻摘要。

美国新闻界将newspaper与newscast嫁接为papercasts来命名以报纸内容生产优势驱动且不同于广播表现形式的数字音频产品。辜晓进认为，播客区别于传统广播新闻的简单化、同质化、综合性、定时性、硬新闻为主等特点，而是通过一个或多个讲述者，将正在发生的新闻，以一种具有洞察力的眼光，将新闻及其背后故事和新闻人物的经历以及讲述者的观感用人声娓娓道来。这种将新闻、评论、个人故事相融合的独特的叙事方式吸引了一批新受众。①

而在国内，作为近两年才兴起的产品，很多人对播客还很陌生，播客的产业化远未来临，内容生态上与美国播客也有明显差异。苹果播客在评选年度奖项时，在美国设有最佳真实犯罪奖、最佳虚构类播客奖、最佳历史类播客奖，在中国只设立年度最佳播客。但已有不少优质播客涌现，它们以高质量的嘉宾和访谈、深度的内容、敏锐的观察和解读获得成功。

2020年底，新周刊·硬核读书会推出"年度十大播客"榜单，上榜的播客中非虚构类的主要有两家。其中，财新的《财新调查报道故事集》更像一档纪录片，该播客采取季播方式，每季15个调查故事，追求"唯有真相，值得回响"，在2020年第二季中，有非洲猪瘟调查、P2P怪力乱神、民航反腐风暴、珠江新城黑金交易、淮河生态调查等重磅报道。调查性报道需要优秀记者花费巨大的精力与时间去调查，需要良好的文字功底将事件的脉络尽可能清晰、完整地展现出来，更需要尽

---

① 辜晓进：《"报业播客"爆红背后的大众传播演进逻辑——纽约时报成功进军音频世界的启示》，《新闻与写作》2020年第9期，第36-44页。

可能强大的平台使更多人看到真相。播客可以说是财新的一个新尝试，它能够让更多人知晓真相。

2017年7月开播的"故事FM"则是一档亲历者口述真实经历的纪录类播客，脱胎于公众号"大象公会"，每周一、三、五在苹果播客、网易云音乐、喜马拉雅等主流音频平台上更新。"以制作电影的方式"，每期内容聚焦一个人的真实故事，加入自述、旁白、原创音乐、声音素材，以创作戏剧和电影的思路进行故事编排，给予听众最大的沉浸感，也是中文圈里最接近美国专业"声音纪录片"的一档播客节目。2019年入选苹果"2019年度最佳播客"，期均播放量超过50万，故事FM创始人、主播寇爱哲曾供职于瑞典国家广播电台、加拿大电视网等媒体，自幼热爱故事这一文学形式，最终通过声音找到了自己的表达方式。

作为叙事性播客，"故事FM"提供了形形色色的人生故事。讲述者有默默无名的大学生、公众员、单亲妈妈、失业者、蛋壳租户、被骂上热搜的设计师、抑郁症患者、研究监狱的学者，也有知名公众人物，如文学评论家许子东、爵士乐男歌手杜凯、《疯狂的石头》的导演宁浩、非虚构作家杜强等，杜强讲述了卧底深圳采写"废物俱乐部"时所经历的一切，不少人由"读者粉"化身"听众粉"，这期节目播出后，"故事FM"粉丝增长率是以往的三倍，杜强也被读者评价"很有做电台主播的潜质"。"故事硬核"负责人林珊珊表示如果未来能把作品做得足够好，可能会考虑多层次的内容开发，例如图书、音频、漫画、视频、影视等等，进而打造出真正的内容IP。

"故事FM"以单人或是多人自述为主。除了少量作为时间空间的变换，情节转折中的铺垫的主播旁白和简单的人物对话外，故事主体部分全程几乎无主播，偶尔在结尾才会加入一段主播的录音，来叙述后续的结尾或是对节目的内容进行总结。声音最能够促进理解，当亲历者亲口缓缓道来自己所经历过的人和事时，我们才能真正地带入到她的角色里去触摸他的感受。2020 年 12 月 21 日推出《回望 2020，我是历史大潮里的一粒沙》，28 日推出短声音纪录片《普通人的时代声音》。

人间 FM 作为非虚构作品的有声读物电台，更容易让听者对内容产生情感共鸣，《与父母一点一点告别》有 18000 多的点击量，播音员用富有磁性的嗓音娓娓道来，让听众深切地感受到孩子对父母的爱和父母对孩子的爱，背景音乐《当你老了》更容易让听众代入情景，得到温暖和感动。后来更进一步和"与声聚来"工作室合作，将非虚构作品改编成广播剧形式，用人性化的设计满足部分用户的需要。

音频之外，还设置了视频栏目"人间放映室"，通过影像的形式来传播内容，为文字带来生命和活力。《人间有味》这一专题中开始漫画形式的尝试。另外，网易号中用直播的形式对历史事件进行回顾，其中《中国的一日/与 4 亿易友共同记录 5·21》的直播参与人数高达 130.3 万。2020 年"人间有味"专题文稿结集出版，《味蕾深处是故乡——〈网易人间〉"人间有味"精选集》（沈燕妮编著，江苏凤凰文艺出版社 2020 年版）选择了 52 篇食物故事。这些故事以不同的角度和风格，诠释了从"30 后"至"00 后"的味觉记忆，呈现几十年来民间美食的多元化和丰富性，尤其突出个人成长、个人情感、亲情友情和美食之间的天然联系。

"人间"本着真实的原则关注社会百态，从社会大环境中选取值得聚焦关注的事件，从普通人亲历的事件中反映社会现实，传递正确的思想观念和价值取向，使读者可以从积极正面的故事中得到鼓舞，从消极负面的故事中汲取经验教训，从而形成一种社会良性互动，对构建健康和谐的社会文化起到了一定的推动作用。

类似的播客还有"真故电台"，其选题偏向"传达那些与公共话题相关的，普通人的真实故事"。有人批评"故事 FM"选取故事的角度有些"猎奇"，比如"为情感烦恼的 10 岁男孩""进入传销组织的年轻人"等。的确，相比国外比较硬核的播客内容，这些故事更多停留在好奇心层面，当然，之所以能引起关注，是因为听众与这些边缘人有更多的感同身受。有网友留言：参差多态乃是世界的本源，说实话有些期的节目不是很符合自己的价值观，有些也不喜欢听，但还是希望节目多多包容不同的声音，不同的价值，每天活在朋友圈以及头条系的信息茧房难得能听见不同声音来见识见识。

3. 慢直播与沉浸式体验新闻

慢直播走入观众视野，是 2009 年挪威广播公司（NRK）为纪念卑尔根铁路 100 周年拍摄的《卑尔根铁路：分分秒秒》。节目拍摄了一列火车从挪威首都奥斯陆到西南部城市卑尔根的 7 小时旅程，节目播出后竟意外走红，观众人数超过 120 万。NRK 还曾直播织毛衣、直播一支火柴燃尽、直播三文鱼产卵等等。

国内的慢直播有熊猫直播，不过，获得举国关注的还是 2020 年雷神山、火神山建设过程的慢直播，1.4 亿网友作为云监工一起见证了两座抗疫医院的诞生。

借助 5G、3D、AI、AR、VR 等技术手段，结合卫星、地图、无人机等的运用，新闻的内容更注重沉浸式、交互式体验，用户得以从"观看者"变成"参与者"。新华社、人民日报、中央广播电视台等央媒走在创新前沿主阵地。2019 年《中国青年报》推出第一款"沉浸式体验新闻"《红军桥日记》，以第一人称"我"展开讲述，跟随记者的脚步，网友走过木桥，走进村庄，包含全景视频、声音、图片、影像、动画的"沉浸式"报道取得成功。此后，该报一到两周推出一款，试图将创意、新技术和新闻文化一体化融合，让年轻人"泡"在其中，并在形象思维（音乐动漫 VR、游戏答题被圈层、文化 IP 等）的故事、细节中，获得愉悦体验。

至于非虚构写作内部，新新新闻主义的出现也可视为"沉浸性"新闻的转向。新新闻主义通过将作者置于故事的中心，来引导一个人物的思想。与新新闻主义记者截然不同的是，新一代记者更注重通过体验获取故事的方法。他们最重大的创新在于投入报道的体验上，而非他们过去讲故事的语言和形式上。①

三、跨界发展

非虚构作为宽泛的文类本就处于新闻学、文学、人类学（民族志）、历史学和社会学等的交叉地带，也涵盖着图片摄影、影像记录等多种艺术形式，跨学科的视角为写作者提供了更多的可能。作家蒋蓝认为："人类学、考古学、神话学、自然地理学、人文地理学、民族学、民俗学、语言学、影像学等等学科逐渐进入文学域界，考据、思辨、跨文体、微观史论甚至大量注释等开始成为非虚构写作的方法。"② 为此，他倡导用一种"文学田野考察"之法，作家成为文学侦探，纳历史考据入文学叙事，把人文地理与自然地理同思考结合起来，形成一种跨文体的变奏叙事。③

2020年，刺猬公社与Remix教育、快手联合推出"快观世相"系列专题，邀请包括社会学、新闻学、传播学、文化产业、人类学等在内的学术界知名学者，聚焦经济文化案例，通过实地调研与学术写作，深度探讨在短视频+直播影响下，城乡中国的浮世万象。已刊发的专题组文有：《冷淡的庙会和直播间里的年轻人》《人间烟火：在快手路过全世界并开饭》《农村网红在快手，从媒介崇拜到媒介赋权》《天乐飘落的地方：我们以另一种方式"在一起"》《杀马特、武侠、乡镇青年，短视频里的文化实践与个体经验》等，作为社会学者的严飞撰写了《在北京，看见漂泊者》一文，他喜欢将视角下沉，关注社会边缘群体，长期对北京菜贩进行关注研究，倾听他们的故事，记录他们心路历程。

---

① ［美］罗伯特·博因顿：《新新新闻主义：美国顶尖非虚构作家写作技巧访谈录》，刘蒙之译，北京师范大学出版社2018年，前言第2页。
② 蒋蓝：《非虚构写作与踪迹史》，《作家》2013年第19期，第21-27页。
③ 蒋蓝：《非虚构写作与田野考察》，《创作评谭》2020年第3期，第73-77页。

至于新闻领域，人文科学、社会科学、自然科学拥抱、融合的趋势也较为明显，如数据新闻、VR 新闻等。从"新新闻"到非虚构写作，实际上意味着"新闻业从文学范式转向拥抱社会科学研究中质的研究路径。"①

因此，从长远来看，用文学性的写作手法进行叙事建构，用新闻调查的态度进行事实核查和信息获取，在历史资料中研究不同时代的精神特征和社会生活，也要深入田野，关注人类的生存际遇和生活状态，并在呈现方式上不断创新，这样才能保证非虚构作品的持久创造力。②

值得特别一提的是国内外对生命写作的重视。何谓生命写作？这一概念包括所有自传或传记性的写作形式和表现行为，例如自传、传记、回忆录、忏悔录、对话叙事、日记、书信、口述历史、监狱叙事、自我肖像、旅游叙事、战争回忆录、行为艺术，以及脸书、推特、微信、微博、博客等数字媒体平台上的各种自我展现形式。

为何不用传记等已有的概念呢？有学者认为，在自由话语体系下，越来越多的人开始叙述、展现自己的人生，向社会介绍自己、自己的家庭乃至自己所归属的某一特殊群体的生活经历和状态。生命写作从时间上涵盖了某一时刻、某一天乃至整个生命历程，主体归结为个人、家庭、群体甚至物体和机构的生命。生命写作的媒介也随着科技的发展不断更新变革。生命写作的这种多元性、包容性、延展性和现代性是促进该学科领域蓬勃发展的先天条件。因此，相对于传统意义上的传记文学，西方学界愈来愈倾向于用生命写作这个术语来界定这些新兴的叙事主体、模式、内容和现象。还应注意的是，"生命写作虽然是对个别生命或群体生活的记载，但是因它通常会涉及个体或群体所处时代的文化因素和历史事件，所以生命写作绝不是单纯的生活故事，其对特定价值

---

① 徐笛：《新闻业与社会科学的第二次联姻：从量的转向到质的发现》，《新闻界》2018 年第 11 期，第 24—31 页、第 90 页。

② 田香凝、刘沫潇：《新媒体时代非虚构写作的现状、问题与未来》，《编辑之友》2019 年第 8 期，第 55—59 页。

观的解码和强化可能会塑造文化和历史。"①

近些年，西方对生命写作的实践与研究呈爆发式增长，个体化、多元化、差异性的小叙事得到社会上越来越多人的关注，多元化的（被）叙述主体使得越来越多以往不为人知的"小人物"的故事得以呈现。

①　贺秀明：《西方文论关键词：生命写作》，《外国文学》2021年第2期，第100-109页。

结　语　讲好中国故事：非虚构写作的
使命与担当

　　非虚构写作是一种广阔的写作，它将个体与社会、自我与世界之间的丰富联系展现出来，让人们看清楚正在发生的事情，全民写作热情高涨这几年，投稿众多，很多人想要讲出自己的故事和身边的故事，这反映出人们对梦想、自由的渴望。当前，民间非虚构写作热潮中，大多创作趋近于冷静而客观的讲述，行文布局虽不乏作者的立场与思考，但最终仅仅只是生活故事的投射。这些故事虽然有以小见大的点拨暗示作用，但同时也欠缺了更宏观层次的考虑。一些非虚构写作者的视野并未完全敞开，固有知识及思想的匮乏限制了非虚构文本所能抵达的深度，尤其存在对苦难的过度书写。此外，IP 孵化流量变现等商业因素也影响了非虚构创作，为投合市场热度追求主题新鲜、情节刺激而疏于承担社会责任、疏于人文关怀成为潜在问题。显然，公众的参与一方面丰富了媒介记忆，一方面对平台的公共性与使命感提出了更高的要求。在此种社会语境中，非虚构写作何为？

　　罗蒂认为，"就国家而言，民族自豪感有如个人的自尊，它是国家自我完善的必要条件。"因此必须讲述历史事件和英雄人物。那么，应该如何讲述呢？他进一步指出"描写一个民族经历过什么又试图成为什么，不应该只是准确地再现现实，而应该是努力塑造一种精神认同。"① 罗蒂提出这一问题，很大程度上是出于对当代美国青年的担忧，在某些作家知识分子的影响下，他们对现实更易产生失望乃至绝望的情绪，并确信自己生活在一个"残暴、没有人性、腐朽的国家"。张晓东曾为此书撰写书评，他指出：中国读者不能不认真看待他对观念生产和民族国家的政治生命所做的思考。对任何有社会责任感的知识分子来说，这都是一个至关重要的问题。② 关注现实、记录历史、传承思想、保留民族的集体记忆和个人记忆是中国文化的优秀传统，也是写作者从未中断过的理想。

在张艳梅看来，作为时代见证者，历史记录者，个人命运画像也好，民族家国雕塑也罢，现实主义的起点是真实性，内核是批判性。③ 优秀的非虚构作品，即使是写个人，还也会反映时代情绪，成为时代象征。康·帕乌斯托夫斯基曾在《金玫瑰》一书中论及"使命"（召唤）对作家写作的重要性，在他看来，作家首先听到的是心灵的召唤，这意味着他的感情世界生气蓬勃，意味着他所写的东西具有生命的感性，但优秀的作品必须还有来自时代、人类的召唤，即使命感和内在的动力。④

"为什么要这样写？"媒介化生存时代，意义的传递比有趣有意思更为重要，长远来看，最终沉淀下来的一定是有价值的东西。文学和社会政治之间存在互文关系，在文学性的背后，总是政治性，或者说政治性本身就构成了文学性。讨论国家和集体固然是一种政治化的表述行为，讲述个人的故事又何尝不是另一种政治？⑤ 德勒兹曾如此评价卡夫

---

① ［美］理查德·罗蒂：《筑就我们的国家：20世纪美国左派思想》，北京：生活·读书·新知三联书店2014年，第1、9页。

② 张晓东：《知识分子与民族理想》，《读书》2000年第10期，第24—33页。

③ 张艳梅，《现实主义的边界与可能》，参见付秀莹编《新时代与现实主义》，北京：作家出版社2019年，第188页。

④ ［俄］帕乌斯托夫斯基：《金玫瑰》，上海：译文出版社2004年，第14页。

⑤ 蔡翔：《革命/叙述：中国社会主义文学—文化想象（1949—1966）》，北京：北京大学出版社2010年，第15页。

卡:"写作或写作的优先地位仅仅意味着一件事:它绝不是文学本身的事情,而是表述行为与欲望连成了一个它超越法律、国家和社会制度的整体。然而,表述行为本身又是历史的、政治的和社会的。"①

借用上述观点,笔者认为理想的非虚构写作绝不是单纯地利用写作技术处理个人体验,作者需要走出自我束缚,要与历史、现实、社会、政治对话。正如丁晓平所说:"非虚构"的最大价值是要为公众解答人类历史和我们所处时代的主题何在、什么才是我们真正的驱动力,从而来理解和诠释我们生活中的主要矛盾与世界的重大转变,分享对现实和历史的见识。②

成伯清以社会学界为例批评学术的悬浮化倾向,导致学界想要准确、及时地掌握社会经济系统运行的真实状况陷入困境。他注意到目前已有的极少数较为翔实的经验研究,基本上都是针对边缘性现象和人群展开的。这固然反映了学者关怀弱势群体的倾向,更为现实的原因,恐怕是那些人群所在之处,是研究者容易接近和能够进入的田野。③ 非虚构写作目前也存在此种问题,过多集中在边缘人群,特别是那些炫技式写作看重叙事形式超过对现实问题的关怀。这样一来,宏大的社会语境如何展开?文化自信如何塑造?

"非虚构"写作要如何克服新闻议题的速朽性、具备文学作品议题的永久性?强调忠于现实的新闻性的写作要求与强调高于现实的文学艺术性的写作目标要如何统一?④ 优秀的"非虚构"写作追求的是表征工匠精神的职业性、公共性、时代性与开放性。

前文提及杨潇的长篇非虚构作品《重走》之所以在 2021 年出版后

---

① [法]吉尔·德勒兹等:《什么是哲学》,张祖建译,长沙:湖南文艺出版社 2007 年,第 93 页。
② 丁晓平:《"非虚构"不是虚构剩下的东西——兼论报告文学创作需要把握的三个问题》,《文学报》2020-09-17 第 7 版。
③ 成伯清:《学术的悬浮化及其克服》,《探索与争鸣》2019 年第 4 期,第 11-13 页。
④ 许智博:《两个维度和三个层次的"非虚构"》,《文学报》2018-07-26 第 21 版。

迅速"出圈"，并不是因其优美的叙事和冲突的情节，而是思想与行动本身，作者提出了一个超越时代的公共议题：身处困境时，我们该怎样克服忧惧与虚无，去寻找自己的价值与方向？有人盛赞该书"不仅会吸引西南联大那一脉传承的知识分子、理想主义者，也注定会吸引更多元的盟友：比如酷爱徒步的人、在阴晴变化中不断开启关闭自己的人、会为一只落水流浪猫获救而眼角湿润的人、从不会急着挂别人电话的人，以及需要从漫长的挫折中重振精神的人……"① 作者换一种观看方式，用脚丈量广袤真实的大地。杨潇将之视为非典型的公路徒步与历史上知识人的流亡之旅的交织、对话、共振，层累的、不同的"中国"缓缓浮现。

从传统的类别看，《重走》应该归属于旅行文学，但其特殊性在于其历史属性与作者个人重走西南联大西迁之路的实践属性。这样一来，作者的经验、问题以及写作方式由幕后移到前台，通过"把自己作为方法"鼓励年轻人思考怎样通过"自己"去认识并理解所处的世界。所以，它不同于以往所谓的非虚构，不同于以往的报告文学或者特稿。

在宏大理论失效的时代，非虚构写作的意义在于可以捕捉大量的生活经验，把无法被理论化的或者很难被概念化的经验"收集"起来，这些携带着历史和社会印记的经验，对于理解我们所深处的时代和社会有着重要的文化价值。在这个意义上，非虚构写作是用个人、民间、私人的方式参与到对时代、社会、文化记忆等核心命题的回应之上。②

非虚构写作是一种开放的、富有活力的写作形态，中国当代转型时期丰富的实践，是非虚构写作的永动机，打破新闻学、文学、社会学等不同的学科界限，加快跨界对话与合作是未来非虚构写作的一个积极

---

① 郑核桃：《专访杨潇："重走"的身体力行，为最宏大或最微小的问题展开答案》，乌云装扮者 2021-05-24，https：//mp. weixin. qq. com/s/GnHAaUx_RG4DRrSm DV-ToOw。

② 经纬：《文化的基层传播与 20 世纪中国新闻传播实践——北京大学新闻与传播学院博士生导师张慧瑜访谈》，《四川戏剧》2021 年第 2 期，第 4-10 页。

方向。

学界高质量的跨学科对话与交流较为活跃，何平和金理发起的文学研究计划"上海—南京双城文学工作坊"（2020）第四期的主题即为"中国非虚构和非虚构中国"。2021年《清华社会学评论》与《探索与争鸣》杂志主持了"非虚构写作与中国问题"跨学科对话，参与论坛的既有长期研究并致力于推动非虚构写作的知名学者，又有兼具学者、作家双重身份的创作者。学界与业界关于非虚构写作的知识谱系、理论疆域和价值经验的探究一直在持续进行，中国特色的非虚构写作的经典化也已提上日程。

随着全球化、市场化和高科技的影响日趋深入，时代经验变得愈发复杂和难以把握，作家必须突破观念牢笼和思维惯性，秉持新的价值观和方法论，以新的视野和方式进入社会和历史，更新自己的话语系统和修辞策略。正是在这个意义上，"非虚构写作"为新世纪的文学发展提供了诸多启示，其价值经验在于为新的时代语境下如何讲好中国故事、塑造中国精神进行了发问与求解。①

在建构"中国梦"的伟大实践中，非虚构写作担负着重要使命与责任，期待写作者不断下沉，贴近现实生活，书写好中国故事，提升作品的超越性、前瞻性及建设性意义，弥合因社会转型与利益分化导致的矛盾冲突，最终促进受众对主流价值观的认同，提升文化自觉、文化自尊、文化自信。

---

① 蔡家园：《当"非虚构"成为潮流》，《长江文艺》2019年第4期，第131—133页。

参考文献

1. ［美］约翰·霍洛韦尔:《非虚构小说的写作》,仲大军、周友皋译,春风文艺出版社1988年。

2. ［美］迈克尔·埃默里、埃得温·埃默里:《美国新闻史:大众传播媒介解释史(第八版)》,展江、殷文译,新华出版社2001年。

3. ［美］乔纳森·特纳、简·斯戴兹:《情感社会学》,孙俊才、文军译,上海人民出版社2007年。

4. ［美］雪莉·艾利斯:《开始写吧!非虚构文学创作》,刁克利译注,中国人民大学出版社2011年。

5. ［美］杰克·哈特:《故事技巧:叙事性非虚构文学写作指南》,叶青、曾轶峰译,中国人民大学出版社2012年。

6. ［美］威廉·津瑟:《写作法宝:非虚构写作指南》,朱源译,中国人民大学出版社2013年。

7. ［美］马克·克雷默、温迪·考尔:《哈佛非虚构写作课:怎样讲好一个故事》,王宇光等译,中国文史出版社2015年。

8. ［美］盖伊·特立斯:《被仰望与被遗忘的》,范晓彬、姜伊敏译,上海人民出版社2017年。

9. ［美］罗伯特·博因顿:《新新新闻主义:美国顶尖非虚构作家写作技巧访谈录》,刘蒙之译,北京师范大学出版社2018年。

10. ［美］哈索克:《美国文学新闻史:一种现代叙事形式的兴

起》，李梅译，复旦大学出版社 2019 年。

11. ［美］莫里斯·迪克斯坦：《伊甸园之门：六十年代的美国文化》，方晓光译，新星出版社 2019 年。

12. ［美］特雷西·基德尔、理查德·托德：《非虚构的艺术》，黄红宇译，上海译文出版社 2020 年。

13. ［加］罗伯特·弗尔福德：《叙事的胜利：在大众文化时代讲故事》，李磊译，南京大学出版社 2020 年。

14. 赵一凡等：《西方文论关键词》，外语教学与研究出版社 2006 年。

15. 尹均生：《国际报告文学的源起与发展》，华中师范大学出版社 2009 年。

16. 杨瑞春、张捷：《南方周末特稿手册》，南方日报出版社 2012 年。

17. 郑永年：《再塑意识形态》，东方出版社 2016 年。

18. 刘勇：《中国报纸新闻文体嬗变（1978—2008）》，中国人民大学出版社 2016 年。

19. 周逵：《非虚构：时代记录者与叙事精神》，清华大学出版社 2017 年。

20. 苗兴伟等：《"中国梦"的话语建构与传播》，南开大学出版社 2018 年。

21. 刘蒙之、张焕敏：《非虚构何以可能：中国优秀非虚构作家访谈录》，中国社会科学出版社 2018 年。

22. 唐绪军、殷乐：《建设性新闻实践：欧美案例》，社会科学文献出版社 2019 年。

23. 丁晓原：《报告文学的体和变体》，广东高等教育出版社 2019 年。

24. 刘浏：《跨文体：从虚构到非虚构》，广东高等教育出版社 2019 年。

25. 付秀莹：《新时代与现实主义》，作家出版社 2019 年。

26. 刘蒙之、周秭沫：《中国非虚构写作名家访谈录》，南方日报出版社 2020 年。

27. 陶东风：《当代中国大众文化价值观研究》，中国社会科学出版社 2020 年。

28. 茅盾：《中国的一日：1936 年 5 月 21 日》，生活·读书·新知三联书店 2017 年。

29. 梁鸿：《中国在梁庄》，江苏人民出版社 2010 年。

30. 梁鸿：《出梁庄记》，花城出版社 2013 年。

31. 王树增：《抗日战争》，人民文学出版社 2015 年。

32. 宁肯：《中关村笔记》，北京十月文艺出版社 2017 年。

33. 何建明：《浦东史诗》，上海文艺出版社 2018 年。

34. 顾春芳：《我心归处是敦煌：樊锦诗自述》，译林出版社 2019 年。

35. 袁凌：《寂静的孩子》，中信出版集团 2019 年。

36. 黄灯：《我的二本学生》，人民文学出版社 2020 年。

37. 杨潇：《重走：在公路、河流和驿道上寻找西南联大》，上海文艺出版社 2021 年。

38. 吴琦：《全球真实故事集》，上海文艺出版社 2021 年。